2022

中国少数民族
文学之星丛书

每个人都是
一条河

胥得意 著

作家出版社

编委会名单

主　任：邱华栋

副主任：彭学明　黄国辉

编　委：刘　皓　赵兴红　翟　民　党然浩

以民族的情意，打造文学的星辰

——"中国少数民族文学之星"丛书总序

邱华栋　彭学明

"中国少数民族文学之星"丛书是中国作家协会少数民族文学发展工程的一个新项目，于2018年开始实施，由中国作家协会创作联络部具体组织落实。出版"中国少数民族文学之星"丛书的目的，是重点培养少数民族文学中青年作家，打造少数民族文学精品，为那些已经在少数民族文学界和全国文学界成绩斐然、广有影响的少数民族中青年作家再助一力，再送一程，从而把少数民族文学最优秀的中青年作家集结在一起，以最整齐的队伍、最有力的步伐、最亮丽的身影，走向文学的新高地，迈向文学的高峰，让少数民族文学的星空星光灿烂，少数民族文学的长河奔流不息。以文学的初心，繁荣民族的事业；以民族的情意，打造文学的星辰。

入选"中国少数民族文学之星"丛书的作家，必须是年龄在50岁以下的、在少数民族文学界和全国文学界广有影响的少数民族作家。不管是否出版过文学书籍，只要其作品经过本人申请申报、各团体会员单位推荐报送、专家评审论证和中国作协书记处审批而入选的，中国作协将在出版前为其召开改稿会，请专家为其作品望闻问切，以修改作品存在的不足，减少作品出版后无法弥补的遗憾。待其作品修改好后，由中国作协统一安排出版，并进行广泛的宣传推广。

中国是一个多民族的大家庭。每一个民族都沐浴着党的民族政策的光辉、感受着党的民族政策的温暖，都在党的民族政策关怀下，蓬勃发展，欣欣向荣。在这个伟大的新时代，我们正创造着中华民族的新辉煌。每一个民族的发展与巨变，每一个民族的气象与品质，都给我们提供了生生不息的创作源泉。我们每一个民族作家，都应该以一种民族自豪感，去拥抱我们的民族；以一种民族责任感，为我们的民族奉献。用崇高的文学理想，去书写民族的幸福与荣光、讴歌民族的伟大与高尚；以文学的民族情怀，去观照民族的人心与人生、传递民族的精神与力量。

我们期待每一位少数民族作家，都能够到火热的生活中去，到广大的人民中去，立心，扎根，有为，为初心千回百转，为文学千锤百炼，写出拿得出、立得住、走得远、留得下的文学精品。不负时代。不负民族。不负使命。

目 录

第二辑　　平凡也需要被记得

第三辑　　家风连着的是国风

追寻生命的升华

——序胥得意散文集《每个人都是一条河》

徐 迅

我几乎是伴着泪水读完《每个人都是一条河》的。在胥得意的笔下，这"每条河"简直就是每条"泪河"。从杨子荣、投江的八个抗联女战士、刘英俊，到杜富国、张浩、森林消防员以及许许多多平凡的人……英雄血脉相连，英雄的行为崇高伟大。当读到他采访木里火灾，与三位幸存的战士抱成了一团；读到"八女投江"，女战士们留下的那句"别管我们，冲出重围"；读到英雄的妻子林红艳在中秋月圆之夜，默默退出晒着幸福的朋友圈；读到英雄的母亲叮嘱儿子未婚妻不要参加追悼会，我都禁不住潸然泪下……胥得意说："人的生命如同一条河……每一条河的光亮都是太阳给予的。没有了太阳的照耀，河水在暗夜里只是仍然不睡的灵魂，但它缺少光彩。"我理解这种太阳的"光亮"或"照耀"，不是瞬间迸发出的那种英雄主义光彩，而是贯穿在一个个生命中的英雄气质，是一种生命必然的精神升华。

由于军人出身和特殊的职业身份，使胥得意有机会接触到一些保家卫国的军人、武警、消防指战员——每天面对生死，甚至每天都要走在死亡线上的一群人。作为曾经的森林消防队伍中的一员，他知道这支世界上唯一一支以保卫生态为主要任务的队伍，是一群经常和火魔做斗争，逆火而行，向火而生的人。他深深明白"他们没有惊天动地的事迹，但他们却承载着惊天动地的危险"。如此，他的眼光和笔触也就经常面对一种意外的"情感事实"。或者说，他要常常面对一些无法用语言，只能用泪水才能宣泄的情感。这些意外又不意外的情感事实，我们普通人知晓得不多，但它们犹如镌刻在巍巍青山中的一尊尊雕像，是一个巨大而坚实的存在。

凑巧，就在读他这部散文集之前，我刚读完他的长篇散文《沙卜台：无锁的村庄》。在这部书里，他以中国一个罕见而普通的村庄为例，刻画了特定年代一个村庄的众生相。那里有他的邻居、朋友、亲戚，有他的父老兄弟姐妹。那一群匍匐在大地上的人们，默默无闻，然而又有血有肉，贫穷而又有滋有味地生活着。他们的生活可以说是千千万万中国乡村真实生活的写照，是这个社会的绝大多数。例如，用一生酿出异样忠贞的贾英莲，用时光疗法疗治心中伤痛的林万有，用勤劳的补丁把日子填满的小宽家，还有作者的二姨、父母……如果说，每个人都是一条河，那么这每一条河都是有别于"英雄"之外的河流。在这些河流里，既没有我们平常理解的英雄人物，也没有什么"惊天地，泣鬼神"的英雄事迹。他们不会进入我们所理解的英雄谱系。但即便是一条朴素的河流，他们生命的律动也是每一条河的律动，是每一条河自自然然地流淌。我觉得这部《每个人都是一条河》与他书写的沙卜台，有着一种割舍不去的内在精神联系，当然也有他一以贯之的对生命的真诚叩问与表达。

伟大来自平凡，平凡造就英雄。或许有人说这是一句套话。但他笔下的这一群"大写的人"相信与沙卜台的芸芸众生一样，他们首先也都是普通而平凡的。每个人都是一条河。是河，就要流淌；是河，就有它最终的流向；是河，就会翻腾出一朵朵喜怒哀乐、酸甜苦辣的浪花。生而平等都应被尊重，崇拜英雄要从尊重平凡开始。有人说，从"平凡"变成"英雄"也就是瞬间的事：比如，杨子荣一脚把马架房踹开，他的枪栓突然被卡住；刘英俊驾驭的炮车的辕马突然受了惊；八位抗联女战士掩护大部队突围，突然被逼迫到了水里……而事实上，英雄并非天生，但绝不会是一蹴而就。在这些"瞬间"的背后，在已定格的英雄主义色彩的镜头里，都一定有着他们成长的印痕，有他们生命得以升华的因子，有他们整个的人生修为和博大的家国情怀。"人的内心是一块地，种什么种子极为重要。"胥得意在探求这些平凡而特殊的生命升华的同时，其实也在探寻英雄的性格和英雄形成的生活"种子"。

在《落叶掩埋住的青春》这篇散文里，他写彝族青年布约小兵，当父亲把穿军装的梦想给了他，他如愿以偿地穿上了军装后，他万万没有想到，他只是从西南的大凉山走进了东北的大兴安岭。他实际上从没有离开过梦的圆点，但他还是在成长。他从一个不知道北京在哪里、火车是什么的新兵，成长为一位优秀的消防员。做了父亲后，他回到老家，想亲近儿子，儿子却不允许他与他同睡一张床上。"没有办法，每天睡觉前，布约小兵只好用被子蒙住头，等儿子睡着了才悄悄钻出来……"通过他的描写，一位可爱、憨厚的森林消防员的形象就出现在我们的面前。

他写"扫雷英雄"杜富国的父亲杜俊，突然听到儿子在边境扫雷出事的消息，急急忙忙拉上儿媳和女儿，包了一辆车连夜就赶往医院。但到了医院，看到被纱布严严实实包裹着的儿子，他却强忍着老泪向部队提出要去看看儿子战斗的地方和他的战友。到了那里，部队的领导才知道，他是祈望虽然儿子出了事故，但不要给儿子的战友们带来阴影，他是要给儿子的战友们鼓劲……说是在写英雄，他更是大写了英雄的父亲，他说这是"坚强的父亲，养育了坚强的兵"。

在一篇《他陪哥哥守森林》的散文里，他写了大兴安岭地区森林消防支队的战士季海全、季海军兄弟俩。他们同时参加一场灭火作战，早上兄弟俩还见了一面，但上午却传来了哥哥牺牲的噩耗。为了陪哥哥守森林，他这位"扑火干将"一直守在哥哥英灵安歇的地方，继续着他的森林消防事业。当领导劝他回去照顾父母，他却对父母说："趁着你们身体还行，我还想在这里陪哥哥几年……"他在这里陪着哥哥，也守护着他生命的森林。

他的这些散发着鲜活生活和时代气息的文字，既没有对英雄进行呼天抢地的渲染，也没有让英雄故作惊人之语。他撷取的只是他们平凡的工作、朴素的生活和事实，以及偶尔追寻到的英雄生长的"土壤"——他看到英雄刘英俊生前的日记："从平凡的人到英雄，这条路并不长。问题是看你有没有决心走，看你怎么走。"然后，又将自己长期采访英雄的体会娓娓道来："人的一生，绝大多数人并不是生来就想当英雄，甚至很多人没有准备好让自己成为英雄……英雄是他身后的冠名，英雄这个称号比他们的生命还要永恒。"他对"英雄"这个词语就有了自己的认识。正是基于这种理解，使他无论对我们熟悉的杨子荣、投江的八位抗联女战士、杜富国等英雄的追忆和怀念，还是对年轻的飞行员、森林消防员的动情描写，都着力挖掘和描摹他们平凡的生活细节，一面当他们是"身边欢声笑语的兄弟，是活蹦乱跳的生命"，一面又极力给我们呈现英雄人生的森林大海，并在其中展现他们豪迈的英雄气概，从而内心把他们当成生命的偶像，然后又告诉我们，他们是一个国家生生不息的动力与源泉，是一个民族不屈不挠的脊梁。

我与胥得意相识的时间并不很长，但与他有限的交往之中，我感觉他不仅是一位很有成就的青年作家，更是一位很有情怀的人。他的才华与勤奋，他的乐于助人，他为了让自己"内心丰富地活着"的种种努力，首先还是源于接纳他生命的村庄沙卜台和那里的父老乡亲。尽管"他们"不是他笔下的这种"英雄"，却是他认识世界认识人生的起点。后来，他在部队度过了人生最好的年华，并在这个大熔炉里真切地锻造了自己。正是这种锻造，使他清清楚楚地知道："每个人都是一条河，河越走越宽阔，而它终点消弭于更为宽广的怀抱。而一旦一个人成了别人生命中的一条河，这条河便不会干涸，只能一直流，一直流，流得久了，就流成了上善的味道。"

是为序。

2022 年 6 月 5 日于北京

第一辑

英雄在怀念中永生

请让我在心中默念你的名字

2019 年 4 月 1 日上午，当突然接到去四川西昌采访"3·30"木里火灾的任务后，我便意识到这将是一次悲重与煎熬的行程，接下来的日子将是心碎与泪水相伴的日子。哪怕到《中国应急管理报》成为了一名记者，在我内心深处，我更愿意认定自己作家的身份而不是记者。因为我在很多时候无法极度理智，也无法克制自己的情感。

在此之前，我是森林消防队伍中的一员。在我的文学作品以及文艺舞台上，我写过许许多多的森林消防员，知道他们无数的故事。在森林消防队伍中，我曾经是一个特殊的存在。只要是和我相识交往过的基层指战员，都会成为我的朋友，而我也会记住他们的名字。最开始，他们会叫我首长，后来叫老师，但是叫着叫着，我就成为了他们的大哥。有的消防员会不好意思地对我说："大哥，你比我爸还大呢。"尽管他们叫我大哥，但是说实话，在我心中，我把 1991 年之后出生的消防员都愿意叫成孩子，与同事们聊天时总习惯性地说"那个孩子"。因为，我是从1991 年成为军人的，成为军人便是真正的男人了。所以，我把在我参军后出生的他们会当成自己的孩子。

一路上，我希望每一次航班、每一次列车都能赶得上，我想尽早抵达他们的身边。尽管他们生死未卜，但作为一个老森林人，我知道凶多吉少。但还是在心中祈祷着，当浓烟散去，30个失联的他们能够突然出现在哪一个山坡上，向着寻找他们的战友大声地笑着，就像是他们故意在浓烟中和战友们开了玩笑，捉起了迷藏，看他们找得累了找不到了，觉得这个游戏失去了意义，便从烟火中现身了。这不是矫情，我就是这样想的。

到达成都时，飞往西昌的飞机没有了，只有火车到达还买不到票。我和总编室主任杜振杰只能赶往火车站。下了汽车，我们俩便向售票处跑去，向来不拿求人口吻说话的我急忙求助执勤的警察，请求他把我们送进站。站在警察面前，我语无伦次，调整了好半天的呼吸才让他们知道我的请求。因为我没有说出"牺牲"这样的字眼，我只是说"有急事""出事了"，我不愿让那些字眼从我口中说出。

当我们在火车上找好座位坐下来时，手机里传来了消息，用的词汇是"全部"。泪水再也忍不住倾泻而下，我感觉滚烫的洪流正在面部划过，而整个头鼓涨涨的。我不是脆弱，我是心疼那些孩子，那些弟兄。人的疼痛不是用语言来描述的。我只是觉得眼泪流出来会好一些，但是眼泪却像源源不断的泉水一股股地涌出。我不想让周围的人看到我的样子。当我站在洗漱池边抬头看到镜子中一个中年男人哭成那个样子时，我感觉眼前站着一个陌生的人。我好想伸出手给他擦一下泪水，因为我知道他的心中曾经装下过什么，而他与这支英勇的战斗集体并没有因为他的转业而有情感上的任何分割。

那一夜，火车在漫漫的黑夜中穿行，我不知道天明后将会面对什么。我对同行的主任说，想喝一杯酒。他懂我，他说我陪你喝吧。我早都发现，他的眼泪已流过好几回了。

车灯熄掉后，睡不着，我坐在边座上望向窗外。我能够想象出森林消防员战斗的样子，生活的样子，训练的样子，调皮的样子，生气的样子，撒娇的样子，还有故意气你的样子，但是无论多少样子出现，都没有他们倒下的样子。这么多年了，我和他们踢过球，登过台，拍过电影，唱过歌，喝过酒，他们啥样子我也是啥样子。我通常把他们当成是一个完整的人，有温度的人，很少把他们当成是兵。就是在那时，有朋友发来信息告诉我牺牲名单出来了，告诉我一个叫代晋恺的也在其中。这个名字在我们一个共同的微信群里出现过，而且发信息的那个战士非常肯定地告诉我，"他一定知道你""或者你的书他的书柜里都有"，这样一个与我并不曾相识的孩子从那天开始进入了我的世界。凌晨的时候，我躺到了铺上，在那几乎半睡半醒的睡梦中，一直都是在说失联的人员都没事，一睁眼，火车还在隆隆地前行着。旅客们呼呼地睡着，这个世界真的静好。我在黑暗中告诉自己，他们真可能是没事。

　　到达西昌时天还没亮。但是部分牺牲战友的遗体被运回西昌的视频已出现在新闻中。一切真成事实了。在森林部队时，我渴望过好几回来传说中美丽的西昌看看，但想不到我竟然会以这种方式来到了这里。有时一座城会因一个人的存在而让我温暖，站在凄冷的西昌火车站广场，我觉得生活正在对我进行着无情地打击。

　　这一次采访，我心中一直感谢着我的主任。他是一个志同道合的老师。在成都的时候我就想连夜赶往西昌，想一刻不停地奔向那座林火爆燃的山岭，可是我怕年近60岁的他身体吃不消，是他提出来连夜向西昌出发，我焦虑的心里安稳了许多。我俩的共识是宁可坐在要行驶长达一夜的火车上，也不想躺在舒适的床上焦急地等待次日的出发。到达西昌后，我们向协调组提出要赶赴现场。我们不怕路远，我只想离那些兄弟和孩子们近一点。

　　去往木里的路让我领教了蜀道难的所有含义。一个接一个隧洞连成了二百多公里的路程，其中一个隧洞竟然有 35 里。开车的段师傅说这条路是从西昌通往木里的唯一道路，这也便是说，我正走在几天前我的兄弟战友们出征的路上。而今，壮士一去不复返。

到达里尔村后，我们见到了指挥所人员。当我们提出要到火灾现场时，得到的回答是不可能。因为，当地常年爬山越岭的藏民到达那里都要 5 个小时，参战的消防员们到达那里也要 8 个小时，已时过中午，加之高原缺氧，我们真的到达不了。

当听说还有 6 位战友的遗体正在运回的路上时，我和杜主任在向导的带领下走上了唯一的山路。那条山路实在太陡，曲曲折折不知通向哪里，不足半米宽，我尽可能靠在山的一面行走，时不时地用手抓住一下植被，因为另一侧就是悬崖陡壁，而山下的屋子远远看去，就是一个个小方块。由于走得急，我和主任开始喘了起来。此次扑火，西昌大队和木里大队的弟兄们就是从这条路向火场进发的。前方是战场，身边是悬崖，我不知道这些弟兄在黑夜中到底是如何跋涉攀爬的。但我相信他们心中装着必胜的信念。我了解他们，也懂他们的作风。

我要往前，我要接兄弟们回家。可是山实在太高，太陡。对面送给养回来的藏民告诉我们，再走 3 个小时也到不了最前方的指挥所，而他们也还没有遇见运送遗体的队伍。我们只好无奈地返回山下来等。

在山下接收站处，我遇到了几个接收战友遗体的森林消防员，其中有在火场成功逃生的赵茂亦和杨康锦。我想向赵茂亦打听一些情况，可是一向侃侃而谈的我竟然不知道和他说什么。他说他不想接受各种采访，我说，我不是采访，我想和你聊聊天。四川总队后勤部副部长赵振强对他说："是自己人，你说说吧。"这时，赵茂亦指了指身边的另外一个消防员说："他也是一起跑出来的。"

那是一个入职一年半的消防员，我习惯性地把他们认定成二年兵。

面对眼前两个死里逃生的孩子，我的眼泪一下汪在眼窝里，一句话也不敢再问，我怕失声哭出来，带坏他俩刚刚在惊慌中平复的情绪。因为我已经听到了自己哽咽的声音。我应该比他们坚强才对，可是我真的坚强不起来。他俩表情木然地讲述着他们的经历，他们的讲述我十分认可，因为我不习惯听各种报告会上的豪言壮语，英勇激烈，他们讲自己逃离时的狼狈不堪，讲自己当时的失魂落魄，讲劫后余生的后怕，这才是真实的他们。不管以前我写过多少文章描述他们，赞美他们，但我觉得他俩的讲述才是最有生命的语言。讲着讲着，我们三个头抵在一起流起了眼泪。我紧紧地搂着杨康锦，抚摸着他的头。和赵茂亦比起来，他还是一个孩子。他们俩都是让人心疼的孩子。那个时刻我猛地意识到，他们逃出来了就是英雄，他们让这个世界减少了多少痛苦呀，将来他们还要带着心灵的伤痛继续战斗。

在等待中，远处高高的山路上出现了一个由二十多人组成的急匆匆奔来的队伍。赵振强说："回来了。"我的呼吸一下子提了起来，气息就在嗓子眼儿进出。因为在此之前，我看到了地上堆放着前一天用过的简易担架，现在，又有一副用两根木棍临时做成的担架担着弟兄们回来了。那个队伍已经走了十来个小时。救援时，二十几个人要把遇难者从山崖下包裹好，一点点连拉带抬地运上山，然后再从山上辗转地运到接收站。但是此时，他们呼啦啦急匆匆归来的样子就像是凯旋，一瞬间，我觉得那些不知名的孩子就是大英雄。最简易的担架成为了他们人生最牛的座驾，一路壮歌洒遍了山崖。队伍在模糊的视线里走到了身边，藏民们满脸烟尘，满脸凝重，呆滞地看了一眼我们，退到一边。我和其中两个握了握手，我在心中感谢他们把我的弟兄们送回来了。

每一个运送的队伍中，一前一后都有一个消防员。他们除了眼仁是白色的，脸上衣服上，全是炭灰全是烟渍，我除了能够给他们一个紧紧的拥抱其余的什么也给不了。其中叫王二强的班长让我一辈子都不会忘记，他的眼神看起来有些可怕，像是要杀掉敌人，但是又不知道敌人在哪里。后来，我看见了他吃饭的样子。他在山上包裹过战友的遗体，又把他们送了回来，手黑得看不出模样，但是他洗都不洗一下便开始进餐。

赵茂亦和杨康锦早向我讲过了他们的指导员胡显禄，从山上搜救了两天，找到所有战友们后他终于也下山了。他的鼻梁上一道血口子已经结上了痂，嘴唇由于干裂出了血。我以前作为指导员曾经多次被评为标兵和优秀，看着胡显禄，我觉得他才是最优秀的，他的战斗经历让我觉得他才配得上优秀。

我说过，我是在代晋恺牺牲后才记住他的。第三具抬下山的遗体就是他，虽然面目全非，但不用鉴定就是他。烧焦的照相机，贴身留下的两部手机，被熟悉他的战友证明了就是他。我站在近处望着他，觉得他离我竟然这样近，这种近是心灵上的近。我甚至想帮他整理一下什么。后来，杜主任说，多年采访他已经不敢再面对这样的情景，问我怕不怕，我说不怕。都是自己的弟兄，怕什么。后来老消防员程雪力告诉我，他对代晋恺讲过我好多次。我绝对相信如果他还活着，他一定会和我有着无数的交集。因为他就是一线报道员，我周围那么多人都和他是朋友。看着他的遗体，我觉得他才是最优秀的新闻工作者，他是冲在第一线的战地记者。他只会写真实的新闻，拍摄激烈的战斗场面，而不会像有些人无病呻吟，以假充真。

西昌的日子，是被泪水浸透的日子。不想早早地睡，睡得早会做梦。梦中他们会一个一个地回来、出现、交谈，因为这些天的日子里，当我一点点知道他们的故事时，他们开始隔着时空成为了我的朋友。

新闻中，关于他们的故事还有家人的消息不断地传出。但是我实在不忍心采访任何一个家属，我不会因为新闻而去触碰那一颗颗滴血的心，良知告诉我不要去揭开那些伤痕累累的疤。他们需要用时间来修补心上的创伤。我知道，从此，我真的成为了他们家人的亲人和朋友，只要他们有事找到我，或者需要我做什么能做到的事情，我会努力去做。这些年来，我采访过很多烈士和英雄，从战机失事牺牲的张浩和王晓东，到济南武警牺牲的王成龙，从森林消防早年牺牲的张池到排雷受伤的杜富国，无论对他们哪一个，我都是怀着极大的真诚与认可去讲述他们。所以，我在朋友圈中告诉朋友们：请允许我以后慢慢地来讲述这次牺牲的战友兄弟们的故事。我不会把他们描述成英雄，只是会告诉你们他们的生命曾经鲜活。我对成功逃生的弟兄们说，我想找个机会约你们的酒。我也对自己说，要对待好生命中走过的每一个人。

我参加过追悼会，但我不敢想象这次追悼会的样子。烽烟滚滚唱英雄，青山垂泪侧耳听。在追悼会现场，我见到了在一线搜救了三天归来的四川森林消防总队政委金德成，他一把握住了我的手，特别紧。不用说什么，我们两个蒙古人的眼泪一同涌了出来。手握得更紧了。手代替语言在无声地交流着。

摄影机镜头把追悼会现场传播了出去，我就不描述了。但是我还要告诉大家，站在广场上，瞻望着那满满一墙的照片，我的那些弟兄的眼睛个个炯炯有神，胸也高高地挺着，正视着前方。其实有一个孩子的脸在照片上还若隐若现地有一丝笑。这让我想起了写过的一篇小说《照相》，讲的是一个战士照标准照时一定要笑出来，他对摄影师说，他的这张照片将来有一天可能会当成烈士遗像，他要坦然地对待从事的职业，他做好了牺牲的准备。

追悼会上，我的目光一遍遍地检验着他们的容貌，生前我们隔着山隔着水，但一旦相识却不会隔着心，我知道在他们走后，他们却走进了我的心。当我捧着菊花走向他们时，他们就在我眼前的高处站着，我在想，如果我们早就相识，我会如何称呼他们呢。我就这样在心中念着他们的名字从那面墙前走过，目光从一张脸上移到下一张脸上，我念的是万昆、飞飞、阿浩、代旭、晋恺、更繁、方伟、阿启、大鹏、帅帅……其中有一个，看着他可爱的样子，我还想骂他一句："臭小子，你咋就丢了呢？！"

兄弟们、孩子们，我来送过你们了，我在心中一一默念着你们的名字。你们为什么不回答？！我不知道除了我，还有谁会是这样称呼他们。我从来不在意任何人的非议，我只是按着内心活着。所以，我觉得我更喜欢作家这个身份。记者的文字太过于理智与冷静，不太像是从我心里流出来的。

追悼会上有个预备消防战士作为代表发言。他叫郎志高，我加了他的微信。我在微信告诉他：孩子，一切会慢慢过去。他说：嗯，谢谢首长。我说：以后要保护好自己。他说：我会坚持下去的。我对他说的最后一句是：你很男人！但更是父母的孩子。相信他能懂。

离开追悼会现场时，我几近是小跑着。我紧紧地抱住自己的双肩，身体像是空了，我怕自己会飞起来飘向空中。就在这时，一双有力的胳膊紧紧地搂住了我。我哭得更甚，那个时候，我知道我也是一个被人关爱的人。我一时猜不出他是谁，只能听到他的抽泣声。

人的一生，和你笑过的人你可能会很快忘记，但是和你一起哭过的人，你却记得最深。我的主任，他用泪水陪了我这些天。

春天里，一个生命在林海雪原陨落

1947 年的 2 月，已经进入立春节气，但林海雪原上还是地冻天寒，万木萧萧，积雪皑皑。

寒风从山谷中荡过，吹唱出一支幽幽的调子，掠过树尖之时，虽不像是腊月里的冷凛与呼啸，但裹挟着的寒气中还是看不到一丁点春的信息。落叶在积雪下沉睡了一冬，乔叶林和灌木丛缩紧着身子在风中瑟瑟发抖，只有各种松树挺着冷峻的面孔忍耐着这种寒冷张望着春天的到来。森林里的树木生于斯长于斯，对这种漫长的寒冷早已习惯，不像是杨子荣们，从胶东半岛移植到这片雪原上，不仅要和土匪们一场接一场地战斗，而且要用各种办法来适应他们从未遇到过的严寒。哪怕是他们在早一年，已经品尝过了一次东北大地上持续 5 个月的冬季异乎寻常的寒冷，这种寒冷还是无时不刻不在考验着他们的意志与毅力。

又一次剿匪行动开始了，厚重的皮大衣穿在身上，翻毛的皮帽子戴在头上，笨重的靰鞡穿在脚上，即便是这种标准的御寒装备全副武装披挂在身上，冷风还是顺着所有缝隙像小偷一样钻进衣服。

冷风与身上行走出来的汗水交会，使人不由得打起冷颤。杨子荣和他的战友们一步步在雪野上前行，前方除了是雪还是雪，没有任何的足迹。森林中本来人迹罕至，北风又会迅速地抹平所有的痕迹。按着事先的侦察情报，杨子荣连夜向目标点辗转进发。

22日夜里的行走无法还原，从日历上查询得知那天是北方人所讲的龙抬头。此次行军距杨子荣活捉座山雕刚刚过去半个多月，他或许还能品味得到胜利的喜悦。就在几天前，他的名字和光辉事迹又刚刚刊登在《东北日报》上。他的家人不会看到这份报纸，即便看到了也不会知道杨子荣是谁。

二月初二的夜晚是没有月亮照路的。可能仅仅有一弯细月曾短暂地出现在夜空，好奇地看着这支小分队在雪地上彳亍地前行，以及留在雪地上蜿蜒的足迹。杨子荣们心中燃烧的火焰在努力地驱赶着严寒，而同样燃烧的理想火焰正映照着他们越是艰险越向前。

林海深处千沟万壑中的一个叫闹枝沟的小沟岔清晨与以往并没有什么不同。23日这天早上，依然是哈气成霜，依然是冷风袭人，经过一夜行军，杨子荣和战友们已经抵达了土匪居住的马架房附近。

马架房有些沉静，似乎还在酣睡中没有醒来。杨子荣和战友悄悄地抵近了马架房。屋里还是有人醒来了，一个人推开马架房的门熟练地走到房山头一侧，睡眼惺忪地半睁半闭着眼掏出自己的家伙对着雪地排泄着憋了一夜的尿水。黄亮亮的尿水带着热气，画出一条抛物线落在雪里，那个人按规程操作完毕后，又趿拉着鞋回到了马架房里。

从这第一个人出来，就预示了新的一天正式开始了。马架房里到底住了多少土匪不知道，但仅是一座马架房到底能容得下多少人，哪怕查不清，杨子荣也会有所判断。他们正在一夜沉睡中陆续醒来。如果不趁早行动，把半梦半醒的土匪堵在被窝里，他们穿戴完毕就会成为难以控制的野兽。杨子荣还是和以往一样是冲在最前面的那个。

然而，任谁也没有想到的是当杨子荣一脚把马架房踹开时，他想威慢土匪的第一枪竟然出现了失误。枪栓拉动了，却被卡住了。

后来有资料记载说是前一天杨子荣保养枪支时，用猪油擦过了枪，但由于天气太过寒冷，枪栓被冻住了。当年保养枪栓到底是枪油还是猪油，猪油在严寒下到底能不能冻住，这是一个无法考证的问题。

再是后来，据说军事科学院有专家在零下 40 度严寒中，做过猪油擦枪的实验，但是却一直不知道结果如何。

其实，到底是机械故障还是枪栓被冻，这并不是主要问题，也无必要争论。关键之所在是身经百战的杨子荣就是在这一次意外中如同一朵花朵凋落在了雪野之上。

马架房里最早起来做早饭的人已经把火点燃，缭绕的烟雾和锅里的水蒸气瞬间顺着洞开的房门涌向了屋外。杨子荣大喊出来的"不许动"没有起到让里面的人不动的效果。马架房里烟雾腾腾，根本看不清土匪在哪里，只听得到乱成一团的声音，有叫喊声，有锅盖掉地声，有拉枪栓声。这时，还有一声枪声。

这是一声定格英雄生命的枪声。慌乱中，那个叫孟同春的猎人对着敞开着的屋门击发了子弹。那颗罪恶的子弹穿过室内的烟雾，最后弹着落在了正在屋门处的杨子荣的胸口。

当时的山林武装中，有一部分是山里的猎户。为了土改顺利，新生的人民政权颁布政令，要收缴山民手中的武器，这些武器自然包括猎枪一类的热武器。靠山吃山的山里人，平时除了采山就是打猎。猎枪是当时靠狩猎维持生计的猎户们的主要武器，在不明真相的情况下，他们拒绝交出猎枪，并走上了与人民政权相抗衡的极端道路。为了更有力地对抗，他们往往和土匪混在一起。孟同春就是这样的一位猎户。

孟同春慌乱地一枪歪打正着落在了杨子荣的胸口，这致命的一枪让杨子荣再也没有力气还击，他一下子倒在了门边。温热的鲜血顺着弹孔汩汩而下，杨子荣伸出左手捂着伤口，右手吃力地去摸手榴弹，他只是努力地动了动，失血已经让他失去了力气。这个曾经浑身上下绷足着劲和血性的汉子，此时却像是一根沉重的倒木，倒在了林海雪原之上。鲜血在胸口洇出了一片暗红，滴落在雪白的地上，凄艳、冰冷，像是一朵朵刺目的花朵。

这个原本普通又平常的清晨，就以这种姿态走进了历史。那一声空洞又单调的枪声，划开了杨子荣生命的裂口，让他在常年战斗中沸腾的血液找到了另一个出口。

战斗在杨子荣倒下之后打响了。

马架房里的土匪透过烟雾看到有人倒在了门口，接着又有人把倒下的人移到了一边。根据经验他们判断出被包围了。枪声从屋里开始向屋外射击，一声声枪响划破了刚刚醒来的清晨，尖啸着飞出的子弹惊动了山林，林鸟惊恐地扑棱起翅膀飞向天空，怪异地叫着。

屋内的土匪想跑跑不掉，屋外的剿匪小分队欲冲也冲不进，一明一暗，杨子荣战友们还击的枪声带着复仇的愤怒，这种愤怒使枪声变得更加猛烈和聚焦。被投进屋里的手榴弹还不等爆炸，又被土匪从屋里扔了出来。咝咝冒烟的手榴弹接着在雪地上炸出一片大大的雪坑。

战斗僵持了十几分钟后，一捆集束手榴弹再次投进了马架房，几秒钟之后，一声巨响，马架房的屋顶塌落下来，几个土匪的尸体横七竖八地呈现在小分队的面前，而没死的早已吓没了魂的土匪和孟同春堆缩在了屋角。

一场小规模的战斗结束了。但是这场叫不出名的战斗却直直地走进了历史，因为它伴随着一个英雄的离去，以及这位英雄的再生。老杨——杨子荣的生命以这种悲壮的方式谢幕了。在他离开生养他的土地，背井离乡入伍的时候，他可能想到过牺牲，但他绝对不会想到在哪一方土地，在哪一场战斗，在哪一年，以何种方式牺牲。他威武而坦荡地做出过牺牲的准备，但是他没有想到自己会成为战斗英雄。

那个年代，为革命牺牲处处可见。杨子荣的身边也时时有战友在献出鲜活的生命，他一定是看淡了这些生死，只是想活得更有价值。没有人听他谈论过牺牲，但是没有人能够否定他面对生命的从容不迫。

而杨子荣也没有想到，虽然生命离他而去，他却以一个英雄的形象得以永生。那个战斗结束后的清晨，沉默与悲痛交加，痛楚与惨烈同在，这场胜利把喜悦掩盖得结结实实，每一个战友的脸上根本发现不了一丝一毫的荣光。

枪声在森林中消弭，只有几缕袅袅的烟雾还在安静地慢慢升腾，像是在天地间给杨子荣挂起的白色挽帐。战友们垂枪而立，任谁也无法相信朝夕相处担当如长兄的杨子荣会在这场围剿战斗中从此与他们永别。

泪水在战友的脸上冻成了冰珠，山与树低头垂立，它们也听到了杨子荣战友牙齿咬合的嘣嘣声。然而，再多的眼泪也换不回杨子荣的生命，再悲怆的哭声也不能让杨子荣睁开双眼。他安详地躺在林海中，卧在雪原上，刚毅的嘴角挂着让人读不懂的表情，是看着战斗胜利的微笑，还是壮志未竟的遗憾，是对故土亲人的牵挂，还是对新生活的渴望。

杨子荣倒在了浩荡的林海之中，就如同林中那些倒木一般，从此，他的灵魂在这片大地上空徘徊，俯望着这片被他热血染红的沃土。倒下的是身躯，高扬起的却是不倒的旗帜，他以智勇双全的英雄形象开始走进小说，走向舞台，走向影视，走向永生。

闹枝沟从此与杨子荣的名字总是相提并论，这个原本不知名的或者只是山民随口称呼的小沟成为了杨子荣生命最后呼吸的地方。多少年后，当有人慕名探寻闹枝沟时，这里已没有了马架房，没有了任何战斗过的痕迹，只是那些树木还林立着。这些树木见证了那个清晨的战斗，听到过那阵枪声的交响。树木在林间一寸寸地生长，把枝干极力地伸向林海的上空，也许，再长高一点，它们会在云中遇到杨子荣曾经的音容。

泪水从来不解决问题，只能冲淡一点忧伤。擦干眼泪，杨子荣的战友们四下寻找着可以把他运送下山的工具。这时，马架房的那副门板走进了目光之中，眼下，只有它还可能成为杨子荣安睡之所。门板被拆卸下来了，战友们轻轻地抬起杨子荣，一声呜咽的"老杨，咱们回家!"让雪原都感觉得到压抑着的悲伤。

那副门板成了杨子荣归来的安榻，那支小分队簇拥着杨子荣从闹枝沟开始向山外出发。山林肃穆，雪野沉寂。太阳迟迟不肯露面，天空阴沉成巨大的穹庐。这支队伍心情无比复杂，没有胜利的喜悦，寻不到凯旋的滋味，上山时走在最前面的老大哥、好战友，现在却以这样的方式回家。

脚步急促、迟缓又沉重。无法想象以后战斗的样子，只知道仇恨在无声中增加。可以回忆的是曾经一场又一场战斗的激烈，还有火炕上老杨同志的谈笑风生。

快到中午的时候，梨村屯路上的人们看到了从山上逶迤而下的一支队伍，他们惊异于这支队伍队形的紧凑，迎上前去看，还不等相遇，却见得队伍中抬着一人。不祥不期而至，人们紧张地伫立于路边，张大了嘴巴。关心与不关心都成为一种矛盾。

终于有村民询问出了原委，带着路寻找到了一处闲置的空房。天实在是太冷，要进到屋里，这才是回家，不能再让杨子荣露在雪里风中。

此前，村民早知晓了剿匪分队的存在，闯关东而来的人们也在渴望着安宁的生活。在长期的接触之中，也有村民知晓了杨子荣的名字。当他们最近距离接触他时，却不是站立，而是以长眠的方式，泪水滑过脸庞，砸向冰冻的大地。

　　村里有年长的老人按风俗给自己备好了棺材，这在各个村子都习以为常。在最短时间内给杨子荣找一副棺材还不是太难的事。那口还算上口的棺材被抬了过来，杨子荣终于有了一个安身之处。在山东老家，他没有独处的居所，在行军之中，也是常年和战友合住一处，只有此时，他才有了一个安静的独属于他的空间，而这却是任何人所不希望的，大家还依然想和他战斗在一起，行动在一起，吃在一起，住在一起。但是，所发生的一切都已经无可挽回。

　　那两天，杨子荣的身旁，群众祭奠的香纸一直没有断过。那一缕缕青烟寄托着对他无尽的追念，那跳动的火光温暖而明亮。杨子荣静静地睡着，安然，恬淡。从入伍以来，他的脚步便不曾停歇过，漂洋过海到达东北，又马不停蹄地穿梭在林海之中，雪原之上。

　　一直和杨子荣战斗在一起的战友守着他，流着泪回忆起这位兄长。他们的回忆中，杨子荣是贫困的，但又是勇敢的；杨子荣是能担当的，但又是温情的；杨子荣是穷苦的，但又是心中明亮的。在行军的路上，劳累的他走着走着也能睡着；偶尔休息时，靠着树也能睡着；竟然有时，吃着饭也累得睡着了。这一次，他终于可以放心地睡去，告别那些激烈的战斗，忘却家乡亲人的牵挂，不再担忧身边人的冷暖。

　　战斗还要继续，杨子荣的灵柩从梨树屯开始起运。在此之前，杨子荣牺牲的消息已经派人送到了团里，而团部所在的海林镇已经做好了等待英雄回家的准备。

　　杨子荣的灵柩被抬上轱辘车，有生以来，他还从来没有享受过这种独特的待遇。这是一种尊贵，而这种尊贵却让张望他远去的人们再次泪落如雨。

　　长篇小说《林海雪原》作者曲波当时是小分队指挥员，他在写就《林海雪原》之时，开篇便表达了对杨子荣的深切怀念，不知道在杨子荣灵柩远行时刻，他是不是在场，是不是在得知杨子荣牺牲的时候便有一种冲动拨动了他的心弦。

在《林海雪原》中，大智大勇的杨子荣没有牺牲，而是得以提升后带领队伍继续战斗，这自然是曲波的期望和理想。然而，现实却是残酷无情的。也正是现实对曲波的刺痛，才让他多年后，在辗转反侧之后，决定动笔把曾经在林海雪原上惊心动魄的剿匪故事描写出来，告诉广大的读者们，当年，在东北的大地上，曾经有这样一支部队战斗在白山黑水之间，更有些像杨子荣、高波、马路天一样的鲜活的战友把一腔热血洒在了那片深情的土地。

没有人去考证曲波创作这部小说时，到底又对杨子荣的事迹做了多少调查，但根本不用怀疑，他每一次落笔写到杨子荣时，眼前一定在呈现着这个英雄的形象，正因为如此，他才可以用笔刻画出一个气魄盖世的英雄来。如果没有对杨子荣的真切怀念，他也不会把这些战斗写得如此精彩。也正是因为他对杨子荣的真情讴歌，才使杨子荣在牺牲十几年之后，终于被人们重视并关注起来。在一定意义上来讲，是杨子荣成就了曲波的创作，曲波又用艺术的手段让杨子荣得以重生，并永生起来。他们这两个山东人，一起创造了一段传奇与佳话。

杨子荣灵柩运回团里很是辗转。到达一个叫北站的村庄时，路相对宽了一些，接着又开始转乘爬犁，到达柴河后，才上了林区小火车，最后才到达了海林镇。这段路行程多少天，找不到具体时间表，但无论对于护送的战友，抑或在团里迎接的战友来讲，都是煎熬的。

杨子荣的灵柩迎回后，停放在了一座老油坊的院内。战友们开始含泪清点他的遗物。入伍一年半以来，杨子荣除了留下了众多战斗故事之外，身无分文，遗物更是让人看了可怜。多年之后，战友们回忆时讲起，他仅有的一个小包裹里面，除了麻绳、锥子、旧布和废鞋底之外，什么也没有。在此之前，每次战斗他都要俘虏土匪，都要缴得浮财，可是在他身边钱财均成了粪土，他没有留下一点。

杨子荣牺牲前，在二团已是声名鹊起，战友们都知道他文武皆能，战功赫赫，而《东北日报》也刚刚对他进行过宣传，在群众中，他的大名也正欲远扬八方。当他牺牲的消息在海林传开之时，吊唁的人们从四面八方开始络绎涌来。在群众眼中，杨子荣就是他们的亲人。哭声夹着泪水，悲痛共着可怜，他们目睹了杨子荣的清廉，也听闻了他的壮举，那几天时间里，油坊里飘不出一点油香，沉重的气氛笼罩着里里外外。

团里想要给杨子荣再准备一口好的棺材，除此之外也没有更好的办法了。不知晓他的家乡在哪里，也不知道他的亲人在哪里，他除了留下了 500 多天的军旅岁月和精彩的战斗，其余什么也没有了。

棺材从一个叫黑砬子的地方运回来了，纯松木的板材比原先的更厚一些。更厚可能代表了更温暖的意思，更厚也可能代表了更不容易腐烂的意思，总之，这种更厚有了一些厚葬的意思。

在杨子荣停灵期间，二团又有一名战士牺牲了。这名叫马路天的战士生前虽然和杨子荣同在一个部队（墓碑和资料中被称为马路天，当所有资料成为历史之后，又有证据提出他应该叫冯路天。不论姓冯姓马，总之他是一位应该被纪念的烈士），但杨子荣所在的侦察分队通常都是分散行动，俩人几乎没有交集。而两人最后的交集是先后牺牲，一并被追悼，一同下葬。

马路天牺牲后，战友们不忍心再惊动杨子荣的亡灵，让他继续享用了先前从村民那里借来的棺材，而专门为他准备的那口厚板棺材最终安葬了马路天。即便是身后之事，杨子荣也成了吃苦在前、享受在后的那一个。

当年的 3 月 17 日（来自各种资料和纪念馆资料），在杨子荣牺牲后的第 23 天，他的追悼会在海林镇的一座朝鲜族小学操场上举行。然后，他被安葬在了海林东山坡上。当年的东北人，大多都是闯关东的山东人和河北人，不论按哪里的丧葬习俗，停灵 23 天也是一个超长的时间。具体原因无处可知，具体细节更是无所查找。当前所能查找到的关于杨子荣的各种回忆史料出入很多，不知道这个"23 天"当中到底还有什么故事还是笔误。近年，有记者采访到当年杨子荣追悼会主持人徐诚之，其讲当时是 25 日下葬，前后只有 3 天。

生前不曾相依，死后却是永远相伴。冻土中挖出的一座墓穴，两口油着红漆的棺材齐头放置。从此，这座墓地成为了杨子荣的安身之地，也成为了后人缅怀杨子荣的重要之所。

在牡丹江崇山峻岭上的映山红绽放之前，杨子荣的生命永远定格在了这片雪原之上，他的身躯永远地留在了林海之间。而他生前不曾想到，多年之后，他会成为全国万众瞩目的英雄，也不会知道他将以另一个形象登上舞台，会被后人以各种各样的形式传说和讲述他的故事。

海林烈士陵园里的土很冷，思念他的人的泪很烫，为他写下缅怀的诗歌很多，后来寻访他身世和故里的人更多。只是人们已经找不到闹枝沟的具体所在，几十年以前，在一个春天到来前，一个生命在这里陨落，他的鲜血染红了当年的土地。如今，那里的山山岭岭，每年春季开出的映山红鲜艳如血，可能是战士的鲜血染红了它吧。

秋水漫过八个女人的身躯

　　是谁说，战争让女人走开。当漫天的战火在中国大地上熊熊燃起，战争把原本属于爱情、属于丈夫、属于孩子的女人拉进了战火和硝烟。

　　1938 年的那个秋天，在北中国大地上，在一个叫作乌斯浑河的牡丹江支流上，上演了一场感天动地的英雄壮举。八名抗联战士，八个女人，八个花样年龄的女人，为了掩护战友撤退，与日伪军战斗到弹尽粮绝之后，毅然相搀相扶着走向了冰冷的河流，走向了死亡。同时，也走向了永生。

　　她们的脸上没有恐惧，没有失望，只有花朵般的微笑。秋水一点点浸透着她们的肌骨，一寸寸淹没她们瘦弱的身躯。她们的头颅，在秋天的那条河流里高昂着，像是寻找太阳的向日葵，寻找着光明和希望。

　　早在那之前，东北抗联著名将领周保中就在日记中写道："牡丹江畔乌斯浑河两岸，当有烈女标芳！"（原文大意）多年的抗战，让周保中深深地了解了东北大地上如火如荼抗战中的女人。她们舍夫离子，前赴后继地走向战场的战斗精神，让周保中做出了如此的断言。

　　如今，在黑龙江省牡丹江市的江滨公园里，八女投江的雕塑临江而立。各具神态的八位女战士立成了这个北方城市最著名的风景。每年到此观瞻的各地游客络绎不绝。她们就那样静静地立在江边，立在江边的风里、雨里和江边的四季里，用她们沉默的身躯讲述着曾经血雨腥风的岁月当中一个惊天感地的故事。

看着"八女投江"纪念碑，让我们含着热泪在心中一同轻轻念起这八个女人的名字和讲述她们的故事吧。

走向那江水时，王惠民已经沉睡了很久。震耳的枪炮声没有惊醒她。她就那样安详地倒在杨贵珍的怀里，就像熟睡在妈妈的怀抱里，做着五彩的童年梦想。不知道她的梦里是否有战争的阴霾，是否有遍插山岗的胜利之旗。总之，她一直也没有醒来。她定格在江水中，定格在《牡丹江市志》里的生命只有 13 岁。13 岁，还是一个孩子呀，13 岁，应该属于花季，属于学堂呀。可是，战争让这个孩子迅速地变成女人，变成战士，在她的肩上，放上了一副关于光明的话题。13 岁的烈士，听到这时，你的心里是不是会有一阵阵悸痛掠过。

其实，王惠民 12 岁时就已经投入了抗联的队伍。她是随着父亲一同进入那茫茫的林海和频繁的战争的。一年多的时间里，她跟随革命的步伐辗转了千里，而从来没有对革命失去过一次信心。即使到后来，她被敌人击中，还是打出了枪里的最后一发子弹。

杨贵珍是王惠民的同乡，都是林口县人。战争让同片土地上的女人们一同背井离乡。杨贵珍的年纪要比王惠民大，即使是这样，她也才只有 18 岁。又一个花季里的少女。不知当游客看到记载她们的这串文字时，是否想到了开在战地弹坑边的红艳艳的花朵。

最早，杨贵珍是抗联五军的战士，她在密营的被服厂里工作。她是女人，她的手中应该是精细的女红，应该是五彩花线绣织出的花朵。然而，她放下了针线，在一次叫作大盘道阻击战中担任了班长，从此，枪支和鲜血便与她息息相连，她又当上了副小队长，加入了中国共产党。

当她在党旗下攥起纤小的拳头时，她把孱弱的身躯和坚强的意志一同献给了镌绣着镰刀和斧头的旗帜。

知道么，在八位女烈士当中，有两位真正的女人，一个叫安顺福，一个叫冷云。她俩都已经是孩子的母亲，安顺福的孩子已经5岁了，可是孩子却没有叫过她一声"妈妈"，孩子的那一声呼唤让她等得好苦好久，但直至她牺牲，她也没有再看见自己的孩子。

安顺福是一个朝鲜族人。战争不但让孩子走了进来，让母亲走了进来，也让渴望解放和光明的少数民族同胞走了进来。当父亲和哥哥相继被敌人杀害，安顺福的胸口燃起了仇恨的火焰。她把尚在襁褓中的孩子交到了老乡手中，踏着父兄的足迹开始追寻革命的理想。

立在江边的那组雕像上没有每个人的名字，可是应该看到，眼中带着忧郁带着思念的那个人就是安顺福。她的眼中带着母亲对孩子的生死眷恋，带着对所有新生命无言的祝愿。

在八女投江的故事中，名字传播最广的当属冷云。作为指导员的她领导了那场战斗。如果说那八个女人用最美的声音演绎了生命的绝唱，那冷云无疑就是站在前面的合唱指挥。

可是，听过冷云名字的人不一定听过冷云的爱情。

那么，我来为你讲述冷云的爱情吧。

1915年，在黑龙江桦川县悦来镇的一户人家，出生了一个小女孩，起名叫郑致民。16岁时，她考入县立女子师范，并致力于反日宣传和地下工作。1936年，师范毕业后，她回到悦来镇初小任教，改名郑志民，取立志为民之意。后来加入抗联五军后又改为冷云。在加入抗联之前，冷云的丈夫变成了汉奸，整天监视着她的行动。原本的夫妻因为道路选择的不同分道扬镳。为了革命，她失去了爱情。

在抗联的队伍当中，冷云和进步青年周维仁结为了革命伴侣。一边战斗，一边享受着美好的爱情，冷云的心头露出了阳光的色彩。谁知，不久，周维仁壮烈牺牲了。那时，女儿刚刚生下来两个月。部队要西征了，冷云毅然把女儿留给了老百姓，义无反顾去迎接战争的洗礼。也就是那一去，她再也没有回来。

如果那个两个月大的婴儿现在还活在世上的话，她可能也已经是一个老妪。不知道当她从懂事起就听着人们一遍遍地讲着母亲的故事时会是什么感想。冷云的生命永恒定格在 23 岁，多么年轻的母亲呀。相信这位年轻母亲牺牲的时候，一定给了她女儿很多的祝福。

时间在匆匆流逝着，它不曾为哪个人停下前行的脚步。如果不是仰望着这一组巍峨如山的雕像，很多人可能都已经忘记了那场战争。即便是这样，包括我在内，对其中的另几位英雄也知之不详。只是在《林口县志》上，在少得可怜的资料中看到她们的名字。记住吧，她们叫胡秀芝、郭桂琴、黄桂清、李凤善。每人一段不超 200 字的文字记载了她们的一生。最少的李凤善只有 41 个字。那 41 个字告诉我们，她牺牲的时候年仅"20 来岁"。

历史的风沙已掩埋了她们的脚印，岁月的风雨也涤尽了她们流在那条河中的血迹。牡丹江早已不是哭泣的河流，乌斯浑河也停止了呜咽般的悲鸣。但是那场战斗的枪声却一直响在牡丹江畔。

让我们对那场战斗做一次回溯吧。

1938 年，集结在伪三江省一带的抗联部队处在了敌人的包围之中，为了打破敌人企图"聚而歼之"的阴谋，建立新的游击根据地，打通与其他抗日部队的联系，中共吉东省委决定进行西征。冷云等一大批抗联女战士毅然加入到了西征的队伍。

当西征军到达黑龙江五常县时，敌人调集了数十倍于西征军的兵力，采取空中轰炸、地面堵截的方式，对西征军进行围剿。抗联五军一师主力只剩下了 100 余人。为了保存革命的火种，抗联五军一师紧急决定，回师牡丹江下游一带休整。这 100 余人里面，仅有八名女战士。也就是这八名女战士，在即将到来的战斗中上演了荡气回肠的"烈女标芳"。

那个凌晨至今也没人准确地知道是哪一天，大概是 10 月 20 日吧。

那是深秋的凌晨。凌晨里那一小堆取暖的篝火成为了敌人的目标。已经红瞪着眼睛追踪抗联的敌人迅速地围拢过来。由于不知道抗联的队伍上还有多少人，胆怯的敌人没敢擅自行动。

天渐渐亮了。战士们醒来了，队伍整装待发。师部决定派金石峰带领八名女战士先行渡河。

八名女战士刚刚潜入河边的柳条丛中，这时，埋伏在抗联一侧的日伪军向抗联战士发起了进攻。八名女战士看到敌人紧咬住抗联大部队不放，心急如焚。

女人在此时挺起了她们并不丰厚的胸膛。八个女人站起来了，在秋天，在金黄的树叶丛里，如同是一首悠绵的离歌。

风萧萧兮易水寒，壮士一去兮不复还。这是千百年来送给男人的赞曲。那个凌晨，这句不朽名诗竟成为了为女人壮别的挽歌。

冷云的声音在秋风中回荡："把敌人引过来，掩护大部队突围！"

女战士的长枪短枪一同响了。子弹带着仇恨呼啸着寻找着目标。突遭袭击的敌人蒙了，以为主力部队在后面，便调头向河边扑来。

罪恶扑向了美丽的柳条丛，也扑向了柳条丛中的美丽。

大部队看到八名女战士被隔在了河边，又折回头来想要杀出一条血路，救出妇女团。

此时，又是女人的声音，那是女人发给男人的声音。不是卿卿我我，不是海誓山盟，也不是绵绵情音。那是命令，是不容置疑，是冷云的声音，是李凤善的声音，是杨贵珍的声音……是八个女人一同的声音，"别管我们！冲出重围！抗战到底！"那是一声比一声重，一声比一声急迫的声音。

手榴弹飞向了敌群，子弹飞向了敌人，平静地去和平日生死相依的战友们拥抱。女人们看见大部队隐入了远处的山林。

王惠民此时已经负伤了，她躺在温暖但并不伟岸的杨贵珍怀里。眼前是波涛汹涌的河水，身后是凶残无比的敌人。八个女人，除了旺盛的斗志以外，只剩下了三颗手榴弹。

敌人又疯狂地进攻了。女人们互相微笑着看着，手臂慢慢地平展开去，一双双叠压在一起，"抗联战士宁死不当俘虏！"

向敌人投出最后的手榴弹，女战士们相携相扶着向冰冷的河水走去，微笑着去拥抱死亡的光临。冰冷的秋水漫过她们动人的腰肢，漫过她们缺少爱情的乳房，漫过她们美丽的脖颈，她们的目光在深秋的水面上荡着波光。层层波浪涌荡着，漫过了她们的生命，却让她们的生命变得永恒；漫过了她们的思念，却没漫过她们高傲的头颅和仰望黎明的目光。

火红的太阳升起来了，河面上波光粼粼，像无数个太阳组成的河流，又像是母亲温暖的怀抱。没有惧怕，没有慌恐，走向河水就像是走向母亲一样从容，走向死亡就如同走向家中的老屋一样镇定。

1938 年的秋风秋水里出现了一道美丽的风景。那道美丽的风景让牡丹江一条小小的支流成为了一条英雄之河。

八个女人，在那河水铺就的舞台上演绎着人生的绝美。激流之中，浪花之上，她们如同跳跃的音符，用生命的强音奏响着让山河为之动容的乐章。

八个女人，八个从 13 岁到 23 岁的女人，用身躯在秋风秋水里开成美艳的花朵，谱写出一支史诗般的英雄赞曲。

时间过去半个世纪之后，在牡丹江市的江滨公园，八个花季的女人第一次以雕像的形式出现在了这座城市里。邓颖超同志为雕像欣然提笔，她郑重地写下了"八女投江"四个大字。相信她老人家提笔写下这四个字时的心情会是感慨万千，心潮起伏。

雕像落成当天，蒙蒙细雨之中康克清来到了雕像前。当蒙在雕像上的红绸被掀去的刹那，泪水从老人的心际潸然滑过。老人又和抗联幸存者们乘车赶到了林口县刁翎的乌斯浑河畔，河水在他们眼前静静地流过，不见八女的身影，不见惜惋的悲歌。

那条漫过八个女人身躯的河早已漫过岁月，给这片英雄的土地上留下了一首英雄的赞歌。

风吼马嘶人悲壮

当淡淡的春风挟裹着料峭的春寒再一次行走在北中国的黑土地上时，当寄托着哀思的朵朵素雅白花再一次开在人们胸前、开在一座座静穆的陵园时，当静静地站立在纪念馆里感受那狂马嘶鸣英雄横空的壮举时，很容易让人想到几十年前的那场人与马的战争，很容易让人记起那些可歌可泣的故事，很容易点燃军人内心深处源远流长的英雄情结和寻访谒拜的热情……

1966 年的佳木斯西郊，上演了一场让世人瞠目结舌的战争。那场战争的主角是一个叫作刘英俊的战士和一匹受惊的军马。在短短几十秒的较量与斗争中，年仅 21 岁的刘英俊用鲜血和生命印证了他生前在日记中写到的"一个人无论是活多长时间，他的死，只要是献给党的壮丽的共产主义事业，那就是无限光荣的。雷锋能，我也能，一百个能！"的铿锵誓言。

刘英俊倒在了他深爱的并为之奋斗的黑土地上。他的生命在烈烈的马蹄前闪烁出永恒的动人色彩。而就在他倒下的车辕前，六朵含苞待放的花蕾却幸运并幸福地绽放出生命的光芒。黑土地上，倒下的是英雄的躯体，站起来的，却是英雄永恒的雕像。那雕像不会随着历史的走远而遁入岁月的深幕。

在英雄生前所在的部队和城市，每逢英雄牺牲纪念日，各式各样的纪念活动也会纷沓展开。从一首首口口相传赞颂英雄的歌曲里，你能找到后来人对英雄的景仰和爱戴；从一列列站在雕像前宣誓的年轻队伍里，你能找到对英雄的追随和怀念；从一张张参观英雄纪念馆的生动面孔里，你能找到对英雄的敬慕和深思。英雄的身躯早已在黑土地里化成了护花的泥土，但刘英俊身上所折射出的英雄光彩却恒久地在这个部队蔓延和弥长。

1966年3月15日，对于北方而言仅是一个冬日难得的大晴天。刘英俊生前的排长于春芳清晰地记得，那天碧空万里，阳光灿烂，春风四处激情地荡漾着。好天气也给人们带来了格外好的心情。刘英俊所在的重炮连也决定趁着春潮早练兵。早饭刚过，刘英俊就到马棚牵马套车准备进行驭手挽炮训练。

在此之前，刘英俊已经是一个入伍三年多的老兵了。他以勤奋的训练、热情的助人、多彩的才华亮相于军营这个大舞台上，并且得到了众口一致的好评。

不知刘英俊驾驭着马车走出营门时是否曾深情地望一眼这所他深爱多年的营房，也无从考证他那天都和哪一位战友做过依依惜别。那是一个多么平常的日子呀。如果不是后来发生那样惊心动魄的故事，恐怕那一天会在所有人的记忆中消失得一干二净。直至刘英俊饮血雪原之上，那一天才被更多的人深切记住。于是，3月15日，从此属于了一个英雄的名字。那一天，每一次被人提起，都会被泪水打湿所有的记忆。

那天，刘英俊离开连队时，他发现马在地上打了一个滑。他跳下车仔细地检查，发现马的左前蹄掉了一颗防滑钉。细心的刘英俊跑回马棚取来扳手给马重新拧上了一个防滑钉。当时帮他牵马的班长随口说：

"掉一颗钉子，关系不大。"刘英俊的回答是："可不能大意，天寒地冻，冰雪路滑，还是小心点好！"

就是这句普通的话，竟成了刘英俊留给世界最后的遗言。从此，这个连队里没有了他爽朗的笑声，没有了他伏案夜读的身影，没有了他制作的精彩板报。但是，他的精神却永远地留在了那个连队里，他的名字连同他的事迹深深地刻在了后来人的心头和精神世界里。从此，那个连队每天晚点名，第一个呼点的名字便是那个带着阳光色彩，带着青春朝气的"刘英俊"三个字。在这个名字的下面，是在时光轮回中走进走出这个连队的上千名官兵共同的回答。那一声响亮的"到"，激励了多少热血沸腾的男儿献身国防，唱响了多少"为人民服务"的旋律。

刘英俊驾驭着他的炮车和战友一起沿着佳木斯西郊的公路自东向西进行着挽炮训练。突然，一声汽笛从身后蓦然响起，一辆载重的汽车"呼"地擦着炮车疾驰而去。

刘英俊驾驭的炮车的辕马骤然受惊，发出一声愤怒的长嘶撒开四蹄狂奔起来。一时间，那条原来平静的公路上出现了惊人的一幕：刘英俊一个箭步，扑向受惊的军马，用力地抓住了马脖子上的夹板。

天啊，一匹马的力量有多大啊。何况这又是一匹受到了惊吓的烈马。人与马的一场战争，一场生与死的较量就这样猝不及防地上演了。黑土地上从此定格了这样一组弥漫着英雄主义色彩的镜头。

马——继续向前狂奔，在公路上横冲直撞直奔一个站点而去。马的身后，是隆隆作响的炮车。

刘英俊——死死地扯住缰绳，略一侧身，用肩膀紧顶马脖子。双手猛推马夹板，硬是迫使马在即将闯进人群的一刹那，拐上了公路左侧的一条小道。

马——颠簸的炮车撞击着惊马。马更加发疯地在积满冰雪的小道上急速飞驰。马蹄嗒嗒，车轮辚辚。马车冲去的方向，出现了六个惊慌失措的儿童。

刘英俊——扬起右手，把缰绳在手腕上急速地绕了几圈。咬牙屏气，猛地后拉。趁烈马仰头歪脖、前蹄腾空之际，伸出左手撑住炮车辕杆，全身离地，飞起双腿，看准马的后腿狠命一蹬。随着一声巨响，顿时马倒车翻。

摄人魂魄的短暂镜头就这样定格，几十秒中发生的这一切清晰地刻入了众多人的眼帘。出门倒煤灰的居民组长杨淑敏看见了，她急得直跺脚，一连喊了几遍"快撒手"，但她却看见刘英俊把那道缰绳越抓越紧；复员军人刘国成也目睹了这些，急切之中，他也一遍一遍地呼喊"快松手"，可是他看见刘英俊在他的呼喊声中扑向了那匹高头大马。

烈马的惊鬃在低吼的风中树起一面宣战的旗帜，隆隆的炮车俨然紧擂的战鼓。刘英俊略显单薄的身躯在高扬起前蹄的烈马腾空的瞬间变成了压顶的泰山，变成了挡在儿童面前的安全屏障。安然脱险的六名儿童惊望着被重重压在翻倒的马车下的刘英俊，脸上凝结了一生也挥之不去的痛苦。

"从平凡的人到英雄，这条路并不长。问题是看你有没有决心走，看你怎样走。"这是刘英俊生前的一段日记。在这段平常的文字中，足以让我们对于他的壮举找到理论上的根据。

有时，成就一个英雄并不是英雄的一时冲动之举，它是经历了平时工作、训练、学习等一重重大浪冲刷过的金沙。循着刘英俊生前一串串平凡的足迹，我们不难理解他所作所为的合理性与正确性。

刘英俊在新兵第一次进行射击训练时，预习场上到处都积满了雨水。当排长下达"卧倒"的口令后，有的新战士皱着眉，望着泥地直�‹嘴。刘英俊却是"扑通"一声就趴下了，举枪就瞄。这个普通的动作中，透出的是他的果敢和执行命令的坚决。没有抱怨，也没有犹豫，他别无选择地卧在了那一摊泥水里。卧倒前，那泥水是摆在他面前的困难；卧倒后，那泥水便成了他走上领奖台的基石。那时，正是烈日炎炎的 8 月，火辣辣的太阳悬在头顶，身下却是湿漉漉一片，不知是汗水还是潮气，在他的身周笼罩出轻雾的色彩，他就是射击靶台前的雕塑。那种执着，那种认真，让他向一个平凡英雄靠近着。

刘英俊在下连后经历了数次岗位变化，首先分到了无线班，后又被调到重炮班，不久，"驭手"的光环又戴在了他的头顶。如今在中国人民解放军的行列里早已找不到"驭手"这一岗位，但刘英俊当初就是工作并牺牲在这一岗位上。

"驭手"听起来是一个新奇的名词，不易读懂。如果用"马倌"来替代不仅准确而且更显朴实。刘英俊在转换了几多工作后，像是孙悟空一样当上了"弼马温"。他每天的工作就是喂马、遛马、打扫马厩。工作的脏累可想而知，可是在最能表达一个人感情或者涉及隐私的日记中，却找不到刘英俊对这项工作一点点的厌烦。他这样鼓励自己："党和祖国的需要，就是我的愿望和理想。"他怕同学看不起自己的工作，又在信中这样写道："每一种工作都是光荣的，工作是不分好坏的，只要你工作做得好，你就是光荣的。"如今，这样的文字读起来可能会让年轻人掩口失笑，但这样充满激情和血性的文字就是出自一位平凡的年轻战士之手。细细地品读英雄留下的一段段文字，哀伤的往事会让血液涌动，也会在生命深处发出呼唤英雄的连绵不绝的回响。

当噙着泪水的北方初春见证了刘英俊的壮举后，人们开始从与英雄生活的点点滴滴中打捞关于英雄的细枝末节的记忆。忽然间，战友们惊奇地发现，在这个他生活过的连队里，竟然处处都有着他的影子。在办公室里，有他做的信箱、修的桌椅；在宿舍里，有他钉的书架、镜框、碗柜和修补的门窗；在操场上，有他挖的排水沟、编织的篮球网、整修的篮球架；在俱乐部里，有他做的黑板报、编的墙报、布置的学习园地、制作的幻灯片；在哨所，有他苫盖的顶棚、书写的标语、架设的铁丝网、竖立的警戒标志；就是在马棚也能看到他垒的炉子、缝的马套包；在厕所，有他挑的沙子、垫的土、撒的石灰……几乎在连队的每个角落，只要是他去过的地方都有他的影子。直到那时，人们才惊呼，他们曾忽略了一个英雄的存在。

这些看起来微不足道的小事在垒积着一个事业的舞台。一旦有了机会，英雄便可以登台做他精彩的亮相和演出。但是刘英俊只是默默无闻地奉献着，他一直也没有登上这样的舞台进行完美的演出。一个人做一件好事并不难，难的是他一辈都在做好事。这句话折射了多少朴素的哲理呀。刘英俊就是在学习雷锋大潮中的一个优秀的冲浪手。那些看似平常的工作，对于一个同样也热爱打篮球、读书的刘英俊来说难道不也是一种考验么？这些当属分外的工作，要让他必须用大量的业余时间——娱乐、休息和睡眠的时间来完成。

平凡的刘英俊用实际行动把他的青春时光填充得平淡但又有些色彩斑斓。在那场突如其来的战争中，他从平凡的舞台走上了光芒四射但他的生命已经不能再激情歌唱的舞台。走向那壮丽的舞台时，他没有逃脱，没有放弃，也没有惊慌失措。因为他已经无从选择，一面是死神的招手，一面是六朵欲放的花朵。他手中的缰绳在一瞬间变成了命运的绳索，松一松，悲痛和灾难就会降落在六个家庭的上空；紧一紧，中国人民解放军的队伍中便又多了一个傲岸的英雄。刘英俊用倒地的姿势迎来了麦浪般的崇拜群体，也使每个生命有了新的海拔和高度。他用大无畏的精神战胜了他的"对手"、他的"敌人"。虽然他倒下了，但是他的精神却犹如冲天的火焰在他生长的大地上腾空而起，愈燃愈烈。

还在等那些身影凯旋

远山依然在远方耸立或静默。也许当万木复苏，远山已忘记了曾经的泣血和疼痛。山到底还是坚强的，岩石寒峭，沟谷深幽，树木高冷，匆匆荡过的风不曾知晓山谷痉挛时的抽搐，而又一年树上新生的叶片也不会知晓母体曾被烈火炙烤的枯焦，包括人们，很多时候也会淡忘，因为生活总会有不断的美好来临，感情又去忙于另一场感动的发生，心情总能找到宣泄的出口。

我曾经加入到一场情感纠葛中，与一些素不相识、但又心心相通的年轻人。当我面对他们的名字时，他们已经因为一场被称之为"3·30"木里火灾的灾难变成了永恒。这种永恒有两种方式，一种是被记录在册的永恒，一种是父母心头之痛的永恒。有时，我也在疼痛，只是偶尔，不是时常，但即便是这样偶尔袭来，痛感还是曾经的痛感。

人的一生，绝大多数人并不是生来就想当英雄，甚至很多人没有准备好让自己成为英雄。当他成为英雄时，他不知道自己已经成了英雄。英雄是他身后的冠名，英雄这个称号比他们的生命还要永恒。这些他们不会知道，身后发生的许多故事他们也不知道。

那是一个男孩，我知道，他才19岁。在和他告别的那个仪式上，我对他的照片凝视了许久。他的目光清澈，在我的泪眼模糊中，似乎能感觉到他在调皮地把眼睛一眨一眨，我的凝视变成了和他的对视。那是一个极度悲伤的场合，不适合让思绪飘得更远，何况他的身边还有那么多的同行者。如果换一个场合，我甚至相信他就是一个懂事而温情的孩子，他可能会端起一杯酒和与他叫号的队友喊上一句"老子就干给你看"，他也可能会给正在暗恋的女孩发去一张张暗含深意的微信动图，他也可能在网上把给父母选的礼物加入了购物车。这些，都是我见到他的名字时的种种猜想。他的名字如果不和那场火联系起来，实在再普通不过。但是另一件和他有关的事让我把这个普通的名字能记得一辈子。在他牺牲的第三天，他的妹妹——那个当时 14 岁的女孩，面对镜头时，只有眼泪，没有痛哭，泪水能漫住她眼中的清纯，却挡不住山东姑娘的坚强，她说，我长大后，要加入到哥哥战斗过的队伍。她不是冲动，她是思考过的，也是坚定的。她说这话时，他们的父母就坐在一旁，能从他们的脸上读到悲伤，也能从他们对女儿的赞许中读到力量。那个时候，他们的儿子正安静地躺在一个冰冷的暗处，冷落着身边静寂的菊花。我宿命地认为，他会听到妹妹的声音，也会理解父母的表情，悲伤不解决一切，只有坚持住前行，活着的人才能有力量活得更好一点。这一家人阴阳两隔，但却共同呈现出了一种力量，这是悲痛打不垮的力量，这是沿着足迹前行的力量。

那是一个小伙子。在他离开后，我才知道他，还有关于他的视频。他高高大大，一米九的个头让他在篮球场上能扣到篮筐。他大学毕业不久，刚刚走在父亲曾经走过的路上。可是，那一场山火无情地烧去了他本可以飞翔的翅膀，有时，我会想他怎么就成了一只火凤凰，我似乎能看到他的挣扎，他的绝望。我和他父亲在工作中曾有一面过往，每当想起他时，我便能感受到他的痛苦。他的失子之痛在我的身上已经如此剧烈，我真不知道这个战友是如何扛住甚于我千倍的疼万倍的痛。后来，我听到了关于他的更多消息，他拒绝了社会上所有的捐赠。是的，所有的金钱在生命面前都不值一提，所有的赞颂和生命来比都显得过轻。我曾有过这样的判定，如果说其他父母对牺牲没有思考是可能的，而这位小伙子的父母不会。他的父亲一辈子就在从事这一危险的行业，经历过成百上千场的灭火战斗，怎能对这个职业没有认知。而当他帮儿子选择这个职业，或者是他在儿子成长的过程中感染和影响他选择这个职业之时，他便对于儿子的未来做过最坏的打算，只是他没有想到这种担惊受怕可能真的会来。在这场灾难发生后，我能理解他超出于别的父母的疼痛，当他面对曾经的组织和曾经的队伍时，要隐下疼痛而拿出一种从容和违心的大度。在这个小伙子牺牲后好几个月，我看到了这样一条新闻，在他生日那天，一些来自各地的年轻人在成都的烈士陵园里，在他的墓前进行了一场纪念。被人怀念自然是一件好事，但我却认定他不会知道。被人铭记也是一件幸事，但我总怀疑时间会把一些东西带走。甚至这种方式并不能安慰活着的人，而是让活着的人的伤口再次疼痛。我最愿意让时光抚平这位父亲心中的苦痛，哪怕会留下一道深深的疤，但至少血不再向外流。在这一对父子身上，呈现着对事业从容选择的力量，是子承父业相扶前行的力量。

那是一个父亲。在告别会上，我看到他的亲属座位上坐着两个中年男人，那是他的两个哥哥。这两个中年男人沉默地呆望着他挂在墙上的照片。可能这两个哥哥在回忆他从小长大的过程，也可能是在担忧他的孩子以后如何长大。他是牺牲的 27 名消防员中唯一做了父亲的人，他的孩子正在读小学，已经是知道了生死的年龄，可能还不太懂生命的概念。实在想不出一个十来岁的女孩如何来承受这种打击，当本来聚少离多的父亲成为了冰冷的石碑上的名字，她成长的过程中注定要有一段空白和缺失。然而，半年之后，我又看到了这个家族的选择。在一个没有透露当事人姓名的新闻中，我把这样的文字对应出了一个人：他的叔叔在那场火灾中牺牲；他的叔叔是一位教导员；他在四川冕宁被招录到森林消防队伍。是的，这个年轻人一定是这位烈士的侄子。生于凉山，又将用青春去守护凉山，这又是一场用生命进行的接力。不知道他的生前和侄子接触是多是少，但要相信当他的侄子穿上和他一样的战袍时，跨越时空的精神接力已然完成。家乡的山有多高，他知道，高得亲人们都到达不了他牺牲的地方。家乡的山火有多烈，他更知道，烈得山石都在炸裂。我感受得到，这是一种越是艰险越向前的力量，这是一种无所畏惧的传承的力量。

那是一个再次奔向战旗的老兵。在那场灾难发生之前，他已经离开了那支队伍，那之前，他还是一名军人。他和牺牲的战友们一同在火场舍命扑救过，和他们在崇山峻岭中艰苦跋涉过，和他们一同吃过，一同睡过，一同哭过，一同闹过。当他转身离开这支队伍后，当他听到那么多熟悉的名字登上让他的心为之悸痛的名单后，他只能独自哭泣，他不能和他们再在一起。然而，当他得知这支队伍在他的家乡征召消防员之时，他毅然选择了回归，他在被一面战旗召唤，他想听到那支队伍对他名字的呼点，他想让青春在这支队伍中延续，他想让热血再次沸腾。我也一直相信，他跟别的队友不同，因为他与成为英雄的那些人们曾经离得太近，他闻过他们的呼吸，听过他们的鼾声，记得他们的笑谈，他还想倒上一杯杯酒，和他们在一起——你们不干我替你们干！我与他未曾谋面，我认为他是在把一个承诺兑现，这是肝胆相照的力量，这是人生寻找到方向的力量，更是前仆后继的力量。

很久以来，我一直在默记着他们的故事。后来，我发现，对于他们的生命来讲，所有的讲述都极度苍白，就如同他们牺牲后回到家乡时的盛大已经离场一样。如果不拿起那份让人心灵颤抖的名单，还有多少人在怀念他们。他们不需要鲜花，不需要歌颂，不需要功名，这些原本就不是他们期望的，现在，他们连生命也不需要了。因为，在真正怀念他们的人心里，他们会活得好好的，还是那样年轻，那样鲜亮。我一直在关注他们牺牲之后身边的人，是哪些人在悲伤之后找到了前行的方向，是哪些人在用自己的方式对这个世界表达着自己的善意，是哪些人在对未知进行思考，还有哪些人借着灾难而践踏了心灵。

我不想让自己悲伤，他们不曾想为人世制造悲伤。他们没料到身前事，更不会料到身后事。正如新闻中曾播放的那一段被人无意中拍下的影像。那是他们在人世最后的背影，他们在村路的尽头下了车，人人全副武装，艰难地攀上了狭窄的山路。由于高原缺氧，他们远去的脚步缓慢，而正是这种缓慢，更显得脚步沉重，队伍雄壮，那支队伍逶迤着顺着那条陡峭的山路一直远去，一直远去，远去了——直至今天也还没有回来。后来，他们在山上被搜寻到，一个个抬下来，那不是他们，那是一个个灵魂被隆重地邀请下山进行最后的巡游。而他们，还在深山里，看着山又青了，看着水又秀了，还能看到再次奔赴远山的后来者的身影。

而我，从此，只要看到了远山，都要去寻找哪里会有一条下山的路，总觉得可能有一天，他们会沿着一条条山路满脸灰烬雄赳赳地凯旋，远远地招手，大声地呼喊。

谁也不要笑话我天真。因为我相信，一个人只要被怀念，他就没有死亡。只不过，现在我们在这边，他们在那边。

他们，已化作不朽的山脉

只要站在中国的地形图前，一片片或浓或淡的绿色便会清晰地展示出中国的森林分布。森林以茂盛的姿态呈现着，而就在这一片片森林里面，却有着一支鲜为人知的队伍——森林消防。他们和祖国的绿水青山，成为了不可分割的整体。

如果真实地接触到了森林消防员以后，你便会觉得他们的职业是那样神圣，他们是保护生态的队伍；如果体味到他们的生活，你会发现他们的情操是那样的高尚。他们从事的职业就是和凶恶的火魔战斗，逆火而行，向火而生。他们战斗在森林深处，一次次寂寞出发，他们的巡护无人记载，一次次舍命扑救，他们的演出无人喝彩。他们不在乎青春的岁月被落叶掩埋，他们也不在乎重复的危险年年彩排，他们组成的风景已经重叠成沿途的山脉。他们把爱给了无尽的高山，给了无垠的林海。

没有走进这支队伍之前，很少有人知道森林消防担负了什么样的任务。他们义无反顾地往前走着，他们和所有的军人一样担着家庭的重担，担着人生的酸甜苦辣，担着一家人的悲欢离合。每一次扑灭山火就是一次生死战斗，每一次出发都是一次悲壮的告别。就是告别，也许真的将不再回来，也许真的长眠，将不再醒来，绿色卫士的身躯真的就化作了山脉。

2013 年 8 月，仅仅半个月之内，森林部队就出现了两位烈士。一个是团职领导，一个是基层士兵；一个在南方扑救山火，一个在北方抗洪救灾。这两位烈士的牺牲，真正体现了森林消防员的精神本质，他们对生态和人民的爱，爱同山高，情同水长。

2019 年 "3·30" 木里森林火灾中，27 名森林消防员牺牲在了一线战斗之中。他们这个光辉而悲壮的群体化成了大凉山的巍巍山脉。其实，每一次闻令而动，英勇出发之际，森林消防员都会清醒地知道即将面临的危险，但是不到火场他们永远不会知道即将开始的这场战斗对于他们来讲会是多么艰苦与危险。每一次告别，他们都有可能不再回来。但是他们仍然如此从容地出征。因为，他们肩头扛起的就是责任与使命。

森林消防组建 70 多年，涌现出了近百名烈士。如果说，这支部队 70 多年的建设史是一幅恢弘的画卷，那么这些烈士就是这幅画卷里浓墨重彩的景致，一部森林消防史也可以说就是一部荡气回肠的英雄史。这些烈士中有团职干部，有士官，有列兵，有上等兵；这份名录中有孩子的父亲，有刚结婚的新郎，有正谈婚论嫁的排长，有父母独生的儿子；这份名录中有党员、有青年，有优秀的后备干部，有代理排长的优秀班长。这一份名录的背后，是惊天动地的战斗，是催人泪下的故事，是永远不朽的灵魂。

透过森林消防烈士名录，会发现烈士的身影曾活跃在茫茫的大兴安岭、巍巍的长白山、瑰丽的七彩云南、雄浑的青藏高原，也就是说在祖国的四面八方，有森林的地方，就曾经有英雄在战斗；这份名录跨越了社会主义建设时期、改革开放时期、新军事变革时期，也就是说在森林消防发展壮大的历程中，英雄用鲜血伴随了这支部队的成长；这份名录，烈士的家乡分布在大江南北、长城内外，英雄的部队造就平凡的英雄，英雄的家乡向这支队伍源源不断地输送着优质青年。

有战斗就有牺牲，有牺牲就会有铭记。当一个人的生命在战场上匆匆谢幕，并不等于他从此就告别了一切。因为他的离去，会有更多的人等待他的归来。即使他从此不在，但是他却会在一个群体中立成一座丰碑。

如果和森林消防员接触，你总会感动于他们的朴实。他们的语言由于长时间打火而显得木讷不丰富，但真要是让他们讲起别人和自己所经历的故事，不需要在记忆中打捞，他们就会讲出一串串的精彩，而他们已经感受不到那些精彩背后的惊险，淡淡地就像是讲着仿若天天都在发生的事情。

说起牺牲奉献，有的人觉得这是一个口号。但是对于森林消防来说，却是要时时面对的危险考验。时至今日，很多接触过森林消防员的人一直也没有想清一个问题，就是森林消防员为什么总会说他们不惧怕打火，他们在被一种什么样的力量催促着走上火场，是什么让他们从男孩快速地成长为火场上的男子汉。

这个答案其实也并不多难寻找，只要和森林消防员一同到火场战斗过一次。当你看见那些还是孩子的新消防员正背着几十斤重的装备步履维艰地走在奔向火场的路上，当你看到那些经历无数次与山火战斗的老消防员脸上的从容，当你看到他们一连几天几夜忘我的战斗，当你和他们在除夕的夜里一同奋战，你便知道了为什么他们脸上疲惫不堪，但每一步走得都是那样坚实。

当一个叫作清明的节日来临，关于缅怀，关于思念，关于继承，都成为了一个无法绕开的话题。英雄已经写就传奇，林海的阵阵松涛正在把他们的故事诉说。纵观英雄的壮举，大多是在瞬间完成的，但是，通过他们 20 年年轻而又短暂的成长历程，都能折射出他们在生与死的瞬间抉择绝非偶然。他们的身躯倒在了那片他们至爱的土地上，但那倒下的身躯何尝不是化成了一道不朽的山脉，正在深情地注视着他们用青春守护的高山林海。远去英灵不寂寞，对于他们的思念，正如森林一样生长。

光荣的母亲养育光荣的兵

初冬时节的早晨已经有了寒意。缓步在武警济南支队机动大队营院的水泥路上，管修梅不由得把目光撒向营区的角角落落。目光所及之处，一个又一个关于她儿子的故事正在风中传播。

这天是 2018 年 11 月 6 日，她努力地提振起精神头儿。因为，9 点的时候，有一场关于她儿子王成龙的大会即将举行。孩子荣立了一等功，这是一件多么让人骄傲和自豪的事呀！可这骄傲与自豪的背后，还有管修梅狠狠掩盖着的悲痛。

对于山东临沂的农家妇女管修梅来说，儿子王成龙一直让她深感荣耀。2017 年 6 月下旬，王成龙以学员旅综合评定第一名的成绩，完成了在武警工程大学的本科学业。管修梅作为优秀学员家长，被邀请参加儿子的毕业典礼。此前，她只知道孩子非常刻苦，但她从来没想过儿子会成为第一名。

管修梅坐汽车、倒火车，去往西安。路上，儿子小时候的那些事一幕一幕地在她脑海中放起了电影。

1995 年 4 月，大胖小子呱呱坠地。为了给儿子取个好听的名字，管修梅和丈夫着实商量了好久，最后才定下来叫成龙。没错，他们就是望子成龙。

从小，王成龙就是左邻右舍口中的"别人家的孩子"。他没有辜负父母的期望，拿到了 625 分的高考成绩，早早便成了"龙"。其实，凭王成龙的分数，有许多优秀的地方高校可供挑选。可对他来说，再好的地方大学也没有吸引力，早在初中时，他就已经确定了目标——考军校。

从一个地方青年向一个合格军校生转变，这中间相隔的距离很远。王成龙如愿以偿成为武警工程大学的一名军校生后，从前埋头苦读的生活被日复一日的严格训练取代。这不仅逐渐强壮着他的筋骨，更在强大着他的精神。他在日记中鼓励自己——"认准目标，奋力前进，哪怕遍体鳞伤，也要活得漂亮！"告诫自己——"你可以不是最优秀的，但你一定要是最努力的一个。"努力前进的结果，就是一步一步地成功。新训结束后，王成龙第一个当上了副班长；半学期下来，他又成为模拟排长；大三时，他又开始当模拟连长。

在一次视频聊天中，管修梅看到儿子的手上磨出了好几个又红又大的血泡，眼泪"唰"一下就流了下来："儿啊，要不你回来吧，军校太苦了。你成绩那么好，来年再考个其他学校也不愁。"王成龙安慰母亲："男孩子锻炼锻炼多好，这点苦不算什么。我既然选择了军装，就不可能当逃兵！"管修梅知道，儿子是一个认准了路几头牛也拉不回来的主儿，她唯一能做的只剩下叮嘱："你在妈心里已经很出息了，别把自己搞得太累。"王成龙这回变得严肃起来："我吃着国家的饭，穿着国家的衣，拿着国家的钱，不努力怎么行呢？！"

捧着电话，管修梅不知道再说什么好了。她想：这刚刚入学还不到半年，儿子怎么就完全成了国家的人了呢。但不管怎么说，看着儿子已经长成了可以经风历雨的男子汉，管修梅的心里还是无比欣慰。

4 年的时间过得太快了，快得让管修梅都回忆不起来 4 年间关于儿子有什么特别的事。平时，王成龙都是定期定点地打电话回家，苦累从没听他说过，说的都是自己又在哪里取得了进步。家里的经济条件比较差，有限的几次休假回家，王成龙都在忙着为家里添置物品。什么电视机、冰箱、洗衣机，都是他用攒下来的津贴费买的。

坐在毕业典礼的观礼台上，管修梅的目光里，王成龙挺拔的身姿如同一棵在西北大地上成长起来的白杨，脸上那自信阳光的微笑让她的心里充满了宠溺。在校期间，儿子两次被评为优秀学员，英语顺利过了六级，全国大学生数学竞赛拿过两次二等奖……现在，又荣立了三等功。要知道，在上学期间能立功，是多么不容易的事啊。

从来没出过头露过脸的管修梅觉得，儿子把她一生的荣誉都给挣来了。校长为王成龙拨学士帽帽穗的那一刻，管修梅的眼泪再也没有忍住。她曾抚摸过儿子老茧叠加的手掌，也曾看到儿子休假在家时每天雷打不动地出早操时的身影。那时她总在想，这孩子遭了这么多罪，他身体里到底蕴藏了多少劲儿呢？

管修梅没有看到王成龙在军校期间的成长，但学校领导、教员和同学们都看到了。每天早晨提前一个小时起床跑五公里的是他；每天深夜还在复习功课的是他；班里出点大事小情，出头摆平的是他；哪一个同学挂科或生病，主动给予帮助的还是他。

王成龙把自己的动能都悄悄地记在了日记里："纵然自己确实渺小，但我绝不迷茫，我要始终自信，保持自律，时有自省。我喜欢努力的自己，我要让我的一生都处于积极向上之中。""感觉身体疲惫得很，不过还要坚持锻炼，真正自强的人会把认定的事坚持下去，我就要一点一点咬住，坚持住。""要为祖国的美好明天做出自己的贡献，接力棒接过来了，可不能丢了。"

……

一个刚刚步入"二字头"年龄没几年的年轻人，心中就这样早早地扛起了献身国防的使命。这个重任不是谁强加给他的，而是他自己在心中种下来的。当一个人心有追求的时候，他所有前跃的步伐都将变得铿锵有力。

从西安回到山东老家后，管修梅刻意保持了低调。当年王成龙考上军校时，已在镇上轰动了一番。当一个又一个"优秀学员"的喜报邮回来家时，亲朋好友们更是羡慕得无以复加。可管修梅只想儿子健健康康、平平安安的，甚至对儿子的优秀，已经成了习惯。

军校毕业之后，王成龙来到新疆乌鲁木齐指挥学院进行为期一年的任职培训。岗位变了，环境变了，没变仍是他的努力。培训结束，民主测评三等功时，王成龙又排在了第一。他找到了营长和教导员，恳请把三等功记给别人。在他的心中，已经被证明了就已经足够了，荣誉不是自己最终的追求。

当800多名学员按着排名对毕业去向进行选择时，王成龙没有选沿海大城市，也没有选北上广。他对管修梅说："妈，我想去特战队，我想离战场更近一些！"听着儿子兴奋的话语，管修梅把嘴边的担忧压了又压，只说了一句："行，妈听你的。"

其实，管修梅内心很希望儿子能守在自己身边。可是她知道，早在5年前，她就已经把儿子放飞了。"济南离家也不是太远，想成龙了就去看他。"她自己安慰自己。

一切如愿。未来如同一幅闪耀着希望光亮的画卷，在王成龙的眼前铺展开来。他早已为自己的战场做了充足的准备，他就要像雄鹰一样，在属于自己的天空中振翅高翔！然而，任谁都难以想到，那辆失控的大货车却让这一切化为了乌有。几乎就在王成龙用力地把离他最近的战士推向路沟的当口，他被货车撞倒在地，并被车轮推着向前滑去。

医生接力进行的心脏按压，最终也没能挽回王成龙正在拔节的生命。很快，他壮烈牺牲的消息刷爆了微信，无数同学哭着争相询问，这到底是不是真的。

管修梅哭昏了好几回，她不相信一个月前还和自己有说有笑的儿子就这样离去了，但她相信一件事——"救人这事我那个傻儿子能做得出来，要是还有这样的机会，他还会去救。我的儿子我知道！"可是，这样的机会再也没有了。

望着鲜红党旗下曾经健壮的儿子，管修梅一遍又一遍地抹着泪，叹息着："国家花了这么多钱培养他，可他还没做什么贡献就走了，给部队添损失了。"

捧着手中的证书和纪念章，尽管管修梅疯了一样地想儿子，但她咬着牙挺着自己的精神头儿。她知道，11 月 6 日是一个比 9 月 12 日还值得她记住的日子。9 月 12 日是儿子的永去，11 月 6 日这天是他的永生。他的儿子为全社会树起了新时代青年军人的好样子，为沂蒙老区的人民争了光。只是思念的疼痛快要把她的心掏空。她是一个光荣着的母亲，儿子却是一个已经"光荣"了的兵。

王成龙年仅 5 岁的弟弟还不知道哥哥去了哪里。他还不知道，哥哥已经不再是哥哥，而成为他和许多人成长路上的英雄。这些，管修梅都会以一个母亲的身份告诉正在成长的他。

青山依在，英雄不老

2018年夏天刚至，一场接一场山火又开始在大兴安岭原始森林燃烧。森林武警的官兵奔赴远山，逆火而行，日夜奋战。此时，他们面临着两场大考。一场是眼前的山火成为的答卷，一场是改革强军这张试卷。根据要求，在7月1日之前，这支光荣的以保护生态为己任的部队，即将集体脱下军装，向军旗告别。他们正用战斗的姿态迎接着大考。

当我从解放军战士成为森林部队一员时，我还不知道肩负了什么样的使命。当一次次随着部队到火场采访，真实地接触到了森林官兵以后，我觉得他们的职业是那样的神圣，他们是世界上唯一一支以保护生态为主要任务的部队；我觉得他们的情操是那样的高尚，每一个人都是那样乐观，而对所经遇的苦与累没有一点抱怨；他们的生活是那样的艰苦，打火时所经历的苦与无奈不是我可以想象和可以完全描述的。

实际上，他们大多和我一样，没有走进这支部队这个集体之前，他们也不知道森林部队具体担负了什么样的任务，而当他们一旦知道面临的一切，他们或多或少都有当的不是抢枪舞炮的兵，上不了战场开不上坦克，远离城市钻山沟等等的不适与失落，可是他们没有一个人放弃，就像是这支部队在火场上从来没有出现过逃兵一样。伟大是来自平凡的。他们没有惊天动地的事迹，但是他们却承载着惊天动地的危险，在扑火的过程中，群死群伤的事情时有发生，水火无情早已是不需证明的定论。可是他们义无反顾地往前走着，他们和所有的军人一样担着家庭的重担，担着人生的酸甜苦辣，担着一家人的悲欢离合。哪一次上火场不是上战场？哪一次上战场不是和家人的一次告别？所以，当我觉得我有能力描写他们的时候，一种担当也落在了我的肩上。我要让更多的人知道还有一支部队一个群体，以如此战斗的方式生活着。

在采访的过程中，我总感动于森林官兵的朴实。他们的语言由于长时间打火而显得木讷不丰富，但真要是让他们讲起别人和自己所经历的故事，不需要在记忆中打捞，他们就会讲出一串串的精彩，而他们已经感受不到那些精彩背后的惊险，淡淡地就像是讲着好像天天都在发生的事情。但是他们根本就没有注意到，有的时候我的眼眶已经湿润了。很多时候，透过手机的屏幕，看着这些战友奋战在火场一线的艰苦时，泪水会不知不觉模糊我的双眼。

时至今日，我一直也没有想清的一个问题，就是森林部队的那些新兵们，他们为什么总会说他们不惧怕打火。仅仅在新兵大队训练了三个月，一下中队，怎么就会被一种力量催促着走上火场。那种力量究竟是什么？究竟是什么让他们从男孩快速地成长为火场上的男子汉。

在火场，我看到过一个个在火光前扑打冲锋的身影，那是真正的战斗。看着他们的汗水在脸颊上流成了小溪，看着他们在荆棘中穿梭的身影，看着身上重重的负重，我觉得我与他们的心灵在进行最有效的沟通。尤其是当我把将近30公斤的水枪跟跄着试着背上身时，我无法想象他们背着它们在崎岖的山路上最长时间行走9个小时的艰苦。在火场上，我也采访过一个中队官兵三天三夜只靠一袋面粉生存下来的故事，也体验过"火烤胸前暖、风吹背后寒"的悲壮，还面对过除夕夜奋战在火场一线的官兵。

很多时候，走在从火场归来的路上，我会悄悄落泪。我看见那些在我眼里还是孩子的新兵正背着几十斤重的装备步履维艰地走在那条路上。他们虽然脸上疲惫不堪，但他们的每一步走得都是那样坚实。我觉得我的眼前涌现出他们灿烂的青春，那青春里跳动着希望与力量。

我跟着森林官兵走在一条可以走成英雄的路上，我为我是他们的战友而自豪，我为我能用我的文字为他们加油而感到骄傲。很多时候，在我写他们的文章里，我会写到很多处眼泪，有战士的、有干部的、有家属的、也有首长的，他们都是真性情的人，这支部队里的人情感都是那么丰富，他们不避讳流泪，因为他们确曾流过泪。流过眼泪就是脆弱么？我现在已经深深地理解了森林官兵的眼泪到底包含着什么。

森林官兵最喜欢的一首歌是《我的高山我的林海》。歌中如此唱道：

> 这条路走了许多年，过去走成现在，现在走向未来。梦想带路的日子，忘了春荣秋败。沿途的徽章，早已经化作不朽的山脉。我不在乎青春的岁月被落叶掩埋，一次次寂寞出发。也许我的巡护不被记载，我只要每天看见，我的高山我的林海。
>
> 这片林守了许多年，种子守到花开，青翠守成绿海，森林武警的生活，没有悠闲空白。守护的长路，已经重叠为生命的血脉。我不在乎重复的危险一年年彩排，一次次舍命扑救，也许我的演出无人喝彩。我只要每天走进，我的高山我的林海。

然而，随着改革强军的步伐，这支光荣的部队在这个夏季即将退出军人的行列。当这篇文章发表的时候，他们或许刚刚脱下军装，虽然军装已经不在身，但他们的骨子里永远钙化着军人的硬度，还会崇尚着军人的荣耀，坚守着军队的传统。身份换了，但守卫祖国绿水青山的职能不变。那首《我的高山我的林海》也依然会在一代代人心中唱下去，尽管他们已经不再叫森林武警，但他们依然是绿色卫士。

　　只要祖国青山依在，相信英雄不会老去。

她在产房，他在天堂

2017 年 3 月 1 日，原本是个平常的日子，却因为一个叫佑佑的男婴出生，添了几许幸福几许感伤。这天上午，阳光透过玻璃窗抚摸着解放军第 175 医院的这间产房。孩子清脆的啼哭宣告着一个新生命的到来，也像是在向天堂里的父亲报告自己平安降生的消息。此时，他的父亲张浩或许正倚在天堂门口向人间深情凝望。

9 个月前，当林红艳确认自己怀孕后，委婉地向张浩汇报了他的"战果"。她怕这个一直渴望当爹的年轻机长被这突如其来的喜悦惊到。张浩欣喜地看着爱人，他知道，从此飞在天上不仅有了牵挂，更有了动力。他要让孩子从小知道，爸爸就在天上飞，潇潇洒洒地飞，威威武武地飞呢，别人送给孩子的玩具通常是玩具飞机，而他要给孩子的自豪是他的爸爸在飞真正的飞机。呜——爸爸飞到云彩里去了。呜——爸爸又飞回来了。呜——爸爸躲过了敌人的炮火……他给未出生的孩子取名佑佑，让一切都保佑他们吧。

为了迎接孩子的降临，张浩张罗着新的生活，他把自己的衣服从柜子里往外腾，说这个地方是给佑佑留着的。有空了，他就拿着抹布擦柜子上的灰，说佑佑的东西一点也不能脏着。末了，他又把一件飞行服挂在了显眼的地方，他说自己不在家的时候，孩子看见衣服就像看到了爸爸。林红艳感到很幸福，她眼前的这个男人能持家，能工作，能上天飞。他是优秀的机长，是领导器重的骨干，落地了，他有一群生死相依的兄弟。

张浩和林红艳在漳州买了新房，张浩讲，等佑佑一出生就搬进去，让他离开肚子那个家后就有一个新家。林红艳觉得肚子里的宝宝也像是听到了爸爸的承诺。有时，她真想躺在张浩怀里静静地待上一会儿，但她告诉自己要学会坚强，不能事事都靠着丈夫。张浩也知道妻子无言的牵挂，每次执行完飞行任务，他都会打来电话，"我回来了！"简简单单几个字却是张浩给林红艳最踏实的讯息。林红艳几乎每天都在等这句话。"回来了"——意味着他安安稳稳地落地了，关上了舱门，或是吃过了晚饭。可是说不上几句，这句话的后面就跟着另一句"明天还飞"。明天还飞，明天还将惦记着他的起起飞飞。

然而，1月19日晚上，林红艳从手机新闻上得知丈夫所在团队一架飞机失事了。林红艳有些担心，每天固定通话的时间过去了10分钟、20分钟、半个小时……突然袭来的恐惧把林红艳紧紧地裹住了。她开始拨打丈夫的电话，但是那头始终关机。再拨，还是同一个结果。

夜变得无穷无尽地黑。"您拨打的电话已经关机"像刀子一般刺刺刺地划着窗外的夜空。林红艳的大脑像是雷达一样，一遍遍地探索着可能的信号。她渴盼着张浩打来电话告诉她——"我回来了！"

太阳终于在林红艳的焦虑中摇晃着升起来了，但是，真正的黑暗却随之到来。所有的担心都真真实实地发生在了丈夫身上。林红艳想哭，可低头看见自己臃肿的肚子时，她咬牙收住了已经抵达喉咙的悲泣。再有40天左右，佑佑就要出生了。她不能伤了胎气，她要替张浩保护好这个孩子。母亲朱碧霞忧郁的目光望向林红艳，她惊异地发现女儿变得超乎想象地坚强。林红艳自己以前也曾偷偷地想过可能会有这样的一天，但她不知道这一天真的会来。这一次命运会真的让她从此负重前行。

在张浩的宿舍里，林红艳细心地收拾着丈夫的遗物。她把一件飞行服和一个头盔装进了包里，她要让佑佑一出生便看见爸爸就在家里。她要让佑佑知道爸爸曾经在天上飞，现在仍在飞翔着。她抚摸着张浩的遗像，一遍又一遍，无力又亲昵地抚摸。不哭，不悲，她只是重复着这个动作。林红艳知道，他不会再说"明天还飞"。因为从此丈夫已经不用再返航。

当医生把那个娇小的生命递到林红艳面前时，忍了 41 天的哭声终于从林红艳紧抿的嘴唇喷涌而出。林红艳轻轻地接过孩子，泪眼婆娑地看着他。佑佑！快乐地长大吧。张馨佑——这是爸爸早已为你起好的名字。虽然爸爸的身影不在，但是你的父爱不会缺席。爸爸就在天上飞着，就在天堂的门口注视着你的成长。

婴儿的啼哭响彻了整个产房，这个茁壮的新生命微睁着眼睛，似乎望向窗外的天空。透过蒙眬的泪光，林红艳觉得眼前这个生命是如此熟悉。她猛然发现，张浩并没有走，他还在呀！就在眼前向她挥舞着手臂……

在你的注视下，长成你的样子

佑佑的出生我一直很关注，也想知道他更多的情况，但是生怕会刺痛林红艳的心。后来，在和林红艳聊天中，知道了一些关于张浩的故事，所以，想讲出来给朋友们听。因为，这些故事的背后，有许多要让人们深思的事情。

那是 2017 年的事。

1 月 15 日晚上，飞行员张浩和怀孕的妻子林红艳计划了一件事。他有一个月的产假，如果他能够顺利休上，儿子佑佑出生后，就可以不请月嫂了。家里新买的房还没装修，老家一大伙子人都等着他照顾，要用钱的地方实在是多。另外，他想守在这个盼望了多年的新生命身边。然而，4 天后，张浩驾驶的直升机在返航途中骤然停车，即便是夜里，飞过无数次的航线张浩也再清楚不过，旁边就是油库，前方就是民房，撞到哪一个都会殃及百姓。危急时刻，他死死地把住了方向杆。战鹰迅速变转航向，侧翻在了地面，张浩的生命伴随着战鹰一同陨落了。当他的旅长想把他抱出驾驶舱时，他的手还一直握着方向杆。

3 月 1 日，张浩的儿子在厦门一家医院顺利出生。初生的那个婴儿，努力地睁开眼睛望向四周。这个还不懂事的生命还不知道，此时，他的父母，一个正在产房，一个已去天堂。

天虽然塌了，但是林红艳知道，为母刚强，她要把这个叫作佑佑的孩子养大。可是，每当夜深人静的时候，看着这个刚来人世就已经没有父亲的孩子，林红艳的泪水像是海边的潮水，涌起退去，退去涌起，涌来退去都变成了心底苦苦的涟漪。

似乎是冥冥已知，佑佑一出生就缺少安全感，没有人抱着根本不睡。看着母亲整天抱着佑佑在夜里打盹儿，林红艳眼泪又止不住地流。她心疼母亲，更担忧佑佑。她只盼着每天天早点亮，那时，她会打起精神投入到新的一天去。

林红艳的父亲曾经是一个军人，一次出差途中翻车因公牺牲。那时，她仅仅四岁。从小，她知道家里缺一个人，却不敢问母亲爸爸去哪了。只是在一次次和母亲扫墓的过程中去猜，那个土堆下面是不是藏着爸爸。她最怕的事是放学和开家长会，一看到同学和爸爸在一起的亲热样，她便感到一种说不出的难受。父爱在她的生命中一直缺席着。一直到上初中，母亲才和她讲起爸爸的故事。虽然为有一个在安危时刻把生的机会让给别人的英雄爸爸而自豪，但她还是觉得生命好痛，她甚至从来没有想象过父爱的滋味是什么。正是因此，林红艳性格比较内向安静，做事也总觉得缺少自信和依靠。

当张浩走入林红艳的生活后，她的生活中有了一个可以依赖的男人，她觉得这是老天的照顾，给了她一个这么优秀的男人。可就在期冀着未来时，张浩却永远地离开了她。她觉得眼前的佑佑比她还要命苦。母亲快 60 岁了，本来是天天担忧着她的女儿，现在又开始为外孙劳累。孤儿寡母三口人，此时只能相依相偎。林红艳只能偷偷地掉泪，但又不敢让母亲看到。

在张浩生前，两人计划住进去的新房暂时没有精力装修，林红艳只好租了一个十平米的单间。张浩的飞行服和照片还挂在家里显眼的位置。林红艳上班去了，母亲就抱着佑佑在屋子里转，她指着飞行服给佑佑讲爸爸。这些话语中包含着老人对女婿的思念，也有对生活的无奈，讲述张浩成为了哄外孙的主要语言。

林红艳上班很辛苦，每天中午她要挤公交车回家给孩子喂奶。她觉得母乳不仅安全，另一个想法是省钱。孩子长大的过程中用钱的地方多着呢。她要给佑佑创造出相对安全的生活环境。母亲由于年老体衰，平时得不到休息，胳膊已经脱臼两次了。医生说只有完全停止劳动一个月才可以恢复，不然会习惯性脱臼。但是她和母亲都做不到完全休息。在月子里就开始带孩子，林红艳的腰椎也出现了变形，现在上班天天挤四次公交车，母亲怕把姑娘累坏了，她要多担负些。

林红艳心事有些重，她一直没有想好孩子长大的过程中怎样告诉他爸爸的事。因为自己有这样的经历，她知道在孩子小的时候告诉了他也听不懂。可是，孩子在成长的过程中会慢慢地问到。有时，骄傲带来的荣耀没有真正的父爱实惠和温暖人心。不过有一点她相信，她会在孩子的心中树立起一个光辉的父亲形象。

中秋节到了，林红艳过了一个没有张浩的节日。那天，月亮有些不解人意，格外地亮格外地圆。她百无聊赖地翻阅微信中的朋友圈。她看到一家家在晒着团圆照，别人家溢出来的幸福与她一点关联都没有。平时战友对她关心一些，她虽然知道人家是善意的，但那并不会成为她内心的安慰。她有时想见到张浩的营区，有时又怕见到他的战友。当她无意中看到张浩的战友晒出部队按往年惯例发的月饼时，恍惚中她一下子醒悟过来，张浩真的是再也无法返航了，已经告别了那个他挚爱的群体。那天夜里，林红艳想到了往年月饼的味道，想到了张浩深情的目光。她一言不发悄悄地退出了朋友圈。删完信息，她抬头望了一眼月亮，月亮还是那样圆，她的心却硬生生地缺了一个角。

　　林红艳突然有些埋怨张浩，为啥以前俩人爱得那样深，现在竟然找不到他一点点不好，连向他发泄的理由都没有。佑佑呀呀叫着爬来爬去，林红艳抱起佑佑，给孩子哼起了歌。可刚哼了两声她停下来了，嘤嘤地哭出了声。佑佑张着小手在空中比划着，母亲在一旁愣愣地看着，她没有安慰女儿。不是不想，是她找不出恰当的语言。看着佑佑，她能想象出外孙未来的样子。因为，她的女儿不单单是生活中缺少了父爱，她的嘴里一直没有一个称呼：爸爸。

　　11 月底的一天夜里，佑佑打完预防针突然发起了高烧。林红艳和母亲手忙脚乱地往医院跑。这是佑佑第一次生病。没有经验，不知道轻重。一老一少两个女人深一脚浅一脚奔出了家。孩子打上了点滴，林红艳坐在医院走廊的长椅上忍不住迷迷糊糊地睡着了，她竟然梦到了张浩。张浩问她，孩子会说话了么？一个激灵醒来后，林红艳发现零点之后的走廊格外地空荡格外地幽长。母亲在椅子另一端打着盹儿，林红艳赶忙去看孩子。最急最累的时候，她忘记了用泪水冲刷苦痛。那是她第一个没有哭过的夜晚。她要坚强起来，她要成为佑佑可以依靠的大树。要让她脸上的笑容给佑佑带去阳光的色彩。

　　12 月 1 日，是自张浩出事以后，除了生佑佑以外，让林红艳记得最深的一个日子。那天护士给佑佑打针，针头刚刚扎进他胳膊上嫩嫩的皮肤，刚刚 9 个月的佑佑突然喊了一声爸爸。林红艳瞪大眼睛看时，佑佑两只眼睛里蒙着点点泪花望着她，又含含糊糊叫了一声爸爸。在这个时刻，他冒出了人生的第一个称呼，他会叫爸爸了。林红艳心里一痛，接着一喜，佑佑会叫爸爸了。

　　那天回到家，林红艳指着张浩的照片急急地让佑佑叫爸爸。佑佑含糊地叫着：ba—ba—，八—八—，爸—爸—，越来越清晰。张浩就在墙上笑着，就是一声也不回答。

佑佑还在叫爸爸，一声比一声大。叫着叫着，他蹲站起来，向张浩张扬着胖乎乎的手臂。林红艳看着佑佑高兴的样子，鼻子又是一酸，佑佑正在长大，用不了多少年，这个家里就会成长起来一个高高大大的男子汉，这个男子汉会给她希望，给她依靠，给她无数的力量。

林红艳把头扭向了窗外，隔着玻璃窗，她看到一方格外蓝的天。突然，她想好了，如果以后佑佑问起爸爸时，她没有必要隐瞒什么。她要告诉佑佑，他有一个威武英勇的爸爸，就在天上飞呢。

佑佑喊爸爸的声音突然停了，他已经爬到了林红艳的身后，扶着她的背站了起来，正试图用双手搂住她的肩，像当初张浩的动作。林红艳心中暖暖地，回头看了一下，佑佑正好奇地和她一同望着蓝天。

我的祝福是你红毯那头的等候

自从王晓冬走进阿妍心里之后，闲暇时她就想象着自己的婚礼。有时参加朋友婚礼，她总会情不自禁地想自己穿上婚纱和王晓冬站在一起的样子。可是他们认识 8 年了，却一张合影也没拍过。两个人约定，第一次合影就要拍成婚纱照，那样多有意义。

平时，两个人遇事不太用商量就会想到一起。王晓冬和阿妍计划把婚礼定在 2017 年 6 月 2 日，那时南京正是鲜花绕城、蝶飞蜂舞。当阿妍交了定金，把拍婚纱照的具体事项敲定下来之后，在无数个王晓冬飞行的夜晚，阿妍默默地等待着春天的到来。

阿妍是一个优秀的女孩，上高中时成绩一直排在全班第一。她知道自己只有刻苦学习才能保住这个位置，因为在她的后面，还有一个成绩优异的男生。那个阳光懂事的大男生虽然没有参加任何补习班，但他的成绩对她是穷追不舍。后来，那个大男生在爱情场上也对她展开了追赶。

高考那年，王晓冬报考了战斗飞行员。他还有两个弟弟，母亲在开出租车，父亲在经营一个小菜摊，家里的条件只允许他报考不收学费的军校。当然，还有一个更重要的理由，是喜爱。从小，只要有飞机在头顶飞过，他都要久久地注视着它在视线中消失。当初他可能没有飞上蓝天的梦想，可是当优异的成绩和强健的体魄给了他报考飞行学校的资本时，选择便成了毫不犹豫。父亲王勇支持他参军的理由只有一条：生了这么多男孩，就是给部队生的。当高考录取通知分别到达王晓冬和阿妍手里时，两颗年轻的心开始萌动出一种甜蜜。后来，阿妍的同学王晓冬变成了她的大毛哥哥。

有人曾讲，判断是否相爱的标准是苦与甜。如果想起对方心里是甜的，那只是喜欢。只有想起对方，心中有痛苦的感觉，才是相爱。在时光流逝中，阿妍感觉到了隐隐的痛。那种痛来自思念，来自惦念。当看着朋友们在微信中一天天晒着与另一半的合影时，阿妍不知道大毛哥哥何时才能闲下来，和她一起商定未来的日子。当阿妍看着城市上空偶尔有战机划破蓝天呼啸而过时，她总在想大毛哥哥什么时候才能归航。

除却思念，更多的时候，阿妍是自豪的。她告诉朋友，她的他在天上飞，就在中国的海边边上飞，一飞起来，他的眼里就是漂在海洋中的一座座岛屿。大的小的，远的近的，全在他的眼里心里。除去惦记，阿妍还有骄傲。尤其当她看到参加阅兵的机群飞过天安门广场上空时，她对朋友说，她的大毛哥哥虽然没有被选入编队，但他同样也能那样潇洒地飞。

自从和王晓冬定下婚期，阿妍便开始了对蓝天的凝望。然而，就在她兴奋地在电话中和王晓冬母亲商量拍婚纱照的事时，就在王晓冬母亲周淑兰向丈夫夸奖着将来要走进家门的这个女孩懂事能干时，在东海边上，一架战机在返航时失联的消息正迅速在新媒体上传递。

当阿妍从媒体上得知厦门有架战机失事时，心一下子悬了起来。王晓冬就在那儿，就守着那片海。她不敢往下想，心跳得失去了原本的节奏。那天夜里，她一遍遍地拨打她再熟悉不过的号码，但是那11个简单的数字却变成了一个无解的题。她得不到任何消息，每拨打一遍，惊恐和担忧便加重一层。她不停地向王晓冬的同学、朋友打听，唯独不敢向他的父母打听。她是一个懂事的女孩，几个小时前她刚刚向他们传递定下拍婚纱照时间的好消息呀。那个夜，变得漫长而无助。大毛哥哥是不是手机没电了？大毛哥哥是不是夜训呢？大毛哥哥是不是开会呢？哪怕有一千种预感，她也不想把那架战机和大毛哥哥联系在一起。她知道他这段时间有夜训，她不打扰他，她只等大毛哥哥把电话打给她时，她才要告诉他定了照婚纱照的时间。

天一点点亮了，但是阿妍的世界却黑了。1月20日上午，部队给王晓冬父母打来电话，说是王晓冬在训练中受了伤，让家里人到部队去看望一下。阿妍心里一切都明白了。战机都失事了，新闻上都讲了飞行员下落不明，部队无非是想让电话里的消息晚些变成晴天霹雳。

王晓冬的领导和战友来接站了，格外隆重。有的人接行李，有的人递饮料，有的人摆座椅，唯独没有人告诉答案。王晓冬的父母还在想，哪怕是断胳膊掉腿都行，把孩子送到部队那一天他们就没后悔过呀。

阿妍呆坐在王晓冬的床上。她原本打算春节来到这里陪她的大毛哥哥过年的，可是现在却提前来了。原本的团圆此时却变成天人永隔。王晓冬的小姨在柜子里发现了17年前她送给王晓冬的一个杯子，这么多年过去了，那个杯子还在用着，而且一点漆都没掉。可见王晓冬的日子过得多么认真而又仔细。见物思人，小姨的情绪又一下控制不住了。但是阿妍没有力气去安慰小姨，她觉得整个身体都空了，在空中飘着，心绪也飘着，扯也扯不回来。

王晓冬的父亲向部队给王晓冬交齐了一年的党费。他知道儿子的想法。虽然悲痛，但他理解儿子的事业，他这回来部队，穿的还是王晓冬穿过的旧军装。王晓冬给父亲留下了旧军装，可是他给阿妍留下了什么呢，阿妍在王晓冬的床上，连一根头发也没有找到，日思夜想的大毛哥哥就这样再也找不到了。最后，她在王晓冬飞行任务公示栏里找到了他的一张证件照。她一把抓进了手里，一遍遍地轻声呼唤着她的大毛哥哥。她知道，虽然他已没有呼吸，但是他滚烫的血液曾经在他青春的体内热切奔涌，他飞翔的梦想也曾被他描绘得无比壮丽。

悲痛击不垮为王晓冬自豪的人们。当两天过后，王晓冬的遗体被辨认出来之后，王晓冬的母亲周淑兰坐了阿妍身边。她劝导阿妍："回去吧，不要参加追悼会了，还有新的工作，还有新的生活，还得重新开始。"周淑兰想得也对。真正爱过，不在于再送一程。如若幸福，也要忘却曾携手同行。阿妍泪眼婆娑地听着，默默地摇头。周淑兰眼里有担忧有心疼，"晓冬活着希望能给你幸福，那么，现在，他更希望你不要痛苦。你要懂他。"

是啊，在曾经青春正茂的季节，阿妍已经给了王晓冬一份纯真的爱情，也给了他以心相许的期待。哪怕他从此远离他的战场，但他曾经一直为了他的战场准备着。哪怕他从此远离他的爱情，但他的目光一直会注视着阿妍。他相信，走出痛苦的阿妍，还有一天会走上红红的地毯，而红毯的那头，不仅有一个来自呵护阿妍的好男人的真心等候，还有他从万里海天上撒下的如同雪花一样的祝福。那祝福就在四季里，风雨无阻。

阿妍离开部队的时候，带走了王晓冬的照片。和那张照片放在一起的，还有拍婚纱照的订单。而这些物件累加起来的，是久久的思念，是此生的遗憾，还有大毛哥哥对另一个男人的期愿。

汇聚起来的力量有多大

《解放军报》用一整版推出《思念你的何止是那亲爹亲娘》这篇满含真情地怀念当年在南方边境一同作战战友的文章时，包括作者在内也没有想到他会遇到一位特殊的读者。

在重庆沙坪坝一个老旧的小区里，一位 80 岁叫田伯芬的老妈妈偶然间得到了这张报纸。文章里一个个烈士的故事让她泪水汹涌而至，因为，她也是一位烈士母亲。而她的小儿子何田忠牺牲在了前线。30年来，她竟然一直也没有机会去小儿子的墓地看上一眼。

田妈妈通过各种方式，辗转地把电话打给了本文作者、供职于《解放军报》的李鑫。在电话中，李鑫听着那个操着一口浓重重庆口音的老人讲述着她的心事。

田伯芬有四个儿子，牺牲的何田忠是最小的。小儿子牺牲之后一个多月，她才得到消息。和小儿子关系最好的二儿子受不了打击，人一下子疯掉了。这些年来，田妈妈和何爸爸一直照顾着二儿子。人年岁大了，走不动路了，虽然心中一直在想念着小儿子，每年年节也只能就近找地方祭奠他，但还是不敢动去看看他的念头。隔着千山万水，而且他们又没出过远门。

听到田妈妈的境遇，同样参加过边境作战的李鑫泪水涟涟。放下电话，他第一时间便联系到了重庆的战友，让他们代表他去看望田妈妈，顺便带去了一笔钱。从此，李鑫逢年过节寄钱、寄药，工作闲暇了还给田妈妈打电话。他称呼田伯芬为田妈妈，一对素不相识的母子隔着时空交织起了一张亲情的网。

2014 年，李鑫委托战友陪着田妈妈和何爸爸到了云南屏边烈士陵园，他们第一次给小儿子扫了墓。那一天，田妈妈在何田忠墓前欲哭无泪，她思念儿子的泪水早已经干涸了。她坐在墓碑前，像是有几生几世的话，说也说不完。何田忠只给她当了 19 年的儿子，却还给了她半生的思念。

在一次无意的闲聊中，李鑫认了一个妈妈并圆了她给烈士儿子扫墓的事，被原沈阳军区前进报社副社长孙永库知道了。孙永库只要有机会，就向身边的战友讲述李鑫与田妈妈的故事，身边的战友深受感动。当年先后送雷锋和郭明义入伍的老红军余新元听了孙永库讲述的故事后，拿出了一万元钱委托孙永库捎给田妈妈。孙永库对老红军讲，我也一直在给她呢，你 90 多岁了，不用你的钱。余新元很固执，党给我的待遇已经很高了，我一定要用这种方式表达对烈士母亲的敬意。前进报社的另一个副社长曹晓春也拿出了一万元。孙永库知道曹晓春有三胞胎的孩子正在上学，经济上也不宽松。曹晓春说，田妈妈的儿子都牺牲了，我拿这点钱有什么不行的。

2014 年底，孙永库到吉林边防团采访。恰巧遇到了全国拥军模范、山东著名企业家朱锃镕到部队慰问。在饭桌上，孙永库又向这位女企业家讲述了田妈妈的故事。泪流满面的朱锃镕制止了孙永库的讲述，让他立即把电话打给田妈妈。朱锃镕在电话中告诉田妈妈，只要您以后想去云南给儿子扫墓，路费全包在我的身上了。

朱锃镕说的慷慨，做的也动情。回到山东不久，她会同孙永库飞到了重庆，她要放下企业上的事，陪同田妈妈再去扫一次墓。朱锃镕给田妈妈老两口买上了非常喜庆的唐装，她一边帮他们换上一边说，咱们这回到墓地，就要穿得喜庆些，这样你儿子看到了才会更高兴。田妈妈怕一家人坐飞机会花朱锃镕太多的钱，她有些犹豫。朱锃镕说，你们都八十三四了，再不去以后真是走不动了。钱我们会慢慢挣，可是年岁不饶人呀。时隔两年，田妈妈和老伴在孙永库和朱锃镕陪同下，再次去了陵园。这次，田妈妈没有哭，她坐在儿子的墓前，聊起了家常，她告诉小儿子，这些不相识的人，对她和亲人一模一样。

后来，吉林省军区政治部主任李成蛟也知道了田妈妈的事，他也成为了田妈妈的编外儿子。李鑫、孙永库、李成蛟、朱锃镕、曹晓春等组成了坚强的儿辈的阵容。在吉林服役的重庆籍军士长蒋德红，年年回家必是先到田伯芬家陪她。在重庆三医大读博的孟召友，读书3年，给田奶奶、何爷爷当了3年"家庭私人医生"，许许多多的战友们共同编织成了一个亲情浓浓的网，网住了田妈妈的晚年幸福。正如田妈妈所讲，我失去了一个儿子，却因一篇报道换来了无数个儿子。

2017年夏季，李鑫把田妈妈邀请到了北京，这是他们第一次相见。第二天早晨，从沈阳赶来的孙永库和从山东赶来的朱锃镕等，在天安门支队领导的亲自安排下，陪同田妈妈在天安门广场观看了升国旗仪式。

那天，在烈士陵园都没有哭的田妈妈看到国旗升起之时，泪水漫过了她干涸多年的眼眶。她眼前的国旗，血红血红的。她眼前的亲人们，一列一列的。而护旗兵擎起的那个久久没有放下的军礼，她觉得不仅仅是敬给她的，还有牺牲的儿子的，她要替儿子还一个礼，就在她挥手的一瞬间，她似乎看到了屏边烈士陵园里睡着的900多个烈士。她的眼泪一下子，止住了。她是他们所有人的妈妈。

妈妈后来的故事有多少

2004 年，网上出现的一张照片和一首《妈妈，我等了你二十年》的诗合在一起，一下子击中了读者泪点。照片中，一位貌似南方少数民族的老妈妈在烈士墓前仰面痛哭。图中讲的是这位叫赵斗兰的老妈妈自儿子赵占英牺牲 20 年来首次扫墓。看图读文，直抵人心。

1984 年的 5 月，对于赵斗兰来说天几乎塌下去了。在此之前，她知道儿子所在的部队在前线作战。作为战士母亲，她整天提心吊胆，生怕最小的儿子有个三长两短。但最后，坏消息还是来了。部队把她邀请了过来。虽然没有文化，赵斗兰还是感觉到不是让她去参加表彰会，凶多吉少。那次到部队的情况，成了她此生的最痛。在一个叫麻栗坡的地方，整个半山坡都是白花花的墓碑，地上的泥土泛着新鲜的气味，而血肉模糊的儿子就在她的注视下和萦绕满山的哀乐中没入了那个冰冷的墓地。那天的气氛太肃穆了，一堆堆的花圈，一队队的人群，远处的山坡还在有人开拓着墓园。赵斗兰从来没有见过如此多的坟墓，而在此之前她也从来没有想象过 20 岁左右的年轻人葬在一起会是什么概念。

回到家，她死死地记住了那个叫麻栗坡的地名。但是她又不敢把心思往那里放，思绪一到了那儿，就是害怕，心就会针扎一样痛。只有没白没夜地劳动，才可能让一贫如洗的她心里能够麻木一点。儿子牺牲不久，丈夫的心思转移到了另外一个女人身上，他不再回家，并且把持着儿子的抚恤金。贫穷成为压在赵斗兰身上的重负，而远方的儿子却成了她无穷无尽的思念。

家距离麻栗坡有八百里，这八百里的距离之间是山是水是贫穷，是思是念是无休无止的痛。赵斗兰独自生活着，她的心里有一个算盘，等她一旦有了时间，不用再在土地上劳作，能够舍得下她的鸡鸭，她攒下一笔路费和盘缠时，她一定要到埋葬着小儿子的那个地方再去看看。尤其是当她听说，丈夫带着那个"相好的"都已经去过好几回了时，赵斗兰更是想去看看。

一晃20年过去了，77岁的赵斗兰在嵩明县民政局工作人员的陪同下，终于再次来到了那个令她肝肠寸断的地方。抚住那块冰冷的墓碑，拍打那厚厚的红土，再撕心裂肺的哭喊也唤不醒那个19岁的娃子。可是，赵斗兰的哭声却惊动了另外扫墓的人们。一位叫"云淡水暖"的网友好奇地站到了这位伤心的母亲身边，当她了解到此次扫墓是赵斗兰时隔20年第一次给儿子扫墓时，含泪写下了《妈妈，我等了你二十年》的诗歌。

从此，赵斗兰走进了读者的心，也走进了爱的河流。不再让烈士母亲心伤，不再让烈士母亲独自遥望。一批批志愿者走进了赵妈妈的家，一笔笔汇款打进了赵妈妈的账户。并不是人们不关心烈士母亲，而是烈士母亲的事被人知之甚少。不是没有人知道烈士母亲无上光荣，而是烈士母亲通常总在把思念当成内心的隐秘。没有人知道她每一个孤独的夜晚流过多少泪，没有人知道她在田间地头劳作时，对远方的儿子说过多少话。只是他们刚刚知道赵妈妈隐忍了这些年的事。

好在一切都来得及，好在人们没有忘记英雄。赵妈妈所在县民政局、武装部和驻军部队的战友来了，在每一个年，每一个节，每一个特殊的日子，来自全国各地的网友和读者也来了。北京的一位 70 岁的大妈，千里迢迢托人给赵妈妈捎去了米和油，她不想托人带去钱，她觉得钱上不带有她的体温。一位大儿子战死疆场的老大爷，带着老伴转了 3 趟车也来了，他要告诉赵妈妈从此她不再有孤独和无助。

后来，云南一家媒体还成立了志愿者组织，开始寻找和关爱与赵妈妈有同样经历的烈属。赵斗兰曾经是孤独而痛苦的，但是晚年的她应该是幸福和安然的。人们没有忘记她，国家没有忘记她，在时隔 20 年扫墓之后，她在"老山女兵"等众多爱心人士和政府关心下，开始了给小儿子的扫墓之旅。晚年的她，活在了小儿子的光荣之中。

2018 年 3 月 2 日凌晨，91 岁的赵斗兰终于不用再去麻栗坡扫墓，与儿子阴阳两隔 34 年之后，她走完了自己苦难又安享的一生。也许在天堂，她会向儿子讲述这些年以来的思念之苦，也会讲述她与那些素不相识的人们的故事。不知道，赵占英在听着母亲讲述的过程中，脸上是不是会一点点泛起欣慰的笑容。

冰与火的重奏

冬天终于过去了。

中华大地上，春意正由南向北悄然泛起。柳树一点点醒出了一团鹅黄，草儿从枯叶中无声地吐出了绿丝，天空中偶有几只冬日里深藏不露的候鸟飞过，封冻的河流开始融化，冰湖也汪起了春天的泪水。春天，就这样不知不觉回归了北方大地。

站在春头，回望刚刚过去的漫漫冬季，让人怎不心生感慨。仅是这刚刚过去的一个冬天，在各种新闻中出现的消防员在冰上开展的救援行动就有六起，未进行报道的尚不知还有多少。每一起冰上救援的新闻，都让我的心一次又一次揪紧，有时，我的眼眶会一次又一次湿润，让我为他们而歌的喉咙一次又一次发痒，从每一起救援发生之时，我都在期盼着春天的早日到来。我从未对春天有过如此急切的等候。或许，这与我的身份改变有关，但这与消防员的身份改变无关。

2018 年初冬时节，我与消防员一同有了新的身份，他们随着国家应急救援队伍的成立从军人变成了消防员，而我则是由一名拥有 27 年兵龄的老兵转业成为了一名职业记者。他们只是换了一种身份，还在从事着赴汤蹈火的事业。我却是离开了曾经战斗的群体，而在另一个岗位上用文字的方式战斗，一种责任正在沉甸甸地降临。我希望能够为他们而歌。

　　提起消防员，给大多数人的第一印象就是扑火救人。这是因为人们忽略了另外一件事情。119报警电话连着每一个消防员。这个电话接通后，都是急迫的声音。可能是着火，可能是落水，可能是房门被锁，可能是有人正欲自杀……总之都会与生命有关，都会与救援有关。消防员的所有反应就是竭诚为民。

　　自成为记者开始，我的目光更多的落在了这支队伍之中，他们听党指挥的忠诚和纪律严明的形象已然扎根于我的内心。是的，他们曾经是我的战友，现在是我的兄弟，也是我的文字描述对象。

　　正是由于对他们的关注，我忽然发现了他们工作的另一面。而正是这另一面，让我对他们由衷地敬佩和感动着。在烈火面前，他们英勇无畏；在冰河之中，他们舍生忘死。

　　2018年12月8日中午，打开手机浏览新闻时，辽宁鞍山一起消防员营救落水老人牺牲的新闻一下把我的心揪住了。往下阅读，不愿看到的结果在发生着。消防员牺牲了！落水老人遇难了！一时间，心像是一条毛巾拧在了一起，湿漉漉地打不开。在部队时，我曾参与过牺牲战士的后事处理工作。看着家属那种悲恸欲绝，我能够感同身受。那次事故处理，我几乎陪着战士家属流了整整一周的泪。从他们的绝望和痛苦中，生命之重像是一座山压得人喘不过气。而那牺牲的战士就是身边曾经欢声笑语的兄弟，就是曾经活蹦乱跳的生命。当他们以光荣的方式谢下人生大幕之时，他们就从我们身边离开，而上升成精神上的偶像。

　　鞍山救人牺牲的那个战士的名字很容易就被记下了，他和中国早些年的一个球员重名，叫作李铁。我知道，这个名字从记下那一刻开始，这辈子再也不会忘记。他沸腾的热血在鞍山青年湖的冰水中一点点冷却，他的温度他的壮举却在感动走出了雷锋、走出了郭明义的鞍山。我知道人的生命往不再生，但我知道精神却可以被复制被传承。我不知道李铁有力的大手伸向落水老人的时候是怎样的坚定，但我能感受到这个辽沈大地上走出的优秀男儿身上的力量与眼神中的无畏。

关于李铁的故事我还想知道更多，但不去触碰是对烈士家属最好的安慰。其实我一直想有机会握一握李铁父母的手，什么也不说，什么也不做。就那样面对面坐一坐，告诉他们，我是他未曾谋面的战友，我是一个需要到达现场的记者，我是一个可以把他们作为主角来讲述的文字记录员。

我希望冬天早些过去，我希望大地不再有更多的苦难，冰河不再吞噬鲜活的生命。

然而，2018 年 12 月 17 日，又一则冰上救人的新闻冲入眼帘。在辽宁抚顺浑河月牙岛橡胶坝附近，一名抄近路的群众在冰面行走时，不慎落水，抚顺消防支队特勤中队的 12 名消防员联手将落水群众救上岸并送到医院就医。看到这条新闻时，心中一怔，此事距李铁牺牲仅隔十天，抚顺与鞍山相距不远，在媒体如此发达之时，前一事件难道没为人们敲响警钟？怎么又是"不慎"，哪一桩接警消防员都是闻令而动，消防员在救人的危急时刻哪有更多的时间考虑自己的"慎"呀。

冬天刚至，接连发生的两起冰上救援让我有一种预感，不论人们愿意不愿意，但这样的救援今冬不会是最后一起。果然，2019 年 1 月 1 日 15 时 51 分，山西忻州宁武县马营海村湖面又发生一起坠湖事件。原来一青年男子一时兴起，用汽车拉着女友、表弟和两个表妹到湖面玩起了漂移。结果冰面开裂连车带人坠入湖底，该男子与表弟及时逃生，女友和表妹三人随车沉入湖底。

太原消防救援支队受领任务后，从太原特勤大队抽调了 5 名资深潜水员前往事故现场。事故发生的湖水最深处 30 米，坠湖地点离湖边 70 米，经过勘察，发现事故车辆沉于水下 6 米深处。人随车辆坠入湖底，又已时隔一夜，生还已不可能，消防队员所要做的是打捞。这是对家属的安慰也是对遇难者的尊重。可是消防队员所面临的困难是极端天气条件下的超低水温，地面温度零下 19 度，不要说是潜入水底打捞，就是在零度的冰水混合物中待上几分钟也是寒浸肌骨。然而，面对任务别无选择。赴汤蹈火中的"汤"在字面上的理解是热水，可执行任务的队员面对的是冰冷的水下。

　　执行此次任务的是孙朋和冯宏耀两名潜水员。他们潜入水下 70 厘米后便遇到了二层冰，只有把水下的二层冰破拆后才能进入漆黑的水下。经过十分钟的努力，他们终于打通了一个仅能通过一人的冰洞，然后两人依次进入水下，不，是两重冰下。冰下是黑的，但我相信，这两个勇敢的消防员潜入水下的时候，内心是无比明亮的。他们面对的不仅是死亡的威胁，他们也背负着岸上围观群众的信任与期待。在这里，无须复原他们平时刻苦的训练，他们的身上有着这些符号："特勤队员""挑选""资深"。在入伍之初，他们可能还不能明确地意识到自己的职业将会面临何种挑战，他们在岗位上日积月累练就了过硬本领，于是才有了这样勇猛的出征。

　　后来的事情在网络上大家都知道了。孙朋和冯宏耀在冰下打捞一个多小时后，完成了任务。他俩上岸后进入了小房间里取暖，厚厚的棉被裹在身上，热姜汤捧在手里，可是两个健壮的小伙子浑身发抖如若筛糠，说的话也连不成句，眼神也显得有些木讷。隔着屏幕，我能感受到他们周身上下的彻寒。破冰入水前，作为职业消防员，他们一定把危险和困难都想到想清了，可是他们没有如此的经历却不会知道零下 19 度严寒下救援的真正难度。可就在他们接受任务之时，青春的热血已经开始燃烧，而这种燃烧是和冰冷的水结合在一起，交织在一起。他们无法让遇难者复活，但他们的热血几近可以温暖和融化整条冰冷的河。

我只是在网络上看到过这两个兄弟的面容，更让我感动的是他们从冰下完成任务在冰面行走的照片。他们俩一袭黑色的潜水服，背负着潜水装具，雄赳赳地凯旋，那种矫健给人依靠感，那种威武让人有种说不出的敬佩。枯萎的野草在远处的河岸衬托出一片荒芜，封冻的河流在诉说着他们返回冰面的酷寒，他俩以英雄般的形象行走在那片死寂的冰面。

在这个救援过程中，另一张照片也很打动人心。岸上的另一名消防员站在冷风中大口大口地吃着面包。他的左手拿的是半块面包，右手拿的也是半块面包。连一包咸菜也没有，连一杯水也没有。谈什么饥寒交迫，讲什么千里奔波，辛苦似身后飕飕而过的风，只有救人才是眼下的使命。都说新闻是易碎品，这件事过去不到一周，媒体当中就再见不到相关的后续报道。其实所有的救援人，包括那两个消防员，也不在意这些。永恒的是情怀，不变的是使命。不论哪里再有事故，他们的姿态还是出征，立即出征，义无反顾地出征。

1月5日，发生在山西长治市襄垣县古韩镇甘村的一场救援实质上更是揪心，只不过没有引起更多的关注。下午3时，4名10岁左右的男孩在冰面上滑冰时，由于冰面突然破裂，3名男童落水。另一个男孩急忙跑回村中呼救。半小时后，襄垣县消防大队接到了报警，等以最快时间赶到事发水域时，岸上已围了上百名群众。公安民警在河边拉起了警戒线，孩子家长的哭声喊声充斥着整个河岸。一名孩子的父亲已瘫倒在地。120急救医生面对着冰河也是束手无策，只能推断出在这异常冰冷的河水中，落水这么久，孩子已遭遇不测。

哪怕是遇难了，也要最快把孩子打捞上岸，给家长一个交代。消防大队大队长刘孟青下令用铲车破冰。隆隆的铲车击碎了河面的冰，潜水员葛英杰和侯鹏浩做好了一切准备。当冰面上出现了一条河道时，他们俩人迅速地潜入了水下。五个小时过去，天色已黑，两位潜水员在水下只寻找到了两名遇难儿童。刺骨的冰水已经将他俩冻麻木了，可是另一名孩子还是找不到。照明灯注视着冰河，消防队员划着橡皮舟在冰河里继续寻找着。群众们知道那名孩子获救已不可能，实在不忍心消防队员黑灯瞎火地救援，暂停了这次行动。

第二天一早，消防队员又出现在了冰面上。那一夜遇难孩子家长没有休息好，其实消防队员们也没有睡实。没有完成任务，他们的心头就悬着一件事。没有让百姓安心，他们就觉得自己工作完成得不圆满。

凛冽的寒风在河冰上鸣咽出一曲悲歌，一夜之间，破开的冰面又重新冻结在一起。消防队员站在摇摇晃晃的橡皮舟上用腰斧砍着冰面，钢铁击打冰面的声音像是在呼唤冰下的孩童醒来。他们多想冰下的孩子像是和大人开着一个玩笑，他会顽皮地从另一个地方浮出水面，然后牵住大人的手。冰碴乱飞，水滴溅起，不消一会儿工夫，消防员们的手套上、衣袖上湿了，然后冰得硬邦邦的。冰面被打开了，潜水员潜入了水底。当天下午2时，最后一名孩子被打捞了上来，距事发已23个小时过去。这一天一夜之间，消防员的心和孩子家长的心紧紧地联在了一起，什么是急百姓之所急，想百姓之所想，他们体会得最深。

儿童在冰上遇难，花朵在冬季凋零，这是任何人都不想看到的结果。就在襄垣县这场救援的前一天，在河南省濮阳市台前县城关镇金堤河公园体育馆附近的冰面上的救援结果却是让人欢欣鼓舞。1月4日13时6分，濮阳市台前县消防大队接到报警，有两名儿童落水。消防大队到达现场后发现，眼下的冰面很薄，成年人站上去随时都会再次破裂。无奈之下，中队挑选了两名体重较轻的消防队员佩戴救生衣和救生圈实施救援。于是，在那个冬天，岸上的百姓们看到了这样的情景，在冷冰冰的冰面上，两个消防员一前一后在冰面上匍匐着向落水区接近着。他们的动作看起来很仔细，一下又一下地试探着前进，可就是在这仔细的动作中，却透着焦急。孩子在水中哭喊着，是求救，是命令，也是召唤。可是冰面实在是太薄了，消防队员再前进一点冰面都会塌掉。离孩子还有几米时，消防队员使劲地把竹竿伸向了孩子，其实他们多想离孩子再近一些，但此时他们考虑的不是自己的安危而是如何才能成功地救上孩子。第一个孩子被救了出来，在岸上，瑟瑟发抖的孩子钻进了消防员怀里，消防员们赶快脱下外衣给孩子裹了起来。当热心群众送来棉被时，消防员立即脱下了孩子湿透的衣服和鞋子，把孩子包在被子中送进消防车里取暖。这边在紧张地照管着被救儿童，那边又开始了急切但有条不紊地继续施救。

消防员来不及休息，又顺着绳子爬回了河心。第一个救上来的孩子衣服弄湿了消防员的衣服，每往前爬一下，湿衣服冻在冰面上都像是扯住消防员一样。等爬回河中间，消防员精疲力竭，手脚麻木，一人无法将落水儿童救出水面。中队再次派遣另一名消防员赶赴河中心，两人合力将第二名被困儿童拉到冰面上。救援过程中，冰面踩踏时间较长随时有破碎的可能，消防员只好用身体夹着被困儿童，岸上的人员合力将两名消防员和被困儿童拖回到了岸上。此时，急救车已经等在了岸上。胜利了，孩子们得救了！还有比这更让人兴奋的消息么？欣慰的笑容绽放在消防队员的脸上，掌声也经久不息地在岸上响起，并传向远处。

这则新闻是我当时关注了那么多冰上救援以来，最感动的。在为消防员骄傲的同时，更多的是为生命的获救而感动。在这个世界上，还有什么比生命更重要么。对于生命而言，还有什么困难能阻止消防员的奋不顾身呢。

　　其实在这六件消防员冰上救援的新闻中，让我最激动的是 2 月 12 日发生在新疆喀什的冰上救援。这条新闻播出后，我联系到了这个支队。之所以说是激动，是因为这是发生在边疆地区的救援，被救援的对象是少数民族儿童。

　　两名儿童落水后，喀什消防中队在 10 分钟后便到达了救援现场。消防员杨成林赶到现场后，第一个跳进了水里。冰冷的河水瞬间钻进了他的衣服，不出两分钟人就冻僵了。救下第一个近岸的 12 岁男孩相对比较容易，但是第二次返回救援时，冰面发生了坍塌，本来在冰面上接应的消防员任建华也坠入了湖中，接着指挥员顾光成和一名公安干警先后落水。第二名被救的是 5 岁的妹妹，如果爬上冰面返回，冰面可能还会破裂。为了尽早把落水儿童送上岸边，情急之下，来不及多想的杨成林和任建华两人开始用胳膊破冰开路。在网络上，这一段视频引来了无数人的围观与点赞。两个人一边夹着孩子蹚水靠岸，一边用胳膊狠狠地击打着眼前的冰面。一下、两下、三下……隔着屏幕都能让人感到血肉之躯撞向坚硬冰面时的疼痛。虽然是铁打的意志，但消防队员毕竟也是肉做的身躯呀。杨成林和任建华每一下砸向冰面的动作，都生生地定在了人们的心上。什么是人民的子弟，什么是英雄的壮举，什么是赴汤蹈火，都在这里，就在这里。那天，杨成林的腿部被冰块撞得青紫，中队长顾光城从"冰洞"里捞孩子时，手背也被划了五六处伤口。可是当浑身湿透嘴唇发紫的消防员们看着小兄妹被送上救护车时，他们真真切切感觉到了维吾尔族百姓的目光中，有那么多敬佩，那么多温暖。

　　杨成林和任建华爬上消防车时，才感觉到冷。哪怕是换上了干衣服，又把车上的暖气全部打开，可是身体还控制不住地发抖。杨成林说："足足缓了 1 个多小时，我们的身体才回温。""回温"，在那片边疆大地上，这是一个多么可贵的词呀。我们从来不惧怕寒冷，只怕人的心中缺少了春天。

　　救援完成了，但是消防员们最关心的还是小兄妹中 5 岁妹妹的恢复情况。回忆起救小女孩时，任建华说得很是怜爱："我们救起她时，她的胳膊已经没有力气了，开始往湖水里沉了。"当小女孩出院来到消防中队，见到这些救命恩人时，满脸的害羞，准备好的一堆话一句也不敢说了。女孩的妈妈古丽帕提代表孩子告诉顾光成说："孩子身体恢复后跟我说，她想对消防员叔叔们说一声谢谢。"说完这些，古丽帕提又说，"太多的感谢不知该如何表达，我家要和你们结为亲戚。"说着说着，她的眼泪忍不住流了出来。是的，"我家要和你们结为亲戚"，这是一句朴实的语言，更是少数民族群众最真实的表达。血没有融在一起，可是情却可以千缕万缕相缠。

　　杨成林的家距所在的消防中队只有 6 公里，但一年中，他只有休假时才能回家。救完孩子的第三天，母亲方盼云和姥姥、姥爷来到了中队。母亲对杨成林说："在视频中，我们没认出是你，但在报道中听说是你的名字。"这位母亲说着说着，眼泪也流了出来。这眼泪中包含着一个母亲的担忧，也包含着一个母亲的自豪。

　　每当看着这样的一幕幕，我的心都会和那些英勇的消防员贴得紧紧的。我曾经也在那个光荣的队伍中走过，我曾经也站在那一列列出发的队伍之中，而如今，当我转身奔向新岗位时，我只能为他们悄悄地担忧，大声地歌唱。虽然不能与他们共同征战，但我知道他们每一次出发之时，曾经的誓言都会在耳畔响起，而举起的拳头更是格外有力。

　　这一个冬天，我一直在盼望着春天的到来。春天啊，你的脚步再快一点，让那个寒冬远远地走在身后，让我的战友们不再舍身扑向冰冷。然而，我还清晰地知道，哪怕他们不是去冰里救人，还会有那么多火灾，那么多意想不到的灾难等待着他们的出现。他们的青春，就在冰与火交织中，在与人民的情与爱中，进行着动人的重奏。

那个墓地，那片菊花

李安宝入伍后，在班长的相册里发现了好几张全家福照片，不论班长是新兵时还是上等兵时，包括后来成为下士时，班长的全家福中间坐着的都是那位老奶奶。

他问班长："这位老人是谁？"

班长告诉他："她是连队的谢妈妈。"

再问时，班长告诉他："谢妈妈已经去世了，就葬在离连队不远处的那个山坡上。"说完这些，班长就望着窗外不再说话。

后来，李安宝慢慢知道了连队谢妈妈的故事。同时知道的还有一个连队和一位老人长达近半个世纪的情深意长。

是哪位老兵最先认识的谢妈妈已经无从查起了。连队是 1955 年 8 月开始驻守在辽南半岛这个小山村的。连队面对渤海湾，背靠大黑山。由于是军械仓库的勤务连，连队自然也偏远了一些。可是不久，战士们发现营区不远处有一处农家小院进进出出只有一位女人。那个女人就是后来成为战士口中"妈妈"的谢大娘。

进进出出的谢大娘脸上没有笑容，一脸愁苦，甚是寡言少语。再后来，连队的官兵一点点知道了谢大娘的悲苦命运。解放前，为躲避战乱，山东姑娘谢芹跟丈夫一起抱着年幼的儿子逃荒到了大连，安定的日子还没过上多久，1953 年，正在挖山洞的丈夫被巨石砸成重伤，医治无效身亡。从此，谢芹开始与 9 岁的儿子相依为命，为了让儿子进学堂念书，谢大娘没日没夜地操劳，患上了风湿性关节炎和胃病。1969 年，终于盼到儿子初中毕业，儿子却因一次意外被夺去了生命。身体的病痛和失独的苦痛交织成一张巨大的网，牢牢地套在了谢芹的头上。那一个曾经夫壮子欢的农家小院，笑声与幸福就此戛然而止。只留下谢芹迅速地在岁月中衰老成了谢大娘。

勤务连驻进了村子，一个个年轻的战士也开始走进谢大娘的心。星期天到了，战士们带着沙子水泥来了，大半天工夫，猪圈砌起来了，谢大娘再也不用漫山遍野地赶猪回家了。清晨来了，刚一推开门，一担清水已经放在了门口，谢大娘再也不用半桶半桶地从山下往家挑水了。春节到了，谢大娘还不知道该给战士们包什么馅的饺子，院子里已经升起了多年久违的红灯笼，红红的窗花也绽开在了玻璃窗上。在新年钟声敲响的那一刻，战士们齐刷刷地给谢大娘拜年，战士们告诉谢大娘，"从此，连队就是你的家，你就是我们的妈"！

一年又一年，谢大娘的名字被战士们忘记了。一茬又一茬的战士都知道连队有个谢妈妈。当年，老连长和指导员在全连大会上宣布："我们全连要全力照顾驻地老母亲！她没有了亲人，我们就是她的亲人！"这个规矩被官兵们一坚持就是 37 年。忙碌挑水修房的队伍里有干部的身影，劈柴建院的队伍里也有新兵的面孔，中秋团聚的日子里还有来队家属的笑声，就是在这种孝道相传中，谢大娘步入了风烛残年。

谢大娘真的老了，她有些记不清战士们的名字，但是她却能清晰地记起来是哪一年哪一天战士们开始走进了她的家。她把这个日子当成了自己的重生日。谢大娘曾经对着电视镜头泪流成行："我没了父母，没了丈夫，没了儿子，但是我一点也不孤单。"

　　有一年春节，连队的原政委专程回村里给"老母亲"拜年，一口一个妈妈叫得特别地亲，同行的新兵在一旁也是"妈妈""妈妈"地喊着，让村委会的干部们听得很是感动。不是亲人胜似亲人，一声声妈妈温暖的是一个孤苦的心，一声声妈妈延续的是几十年的情，一声声妈妈彰显的是中华民族敬老孝亲优良传统的代代相传。人世间的情有时不是用血缘来维系的，有的萍水相逢，走着走着就走进了心里，就走成了亲情。谢大娘在春节这个最喜庆的日子里眼泪再一次滑过两腮，谢大娘看着老政委叮嘱："以后过年不要再往这跑，有这些孩子们陪着呢。"老政委摇下头："既然认下了这个妈，久了不看看，心中有牵挂呀。看到你挺好，这年过的也心安。"

　　2004年初，连队军医在给谢大娘例行体检时，发现谢大娘右眼患了白内障，需要手术治疗。听此消息，一夜间，连队全体官兵便筹齐了手术费，有的退伍老兵也寄来了孝心钱，还在汇款单上留言：全连一个妈，大家养得起。

　　从2008年春天开始，90岁高龄的谢大娘身体越来越不行了。她把几十年来战士们和她拍的全家福按着年份挂满了墙，每天躺在炕上凝神注目着。有一天，她拉着来看望她的战士们欣慰地说："我这一辈子前半生是苦的，苦的都看不到头；后半生是甜的，甜的说不出来。"临终前几天，她提出了最后的请求："能不能把我埋的离连队近一点，我还想听你们唱歌。另外，我老伴和儿子都是秋天没的，我怕到了秋天寂寞，你们在我的坟边多种点野菊花。"

　　谢大娘去世后，按她所愿就葬在了连队去她家的路边。这样一来，她还能听到战士们的歌声和番号声，还能看到他们执勤上哨的身影。只是她曾经欢声笑语的小院里再也没有了战士的身影。逢年过节，战士们的脚步又开始迈向这孤零零的坟茔。

秋天到了，正是野菊花盛开的季节。那一天清晨，李安宝对班长说："咱们去看看谢大娘吧。"

班长带着李安宝很快就到了谢大娘的墓地，路不远，只需一刻钟，但这段亲情路从认识谢大娘到她去世却走了 40 多年了。谢大娘的墓地没有墓碑，只有旺盛的野菊花覆着一个坟堆。那个坟堆看起来并不大，但是坟上坟下，包括周围没有一棵杂草。淡蓝色的野菊花在秋风中招摇着一缕缕暗香，花朵荡漾之处，隐隐浮现着老人安详的笑容。

李安宝下山时，告诉了班长自己的一个想法。他这次带完新兵，下连后就带他们来这里，给他们讲一讲连史里没有记载的这个故事。

第二辑

平凡也需要被记得

每个人都是一条河

人的生命如同一条河，从出生始便随着岁月流向远方。人只有向前的脚步和归去的远方，而河流只是用行走的方式寻找道路，很多时候它并不知道方向。

无数次了，遇见河流我会停下脚步，望望它来的道路，眺眺它追随的远方，总觉得这种邂逅中暗藏了一种密码，为什么与它相遇，为什么要揣测它的生平，为什么要观瞻它的背影。遇见的河流有无数种形态，有的步履匆匆，有的静谧沉默，有的缓缓洄旋，有的蜿蜒曲折。对望的河流也有无数种表情，有的惊涛拍岸，有的激情澎湃，有的深不可测，有的静若处子。或宽或窄，或长或短，或深或浅，或清或浊，每条河都是一条与众不同的河。

与河一旦接近得多了，面对河一旦思考得多了，有时就会变得迷惑，河为什么要不停地奔走，哪里又是它的方向与归宿，它在哪里开始变得如此宽阔，它到底能容得下多少污浊，它到底拥有什么样的温度。不思考便罢了，思绪若开了头，问题就像是河中的波涛和漩涡，一个跟着一个，一个刚刚出现转瞬便又随着波浪跌入河中归于平寂，似曾有过，又似曾虚无。

我是在一个偶然的机会认识他的，然后成为了可以相互交流的对象。刚开始，以为他只是一个思想深邃为人坦诚的人，后来才知道他早些年竟然是军队上赫赫有名的英模典型。由于早年曾先后在部队的组织和宣传部门工作，我对于典型的选树和宣传有所了解。部队的奖励从最底级的嘉奖开始，分别由三等功、二等功至一等功，最高的便是荣誉称号。拿当过兵的话讲，能荣立一等功不是缺胳膊掉腿，也是非战场、大型比武和重大救援等时机不会获得的，而荣誉称号相当一部分是用生命换取的。而他竟然拥有两个荣誉称号，一个是"新时期爱兵模范指导员"，另一个是"新时期党的优秀基层干部"。我没有过多地探究他的历史与故事，只是在咂摸"爱兵模范"和"优秀"这两组词汇中便可以大略地想到他的智慧与付出，以及他是何等优秀。原本以为他就是一条安静的波澜不惊的河流，却突然变成了深沉的包藏内容的河流。他在曾经的岁月里是怎样的奔腾，又是如何地闯荡出一派星光灿烂的天地呀。

再交往下来，才发现他确是与众不同的。或许是曾同当过指导员的缘故，又或许是同在带兵理念上有相通之处，我们的交流更为自然、顺畅，像是两条来自不同方向的河流，慢慢地融在了一起。这时，才发现他走过的路像是一条闪着岁月银光的河。

我能够清晰地感知到，当他通过努力而得到众多军人所企望不及的荣誉时，他的眼前便展现出一条拥有光明未来的道路，鲜花的海洋，掌声的簇拥，领导的赏识，似乎成为了他那段时间里人生的常态。一场接一场的报告会，一缕又一缕火辣辣崇拜的目光，把他的日常生活变得异样拥挤，哪怕他在内心再逃避某些东西，也会时时让他心不由己，甚至有时连最真诚的内心表达许是也要斟酌几番。他身上所肩负的不仅是自己的未来，还有单位的形象，典型的光辉，甚至一言一行都代表的不是自己。长江刚刚发源时只是一条细微的水脉，然后是小溪，然后再形成沱沱河、金沙江，以至于流来流去才流成了一条举世闻名的江。他也更是如此。从军上路伊始，他只知道努力地汇聚能量奔向远方，而他也不曾知道努力的结果终会是什么样子，他只是随着时光川流不息，无暇顾及路上那么多的风景和逗留于岸边的花花草草，只是带着一股清澈寻找着出路。河原本并不是河，河是水努力寻找远方时行走的道路。他在一条没有多少可借鉴的方阵中与众不同地行走，以至于行走成了自己的模式，成为了独特的大江阔河。

每一条河的光亮都是太阳给予的。没有了太阳的照耀，河水在暗夜里只是依然不睡的灵魂，但它缺少光彩。军队确实如金灿灿的太阳，给予他这条河无限的光亮。有光照耀，河只是更加明亮。没有光照耀，河依然奔流不止。他感受得到阳光。太阳需要河流反衬光芒，河流回报给天空的就是一片耀眼。太阳去照耀另一半地球时，河流不再闪光但还得行走，把自己归于河道的束缚匆匆上路，不负行程。

如果河行走在笔直的路上，河便成了没有个性的渠，是在人为的道路上行走。河之所以成为河，是因为河也不知晓它接下来的流程在哪里，是遇险滩，是遇巨礁，是遇平坦，是遇峡谷。长江最惊心动魄的道路是在三峡之内，它的生命流过了高原、峡谷、平原、城市之后，在那逼仄的山的缝隙中找到了出路，正是因为出路的狭窄，才让它的生命更加跌宕，才让它的生命出现着雄奇的壮美。

他在获得诸多荣誉之后，不出所料应该是眼前出现了一条坦途，一切会一帆风平。可是人的命运走向和河流的归宿大体相通。就像是大河的急转弯，他所在的部队在一纸命令之下改制成了消防队伍，他也随之脱下了心爱的军装，道路由此发生了突如其来的改变。曾经的荣誉成为了河所流过的岸上矗立的树，或是曾经艳丽的花朵。那树也许不再枝繁叶茂，只是依然把根扎进泥土呼吸着对那方水土的深爱；那花不再绽放出夺目的光彩，只能成为曾绽放的记忆。果然如此，在我和诸多消防救援队伍采访和接触的过程中，再也没有遇到比他的荣誉更多更高的人，但是这一切似乎都被轻轻地抹去了，他成为了消防救援队伍中普通的一员。当那一年天安门前游行的花车上军队的英模向全国人民挥手致意时，我发现如果他没有如今这种身份的转变，他会是那寥寥不多的招手的军人中的一个。没多少人知道他的过往，也很少有人提起他的光辉岁月。包括他自己，也不再去提及。如果不是另一个朋友向我介绍他等身的荣誉时，我也不知。一条河已经走过了曾经的路，河与河只是在叫着同一个称呼，而此河已非彼河。

一次，或许是喝了一杯的缘故，也或许是久未相见的因由，他的话题像是蓄洪已久的河，似是决了堤。部队转隶消防队伍后，他在消防救援学院负责年轻学员的管理，他得以再次有机会和年轻人近距离接触，像是当年带兵时一样，能够触摸到他们的脉搏，感受到他们青春的力量。这次交流是三年前，他带即将毕业的学员在河北进行岗前培训之后。在培训期间，一个学员的手臂因受伤而流血，而为了取得更好的成绩，这名学员一直坚持血战到底。他在讲述这个故事的时候，眼睛里燃烧着烁烁的光彩，他说，这便是我们这代人所看到的希望，看到的血性，看到的青年人的样子。基于这个话题，他铺展开来的是一个新时代的引路人，该如何把自己的经验传授给年轻人，如何把人生成长的理念灌输给年轻人，如何在年轻人的人生道路上树起什么样的灯塔。他要告诉他的学员们，人生从来不应该放弃什么与失望什么，而是坚持去做什么。只要被一种信念支撑着，工作便会成为事业，理想就会成为追求。

那一天，我发现他坚强干练的另一面之外，还有着更多的棱角。我发现他是一个对一切抱有希望的人，乐观的人，他在一个学员的成长细节中可以生发出更多的感慨，甚至他的眼角会因为学员的表现而涌出一片晶莹。他还有着更为温情的一面。他能掰着指头讲每一个学员的故事。谁是独生子，谁是当年的学霸，谁是军二代，谁有什么特长。他俨然成为了学员的活档案。这得是下了多少的功夫，这是如何躬身倾听才可以获得的信息。尤其让我惊讶的是，甚至哪个学员家庭出了变故，哪个学员处于失恋状态，他都了如指掌。对于这一切，我深知他得到消息的渠道，是信任。只有学员信任了他，把他当成了可以相信的人，可以指引道路的人，才会把肺腑之言和盘托出。讲起他的学员，他又回到了年轻时代。他为学员们憧憬着未来，也为他们点燃指路的灯。他说，每个人都会在岁月中老去，而只有在注目身边的人大步流星迈向新的航程时，内心才更加丰盈。因为和这些年轻的生命一同拼搏过，一同战斗过，尤其是指引过。他年轻时是如何带兵的不曾知晓，但是从他这样的娓娓述来，从他对身边每一个年轻人的理智与亲情的双重付出中，让我能复原他当年对待战士的样子，让我相信付出终有回报是一个哲理。听他讲述时，一抬头，竟觉得眼前的他就是一条宽阔的河流。脸庞上流淌着曾经的故事，眼底看不出半点世事的沧桑。这条宽阔的河流，在向前奔走的路上接纳着一条条小溪的汇入与跟随，把污浊的河融入清流，让清澈的河加入更清的怀抱，让河流更加宽广，更有力量，势不可挡地前行。溪水找不到江河，有的会干涸，有的会成为泥潭，只有跟随江河的脚步才能共同成就彼此。他和他的学员们，已然成为了澎湃的河流。

　　如果细细分析，世上的河流都是由小变大，由窄变宽，越是接近大海，水流越是平缓，流域越是宽阔。他也同是如此。眼下，他身边的队伍越来越壮大。早几年，他还只是带着千把人的学员，再后来，两千，三千，到了如今已是四千有余。每天，他站在操场上，看着一个个气势磅礴朝气欣欣的队伍在身边走过，他能够真切地感觉到中国消防救援事业的未来，这支队伍正在由于新鲜血液的不断加入而壮大，而这支新生的力量正在他的身边蓬勃升起，愈加坚定。不久的未来这支血气方刚的队伍将像种子一样撒遍祖国的海角天涯，而这些种子在成长的过程中，他曾用心施以雨露与营养，阳光与风寒。

他总在由衷感叹时光的流逝，他说，这些年轻人和他的孩子差不多，但是他已经不再把他们当成孩子，而是当成一个事业的未来支撑。他没有向学员们讲过自己的荣誉，只讲过他奋斗的心得与点滴。一个人只要心中有目标，有理想，哪怕面对所有的波折也会勇往直前。就像是河流遇到巨石挡路，如果不能飞跃而过，也依然要掉头前行。哪怕是不可前行，也要积蓄能量，终有一天会冲破所有困难的阻隔。他不是课堂上讲授知识的教授，但他却是在生活中亮明人生态度的导师。他在很多个双休日把自己揉进这条年轻的河里，在很多个假日把自己融进这条未来的河里，他知道，河是由一滴水一滴水汇聚而成，而自己也是其中的一滴，他是流过了百里千里还依然跳跃的那滴水，哪怕被岁月遗忘。太阳不知河的去向，但这滴水还在生命的河流中寻找更明确的方向，不曾被时光蒸发。一滴水永远也到达不了海洋，只有汇聚到一起，才有力量抵达更远的远方。他梦想的年轻与成就，就是在中国每一个救援的现场，都有他熟悉的面孔与身影正在生发着属于中国的力量。而那些成长起来的河流，必定流成事业的汪洋。

百川终入海，永远不复归。入海是归宿，海便成为了最后的方向。当一条河还仅是河的时候，河并不知道海在哪里。只有河成为了江，它才势不可挡地走向了远方。河的远方是什么，是海，海是一种向往的宽广。

谁说河越过峡谷时最壮美，谁又能说这条河发源时最弱小，谁又能说这条河没有接纳更多支流时更清澈，每一段有每一段的故事，每一段有每一段的心底漩涡，每一段有每一段的价值，每一段也都有每一段的丰沛。遇到了他，便遇到了一条河。在我的眼中，他此时的人生就是大江大河的入海口，他带着他的队伍从远方走来，安静沉稳之中，蓄着力量。而这种力量一旦融入事业的大海，大海将有潮起，当然也会有潮落。潮落是因为对潮涌有着期待。

可能大海有一天会忘记一条条河的加入，但是大海知道，海之所以成为了海，是它的怀里融下了一条又一条河。岸不会记得到底有多少水从它身边流过，但正是因为有水流过，岸的怀里才有了一条河。

每个人都是一条河，河越走越宽阔，而它终点消弭于更为宽广的怀抱。而一旦一个人成为了别人生命中的一条河，这条河便不会干涸，只能一直流，一直流，流得久了，就流成了上善的味道。

当然，这个世上总有乐水的智者。何况水已成河，河也正在奔向大海。

落叶掩埋住的青春

一、额尔古纳河右岸

在所有被军事口令充斥着的军营之中，每天最后一道口令都是"熄灯就寝"，而在大兴安岭原始森林深处的额尔古纳河右岸的奇乾森林消防中队，"熄灯"这两个字显得多余而奢侈，值班员每天只看一下手表，然后吹哨喊一声"准备就寝"就算完事。实际上，几乎所有的人此时都已经钻进了被窝在等待着黑下来的一刻。熄灯不是他们的权利，他们不会像内地的营区，在熄灯号的催促下各个房间次第地黑暗下去。这里所有的灯熄得无比整齐，只要在发电员的食指准时地按下发电机开关的按键之后便会出现。初来乍到的兵会发现这个中队更加奇异的现象——这里的公共场所没有电源开关。每天夜晚熄灯后，除了发电房里还散发着一缕孤独得犹如鬼火一样暗淡的光以外，这个营区像是不复存在，它陷入了无穷无尽的原始森林的黑夜之中。

黑夜笼罩着并不高大的中队营房，营区被层层叠叠的森林包裹着，如同一只硕大的蚕茧中的小蛹，甚至这片营房在大兴安岭原始森林里可以被忽略不计。它太小，小得已经没法形容，一栋三层的宿舍楼，东面一排车库，西面一个饭堂，除此就再也没有任何建筑了。中队冬季取暖时烧的锅炉是方圆几百里以内唯一的工业污染源。140 公里之外有着一个叫作莫尔道嘎的小镇，它承担着解释繁华这个概念的功能。这片营区最近的人烟就是 5 公里之外的奇乾乡。那是一个只有 7 家住户 17 口人和一个小边防连队驻扎的村落，由于紧处于中俄界河额尔古纳河的右岸边上，几经撤并之后又被恢复成乡。与其说这里是个乡，还不若说是一个原始部落更为准确。这里没有一家商铺，没有学校，没有常用电，这里的 17 口人在不通邮不通电的情况下在真正地靠山吃山，靠水吃水，居住在这里的人以打鱼为生，住的是用木头做成的木刻楞房子。这里虽然与世隔绝，但这里不是陶渊明笔下的世外桃源。这里没有年轻的女人，也没有嬉戏的孩子，更不会有一眼望不到边的桃花，有的只是静谧与孤寂。而就是这样的一个乡，却是这片营区离得最近的人烟。

营区里住着的是森林消防众多基层部队当中的一个，它以这个乡命名，叫作奇乾中队。奇乾中队是大兴安岭森林支队中最偏远的一个中队，从支队机关驻地牙克石开车到这里要用上大半天的时间。每年进入10 月份，半米深的大雪就把莫尔道嘎通往奇乾中队的进山路封得严严实实，这片营区便迎来了它绵长而寒冷的冬季。生活在这里的五十几个消防员会开始真正意义上的野外生存和自力更生，开始他们对边境线上的中国最古老原始森林的坚守。只有到了来年的 5 月，春天的讯息传遍了整个大兴安岭之后，才会姗姗来到这个被人遗忘且还未被外人发觉的原始森林深处。

奇乾注定是孤独与寒冷的代名词，它地处北纬 53 度，是中国的高寒地区，与黑龙江省漠河县的北极村只差了一个纬度，但是它与北极村又不具备真正的可比性。北极村住着上百户人家，邮信能到，手机可通，电灯常明，那里已经成为了一个旅游地。近年来，漠河县城又建造了飞机场。而相隔一百多公里的奇乾，却还在幻想着外面的世界。

　　这个北纬 53 度的营区一旦被黑夜吞噬掉，便像是连生命也没有了的样子，万籁俱静。若是夏天，还能听到各种虫鸣，还能听到营区后面200 米远的阿坝河在欢快地歌唱。进入冬季，河流停止了喧嚣，山岳拢起了胸怀，白桦林挽起御寒的手，落叶松挺立在冰雪之上，除了出操的歌声、番号声、发电机偶尔的转动声，这里就没有了任何的声音。营区里那几条狗由于天气太过寒冷，也变得悄无声息，只是默默地在走廊里进进出出。

　　2013 年，一支筑路队伴随着春天的到来开进了这片原始林区。修路队的打桩机不知疲倦地发出咣咣的撞击声，这个声响敲碰着原始森林的寂静。于是这片森林里出现了一条窄窄的油漆路，向着原始森林的最深处——中国公路的零公里蜿蜒而去。打桩机不分昼夜的转动声，让消防员们的心痒痒地，在这里，他们终于见到了从山外世界来的人，在这里，终于有了现代化机械的声音，在这里，终于有了另外一种声音相伴。而这声音带来的是希望，是拉近与人世的距离。

　　夜黑下了，静下来了，很多年轻的心却静不下来。黑洞洞的宿舍里，一双双睁大的眼睛正直勾勾地望着屋顶，不望向这里还能望向哪里呢？在冬天，窗户上会冻上五六厘米厚的冰，那几扇冰窗户已经透不进来一点外面的景色。其实他们知道，望也望不到任何东西，但是很多人还是想睁着眼睛看。看累了，就回忆，就想象，就思考。

　　但无论怎样去想象，去思考，他们都知道，他们来到这里，就是开始了一场为祖国守护青山绿水的青春行程，从此，他们与森林，一刻也不能分割。

二、山与山的距离

每一个离开家乡入伍的青年，内心都会揣着一个或大或小的梦想。那种梦想在没有实现的时候，都被他们年轻的心涂抹着理想的色彩。有的梦想很近，或许可以触摸得到；有的梦想则很远大，需要他们用青春脚步去一步步接近。但无一例外，每个人的梦想，都会与现实有着一段长长的距离。

走进奇乾中队，提起老消防员布约小兵的故事，会让人哭笑不得，然后肃然起敬。

熟悉祖国大西南地理知识的人会更加知道，凉山州就在重重叠叠的百万大山之中。一群群四季常绿的高山让这里几乎与世隔绝，但是不服输的彝族人硬是寻找到了通向外面世界的路，在一条条攀山越岭的路上，那些肩挑背扛的山里人正在把目光延伸到外面的世界，他们在努力地为自己寻找一条生路，让目光更为广阔地撒眸在新奇的世界里。

2007年的布约小兵正是一个彝族人家刚刚可以寄托希望的娃仔。那年他16岁，黝黑的皮肤下面包裹着的骨骼正在咯嘣咯嘣地拔节。这个在电视里看着山外花花世界的孩子心中升腾着无数的憧憬，外面的楼到底有多高？外面的霓虹灯到底有哪些颜色？外面人讲的话为什么那么字正腔圆？外面！外面！！大山之外的世界让他把目光从课本上拾了起来，他急切地想知道外面的世界到底是什么样。

布约小兵和他的父亲老布约有过交谈，他不知道为什么父亲给哥哥布约伍呷起了一个听起来完全是彝族男人的名字，而给自己起的却是一个彝汉混搭的名字。老布约眨着显得很智慧但又由于在大山里生存了一辈子而有些空洞的目光望着眼前这个即将长大的小儿子，一时不知道如何表达他当初给儿子酿名时的苦心。

老布约虽然是这个彝族村寨里的一村之长，但是他有着一辈子也未能实现的梦想。在他年轻的时候，他曾无数次地盼望能有一个穿上军装走出大山的机会，但命运却只给了他当几年民兵的机遇。当他在失望中等来了小儿子的出生时，他又开始点燃了希望。他给小儿子起名叫小兵。这个名字铭刻着他的希望与寄托。他不停地像是一个老兵一样呼点这个名字的时候，在心里盼望着这个孩子快些长大。

布约小兵知道父亲的心思，当然他更要完成父亲的愿望。2007年立秋刚过，布约小兵的名字出现在了应征青年的行列。当然，16岁可能会成为他应征的一道坎。但老布约还是有能力来搞定这个事情。虽然儿子没有提前两年出生，但是一顿土酒土菜下来，乡里武装部就让布约小兵迅速地成长了两岁，一下子变成了一个年龄也已达标的青年。

没有办法，谁让这个喜欢军队的彝族村寨这么多年没有穿上军装的后生呢，谁又让这些朴素的彝族人那么真诚地热爱一支曾经在他们家乡走过的队伍呢，谁又让布约小兵从小就对外面的世界那样向往呢。

直到后来入伍多年，布约小兵还能回忆起他接到入伍通知书时整个村寨的兴奋。他瘦小的身躯被那身略显肥大的警服包裹着，他看起来根本就没有想象中的那种高大与威猛，那身陌生的警服散发出淡淡的樟脑球的味道，衣襟上的褶皱像一道道没有愈合好的伤疤，尤其是那条腰带，一系一收之间，似乎整整多出了半条。那天，布约小兵已经不知道该不该兴奋一下，他使劲地往回收已经飞出去的思绪，但他还是收不回来，觉得自己已经不是自己，像是从山上砍回来的一捆柴在院子中间蠢着，思想和肉体分离开了。思维正漫过一座座山在空中飘着，而人却跟不上想象的脚步。这个长到16岁还没有走出大山一步的孩子感到梦想正在急剧地向成功的方向跑去。

布约小兵多年以后一直不避讳当初的无知。当初的他不知道什么是解放军，什么是武警，当然更不会知道武警这棵大树上还会有森林武警、水电武警、交通武警、黄金武警和内卫部队等若干个枝杈。他只知道自己穿上了军装就和电视中看到的那些军人一样，不是走上演习场，就是会奔赴救灾的一线。总之，穿上军装就实现了梦想，穿上军装他就带着家乡人的期望，携着他们的目光走出这重重叠叠的大山，去代表他们看一看外面的世界到底有多么精彩。

走路、坐三轮车、倒汽车、乘火车，布约小兵用了各种交通方式，在接兵干部的带领下和一众山里出来的青年终于到了他早些年便听说过的内蒙古。草原很广阔，望也望不到边，真的是天苍苍，野茫茫。没有风吹动，干巴巴的空气里凝着说不出的冷。显然这不是一个看草原的最佳季节，但他的心里还是有些满足。他终于有生以来看到了这么平坦的土地，他再也不用像在家时一样抬头看山，低下头来还是看山。他的眼睛里拥有过了草原的影像。

新兵的训练紧张又艰苦。外面的世界已经容不得布约小兵再去思考，他最要紧的事情是把眼下的日子熬过去。他现在不再是家乡那个16岁的孩子，他已经是一个18岁的应征入伍的新兵。可是他要面对的困难要比想象的多。绝大多数的战友都在讲着接近电视里播音员那样的普通话，即使是大凉山一起入伍的同乡，也在讲着地道的四川话，而他说出来的彝语竟然没有人能听得懂。他惊异地发现自己真的来到了外面的世界，这是一个不属于他又必须让他去属于的世界。一切都是陌生的，陌生得让他感到只有他一个人存在。于是他不再说话，只能去悄悄地观察战友们在班长的指令下在完成怎样的事情。战友们在听政治教育课，听得神情严肃，他听得更得严肃，因为他一句也听不懂。有时别人能听笑，他也笑一笑，他笑的是自己为什么笑。他的新兵生活基本上就是眨着黑溜溜的大眼睛在想为什么。

好在班长对布约小兵不错，他感觉得到一种温热的力量。周围的战友们对他也给予着最大的帮助，让他在新奇和陌生中试着融合。由于语言不通，文字又不相同，他只好让一切重新开始。不过，他在军事训练上的努力很快就展现了出来。常年在家乡爬山涉水，他身体素质很好，这让他在新兵期间的训练没有太过吃力。

只是那种寒冷，让他不敢说出来，也不会形容出来。每天一睁眼，就要陷入到对寒冷的恐惧当中。这种彻骨的寒冷是他在家乡时未曾体会过的，又是现在体会过却又说不出的。布约小兵盼望着快快下连，他想，下连之后就进入了工作状态，那样可能一切都会好起来。至少可以像别人讲的那样，可以到城里去转一转。长这么大，除了在入伍的路上透过车窗浮光掠影地看了一下城市的影子，他还真的没有体味一下走在城市里的感觉。从电视里他看到城市里会堵汽车，城市里的房子摞在房子上面，城市里有的女人冬天也会穿很短的裙子。他认为这些都是不真实的。

2008 年 3 月，布约小兵的家乡正是油菜花黄艳艳绽放的季节，新兵终于下连了。他被分到了一个从来没有听说过的地方，叫作莫尔道嘎。坐了一天一夜的火车，他从呼和浩特的新兵教导队被拉到了呼伦贝尔的牙克石。那天夜里 11 点，他和一同下队的战友又从牙克石坐上了奔赴莫尔道嘎的火车。

火车一开动就钻进了无边无际的黑夜。布约小兵努力地往外看，什么也看不到，火车玻璃上冻上了一层霜做的帘子。一天一夜坐车的劳累让他再没有了下连的兴奋，他蜷缩在座位上一点点睡着了。第二天，天亮了，火车还在如同蠕动一样爬行。

透过战友们用手划开的冰窗帘，布约小兵看到了外面的景象。窗外是白茫茫大雪覆盖的原始森林，说不清名字的树木立在雪中默默地望着驶过的火车。

树真高，雪真白，林真大。布约小兵觉得心透亮了。可是看了 5 分钟之后，外面的林子和刚刚看过的一样，又看了 10 分钟，火车好像动都没动，窗外出现的还是刚才的风景。又过了两个小时，火车还是在同样的雪和林中穿行。天啊！这要是到哪里去呀。

9 点多一点，火车到达了莫尔道嘎。又坐了一夜的火车，布约小兵彻底没了想象的力气了。他只盼望赶快到达营区，他不想再坐在火车上，他想念家乡的木床和新兵连的铁床。

在莫尔道嘎刚吃过午饭，集合哨响了。布约小兵和十几个战友又坐上了一辆运兵车，带兵的干部说，多穿点，车上冷，我们去奇乾。

路上是半米厚的雪壳子，汽车在上面爬行加滑行着，7 个小时之后，布约小兵终于被那辆车拉到了一座营区。正在车上迷迷糊糊睡着，他突然听到了鞭炮的声音。这一路走来没有看到一座房子，没有见到一个人，怎么会有鞭炮声。布约小兵从停稳的车里刚落到地上，他看见一群老兵正满脸兴奋地向他们跑来。

布约小兵这个从西南大凉山跑出来看世界的新兵又走进了一片比他的家乡要大无数倍的大山之中。布约小兵的生命注定绕不开山与林。从一座山走进另一座山，梦想却不在原点。

三、回乡之路

警营与故乡的距离到底有多远，布约小兵一直也没计算清。刚到奇乾的时候，他的心思几乎要飞回家了。到这里仅仅一个多月，他就不再考虑转士官的事情了。当初的万丈豪情被奇乾冷酷的现实击得七零八碎。

但是布约小兵有他的长处，许是他把精力都用在了训练和作战上的缘故吧，他的军事训练一直名列前茅。训练之余，布约小兵喜欢一个人想心事。有时他一个人坐在河边漫无目的地想，他想着这个山外会是什么样的样子。他从小就习惯了想山外的事情。只不过以前是在四川的大山里想，可那时想山外至少是可以望到满眼青翠。而到了奇乾，他又陷入了入伍前的思维状态，只不过这次，他是望着枯黄的山林想山外。在家里，想象山外的景象时，电视还能够帮助他提供一些辅助的画面，在奇乾却连这样的待遇也没有了，他绞尽脑汁也想象不出外面世界的色彩。尤其让他苦恼的是他想找到家乡的方向，结果连方向他也找不到，只能随便地想象出一个方向，好像家就在那里了。其实，他不知道他所处的位置与家乡之间要隔了多少森林，多少草原，多少河流与大山。他更不知道这两者之间的距离有多远。

布约小兵与家乡的距离不是公里上的距离，而是时间上的距离。两年之后，是退伍？还是转士官？在思忖这件事的过程中，他喜欢上了奇乾。奇乾有些像家乡——人少。奇乾的兵有些像家乡人——简单。奇乾的战斗——精彩。这些都是布约小兵在时间的河流里觅到的新感觉。

被人欣赏是一件快乐的事。虽然没有多少语言和战友沟通，但是布约小兵能够读到别人眼中的内容。当第一年兵的时候，中队伐树时需要在树上拴住绳子，以便控制树倒下的方向。偌大的一棵树，又直又高，怎么才能爬得上去是让许多人发愁的事。布约小兵的心被搅动了，他对中队长说我能爬树，我上去吧。

中队长看着这个平时不怎么说话的新兵，知道他不是在讲大话。刚叮嘱了几句，布约小兵已噌噌噌地爬到了树上。部队真是一个有意思的地方，从来都不怕你有本事，不论有什么样的本事，英雄都会有用武之地。布约小兵在树顶上，不仅仅看到了战友们的诧异，也看到了惊奇，还有羡慕。他的心里美极了。爬到树上，可能会望得更远一些，但他还是望不到家乡的方向。

布约小兵爬树的本事是从小练就的。在他的家乡，几乎所有的彝族少年都能爬树，在树上，他们灵活得像只猴子。

2009年6月，中队上山打火。大火被扑灭后，还有一棵十几米高的树从树心往外呼呼地冒着烟，树变成了烟囱。如果不把树心里的火弄灭，一旦着大了便会引发更大的火灾。

中队长的目光又转向了布约小兵。只是用目光交流一下，布约小兵就得到了一个爬树的命令。他喜欢这样的目光，这样的目光比语言更容易让他接受。布约小兵在树尖上用绳子往上提水，然后倒进树心里，他觉得这是一件很快乐的事情。战友们在树下围着他看，他感觉他不再是一个无法与别人交流的人。他正在和大家融为一个整体。

闲下来的时候，布约小兵还是要计算与家乡的距离。他的家乡与奇乾成为了人生中的两个点，这个点和那个点之间没有线，两个点是独立的。入伍前的十几年，他在那个点上，现在，他的人生落在了这个点上。终于，在他有了探亲假的那一年，他要让一条回家的路把奇乾和故乡连在一起。可是，那条探家的路，像是一团线，缠得乱七八糟。

2010年冬天，时隔两年之后，布约小兵终于走出了奇乾。那个时候，他已经是一个爱上了奇乾的士官。他要探家去看一看思念了两年多的大凉山里的亲人们。

离开了熟悉的奇乾，坐上了牙克石开往北京的火车，布约小兵一下子又变得像是刚到奇乾时的沉寂。他觉得坐在火车上的他竟然像是一个外星人，车厢里人们的穿着打扮似乎是他从来没有见过的。猛然间，他才想起他已是两年没有和社会接触。好在一同休假的还有两个支队的彝族战士，要不然他真怕别人会把他当成另一个物种。

火车在奔跑，楼房在飞快地向后退去。布约小兵趴在车窗上使劲地看着窗外，一切都是新奇的，像是一幅幅流动的画面，这幅还没弄明白，下一幅又迅速地连上来了。时间在不知不觉地流淌着。

在入伍之前，布约小兵从来没有走出过大凉山。入了伍之后，布约小兵又从来没有走出过奇乾。可以说，他对整个世界完全是陌生的。这种陌生让他没有意识到这个社会很复杂很麻烦。火车到了北京，布约小兵和老乡谁也不知道下一步该怎么走。他们忽略了一个很严重的问题，就是在探亲之前没有向别人打听一下回家应该怎么走。只是以为在牙克石坐上了火车就是回家了。

火车到站了，布约小兵不得不跟着旅客们下车。可是被人流挟裹着出了站，他们又不知道该到哪里去坐车。也不知道还有咨询处，还有志愿者。后来，好不容易问到了去四川要到北京西站去坐车，他们又不知道该怎么去西站。

一切都变得有些狼狈不堪。可是连打火都不怕，布约小兵又怕什么呢。

到了西站，布约小兵觉得自己又傻了。那么大的一个车站，到哪里买票，又到哪里等车。等问来问去问到了售票处，才知道当日和第二天回家的车票已经卖光了，只有在北京住下了，不然没有其他办法。

出了北京西站，布约小兵愣愣地站在广场上，难道这里就是从小所听说的北京么？人来人往，人头涌动，没有一个是他熟悉的面孔。霓虹闪闪，车水马龙，这里竟然没有安身之处。还是家乡好，还是奇乾好。

布约小兵和战友拎着包找到一家小旅店住了下来。突然离开了奇乾那个环境，布约小兵晚上睡不着，马路上车实在是喧嚣，更像是一种折磨。长这么大，他还从来没有在这么嘈杂的声音里待过。他和战友商量，好不容易来一次北京，不然我们去看一看升国旗。战友表示同意。

他们也想看一看升国旗。可是，又怎么去天安门呢。

第二天，布约小兵和战友打了一辆出租车。司机问去哪，布约小兵说去天安门。出租车把他们快要拉到天安门时，司机对这几个目光发呆但看起来很帅的小伙好奇起来，问他们去天安门干什么。他们说去看升国旗。司机笑了，说每天升国旗是有时间的。这个时间早就升完了。

布约小兵在心里想，升国旗原来还有时间呀。

国旗在天安门广场上空飘扬着，布约小兵看到了护旗兵，也看到了数不清的人群。他想，这护旗兵真幸福呀。每天会有那么多人陪着，他每天能看到那么多的人，那么多的车。

余下来的两天，布约小兵就在旅店里待着没动，他觉得北京不是他想象中的北京，他怕出去把自己弄丢了。他只属于大凉山，属于奇乾。

又在路上辗转了两天，布约小兵终于回到了家乡。老布约看着家里进进出出穿着军装的儿子，十分欣喜。他想让布约小兵讲一讲在外面看到了什么新鲜景。布约小兵讲各种各样的树，讲森林。老布约说，讲讲人么。

布约小兵讲，北京的人太多太多了。老布约打断了他的话，讲讲你们驻地的新鲜事么。布约小兵想了一会儿，不知道该讲点啥。

大凉山又属于布约小兵了。坐在家门口的山上，他又开始像入伍前一样想象着外面的世界。可是不管怎么想，他的眼前只能幻化出奇乾的样子。二十几年的人生中，布约小兵就在山与山的对望中走过。只不过这两处山离得实在遥远，遥远得布约小兵始终没有算出距离。

2017 年，布约小兵跟见过三次面的女友办理了结婚手续。由于是上下届的同学，不用怎么相处，一打听也是知根知底。又隔了一年，儿子按部就班地出生了。儿子还没出满月，布约小兵的假期就满了，然后他就一头又扎进了北中国的原始森林深处。等他一年后再回到家时，儿子已经能认人了。认了人的儿子坚决不允许布约小兵晚上和他睡在一个床上，没有办法，每天睡觉前，布约小兵只好用被子蒙住头，等儿子睡着了才悄悄钻出来。有时，蒙在被子里，想着在儿子成长的路上欠了他那么多父爱，眼泪就忍不住悄悄流出来。

四、坚守与再出发

2019 年 3 月 30 日，发生在四川凉山州木里的火灾让举国悲痛。这场火，正着在布约小兵的家乡。而牺牲的 31 位烈士，除了是他的战友，就是他的乡亲。可以说，这场火带给小兵内心的创伤要比别人更为强烈。但是，布约小兵和所有的森林消防员都知道，他们的使命和担当就是奔赴远山，逆火而行，日夜奋战，没有任何退路可言。

其实，从 2018 年开始，森林消防员就面临着两场大考。一场是眼前常态性的山火成为的答卷，一场改革强军这张试卷。在中国改革强军的大潮下，森林武警这支光荣的以保护生态为己任的部队在 10 月 1 日集体脱下了军装，向军旗告别，成为了职业森林消防队伍，由原先的执行单一任务开始向中国应急救援的全灾种救援转变。布约小兵也随着这支队伍一同华丽转身。

木里火灾，让全国百姓第一次深切地感受到，森林消防队伍面临的危险与困难。只有真实地接触到了森林官兵以后，才会觉得他们的职业是那样的神圣，他们是世界上唯一一支以保护生态为主要任务的部队；才会觉得他们的情操是那样的高尚，每一个人都是那样乐观，而对所经遇的苦与累没有一点抱怨；他们的生活是那样的艰苦，打火时所经历的苦与无奈不是常人可以想象和可以完全描述的。实际上他们在没有走进这支部队这个集体之前，他们也不知道森林消防员具体担负了什么样的任务，而当他们一旦知道面临的一切，他们或多或少都有当的不是抢枪舞炮的兵，上不了战场开不上坦克，远离城市钻山沟等等的不适与失落，可是他们没有一个人放弃，就像是这支部队在火场上从来没有出现过逃兵一样。

伟大是来自平凡的。他们没有惊天动地的事迹，但是他们却承载着惊天动地的危险，在扑火的过程中，群死群伤的事情时有发生，水火无情早已是不需证明的定论。可是他们义无反顾地往前走着，他们和所有的军人一样担着家庭的重担，担着人生的酸甜苦辣，担着一家人的悲欢离合。哪一次上火场不是上战场？哪一次上战场不是和家人的一次告别？

布约小兵只是森林消防队员中的普通一员。如果和这支队伍接触，人们会轻易地发现，他们的语言由于长时间打火显得木讷而不丰富，但真要是让他们讲起别人和自己所经遇的故事，不需要在记忆中打捞，他们就会讲出一串串的精彩，而他们已经感受不到那些精彩背后的惊险，淡淡地就像是讲着天天都在发生的事情。但是他们根本就没有注意到，有的时候听的人眼眶已经湿润了。

我曾看见过布约小兵的队友录下的他在火场扑打冲锋的身影，那是真正的战斗。看着汗水在他的脸颊上流成了小溪，看着他在荆棘中穿梭的身影，看着身上重重的负重，我觉得我与他的心灵在进行最有效的沟通。他还曾笑着讲述负重9个小时在崎岖的山路上到达火场的故事，也为我讲过奇乾中队消防员三天三夜只靠一袋面粉生存下来的故事。

跟着森林消防员在一起，我感觉是走在一条可以走成英雄的路上，他们虽然脸上疲惫不堪，但他们的每一步走得都是那样坚实。我觉得我的眼前涌现出他们灿烂的青春，那青春里跳动着希望与力量。奇乾中队官兵最喜欢的一首歌是《家在奇乾》。歌中如此唱道：

那一年离开家，梦想出去见见世面。穿过了茫茫大草原，走进了巍巍大兴安。林海深处安了家，家名叫奇乾。半年雪封路，百里无人烟。想家时抬头望望山，故乡就在山那边。奇乾兵心里都知道，哪怕再苦不抱怨。人生处处是晴天，当兵的时光就这样，一日又一日，一年又一年。看惯了我的林海，爱上了我的奇乾。

如今，随着改革强军的步伐，森林武警这支光荣的部队已经退出了军人的行列。在大兴安岭原始森林里工作战斗了11年之后，布约小兵脱下了军装，成为了森林消防员。身份变了，岗位没有变；称呼变了，人还在奇乾。他还没有离开那片森林。

习近平主席为国家消防救援队伍授旗那天，布约小兵守在电视机前看了直播。直播结束后，布约小兵第一时间走出了会议室，快步向山坡上跑去。当兵的时间虽然不长，国家和部队的好多大事他都经历了。他只听了一遍，就记住了习主席刚刚提出的要求：对党忠诚、纪律严明、赴汤蹈火、竭诚为民。应该是这16个字，布约小兵觉得自己一定不会记错。虽然军装已经不在身，但他们的骨子里永远钙化着军人的硬度，还会崇尚着军人的荣耀，坚守着军队的传统。身份换了，但守卫祖国绿水青山的职能不变。

苦有苦的活法，乐有乐的源头。布约小兵和他的队友们很懂得人生。他们不回避艰苦，用乐观把生活调剂得有滋有味。有火扑火，没火生活。离开了人间的现代生活，走进这原始森林的腹地，生活已经让他们懂得太多太多。只是，如若没有经历，外人不知道他们的生活是在怎样过。奇乾是一个绝世的营盘，是一个隐秘在大兴安岭深处的传奇。

家 门

　　新军装上散发出的淡淡的樟脑球味道让苏玉林感觉到了梦想成真的现实。梦想的实现让他体内的每一条血管都泵足了血液，他分明听到了血液奔流的声音。从此，他要从河北省望都县贾村镇西新村这个小村庄出发，迈进军队的滚滚洪流之中。

　　苏玉林的脚步迈出家门了，他想要回望一下那座几代人生活过的村庄。然而，在他回头的一瞬，他的目光落在了家里那斑驳的门框上，在那蓦然回首之中，目光生生地被刺出了丝丝缕缕的痛感。

　　那副门框的油漆早已脱落，框面上凹凸不平，一侧的内口呈浅弧状残缺着，细看去，被火烧过的痕迹还隐隐在目。自小时候对这副门框产生兴趣始，苏玉林就知道了这座门与家里长辈们的诸多故事。

　　那年，日本兵像是幽灵一样侵入了冀中平原。苏玉林的曾祖父时任村长。抗日不是激情的事情，要的是行动。当苏玉林的曾祖父把一种坚决抵抗的精神像是燎原之火在村子里点燃之后，他人头的价钱在日本人的心中开始直线上升。一天，日本鬼子封锁了村庄，他们的目的直接且残忍，他们要的是苏玉林曾祖父的命。群众把苏玉林曾祖父藏在了棉花垛里。日本鬼子的刺刀在充满怀疑的目光中疯狂地刺向了棉花垛，一刀，两刀……刺刀凶狠地扎进棉花的噗噗声伴随着日本兵的诅咒，也一直扎在群众提起来的心上。二百多刀扎过之后，汗水淋淋的日本鬼子败兴而去。苏玉林曾祖父虽然神奇地毫发无损，但这两百多刀埋下的却是仇恨的种子，这两百多刀挑破了中国一个普通村庄里的沉默。

战火燃烧得更加凶猛。房屋在燃烧，柴垛在燃烧，心也在燃烧，抗战的热血也在燃烧。几十年过去，被日本人放火烧掉的房屋已经不复存在，但是苏家的大门却是历经战火而未被摧垮。门虽有些残毁，但还是坚固如初。苏家虽然几经改建新屋，但是唯一没有换过的却是这道门框，那门框上烧得黑糊糊的痕迹像是在向这个曾经饱受战争之苦的村中人讲述着一段不能忘却的历史。

门是家的脸面，是家的尊严。国是最大的家，家是最小的国。

苏玉林的脚步停了下来，不由自主。他的目光落在那门框上，他俨然听到了曾经村庄里的哭喊声，枪炮声，还有老人们带泪的控诉声。爷爷看到了他的眼睛，他和爷爷对望了一下，他忽然觉得心被爷爷的眼神拨动了一下。刹那间，他似乎听到了来自远方的呼唤。那声清厉的呼唤带着炮火和硝烟的味道。

2006年12月，长白山脚下的军营里注入了一股新的蓬勃着的力量。苏玉林的骨骼里像是补充进了过多的钙质，他在操场和靶场上开始尽情挥纵青春。在枪口与准星的延长线尽头，是风中摇晃的靶牌，而透过那靶牌，苏玉林却能清晰看到家中那道硬挺挺的伤痕累累的门框。家乡距离他遥远，而那副门框却在眼前。他的目光一遍遍在那副门框上抚摸、交织、亲近，甚至想要诉说。他右手的食指却是在有些无聊地进行着空枪击发。苏玉林渴望子弹上膛，渴望听到子弹呼啸。他甚至想要见到子弹在落点开出鲜艳的花朵。

在军营四季行走的日子里，苏玉林目光深处总是出现着那道伤痕刺目的风景，他知道，那道风景他无法回避，也不能忘记。想起那副门框时，不是对故土的留恋与纠缠，而是故乡在对他加油呐喊。

在故乡的家门里，还有充满期待的目光。父亲的目光如炬。这位80年代的老汽车兵入伍的时代正赶上了边境作战。虽然他不在参战的队伍里，但是那个时代和每一个军人的命运都紧密相连。等待战场召唤的父亲没有迎来走上战场的机会，他退伍返乡的时候边境上还响着零星的枪炮声。一个军人没有走上战场，不能不说是一生的遗憾。但是父亲想让儿子来完成他落空的愿望。于是，苏玉林的哥哥在应征之年，光荣地走出家门汇入那条绿色的河流。之后的日子，他开始盼望小儿子尽快长大，然后循着他的足迹继续前行。苏玉林训练之余，有时想打电话问问哥哥，在他的记忆当中是否有一副伤疤累累火烧遍体的门框。苏玉林不知道哥哥入伍的时候是否也在那副门框前停留。虽然没有问过，但是他相信哥哥的心中一定也有一道伤，可能那道伤来自爷爷讲述关于他父亲的两百多刺刀下的生还，可能有关于村庄里一条条地道里曾经历的生与死的惊险，也可能来自父亲看着两个儿子长大的目光里带有铿锵声音的期愿。

在军营的时光里，苏玉林和枪支成为了亲密的伙伴，成为了他身体不可分割的部分。太阳在头顶火辣辣地炙烤着靶场，苏玉林依然用寻找的方式执着地瞄准着目标。

2010年8月，还不是秋季，但可以收获。在那个酷暑，苏玉林收获了一枚闪耀着光芒的军功章。在吉林省军区边海防狙击手比武之中，苏玉林用他手中的枪一举击落了第一名的桂冠。军功章上面只有汗水的痕迹，没有血染的风采。目光透过金属质地的军功章，苏玉林似乎看到了军功章背面的故事。很多战友只知道他的付出，他的付出是汗水是坚忍，却没人知道他付出的目的。他想要让军功章的光芒闪亮曾祖父、爷爷，还有父亲渴望他成长并强壮的眼睛。

胳膊上的伤疤像是叠加在一起的松树皮，一层摞着一层，一块连着一块，就在伤疤记载着成长成为粗糙的皮肤之上的图腾之时，苏玉林的军旅又走进了一片更为险峻的天地。他要去进行一场战斗。

苏玉林的战斗是去茫茫草原之上的一次全军的特种兵比武。在北京军区的朱日和训练基地，所有的对手已经不是对手，是敌人，是你死我活的敌人。在缺少和真正敌人交手的军旅，苏玉林被青春鼓荡着的生命里充满了不安分的因子。他的心中有真正的敌人，他不需要在瞄准的时候去做出一个假想。在出出进进的家门，在生生长长的村庄，在风风雪雪的训练场，在黑夜与白昼的每一个缝隙，苏玉林的敌人都在闪动和狰狞。

从 6 月进驻草原上的训练基地，到比武结束，苏玉林开始了一次与伤痛并行之旅。右脚脚踝竟然连续出现了三次扭伤，青肿的脚腕楚楚可怜，而一年前爆裂的锁骨又隐隐作痛。伤痛相对于伤疤来讲，不算什么。苏玉林觉得伤痛只是当下体会到的感觉，而那副门框上的伤疤却是藏在苏家人心底永久的痛感。

比武结束了，比武的日子里，有太阳时，不是艳阳高照而是骄阳似火；下雨时，不是淫雨霏霏而是暴雨如注。苏玉林和队友一举夺得快速狙击、搜索排爆科目和城市反恐作战行动综合 3 块金牌，夺得反恐侦察、精确狙击科目和狙击战斗行动综合 3 块铜牌。

当苏玉林在朱日和摧城拔寨之时，他的爷爷却在弥留之际惦记着他的战果。爷爷盼望着最小的孙子能够回家看一看他，但是他知道孙子正在一个战场上拼杀。也许，让孙子回家是爷爷再想对苏玉林讲一次父亲与刺刀的家恨，再陪着孙子去抚摸一下那伤疤累累的门框上承载的国耻。可是爷爷最后还是没有见到苏玉林，但他应该是看到了孙子在战场上的冲杀。

这一次的军功章比早些年前的功章光芒更加照人。看着功章上那一道耀眼的标识，苏玉林把电话打给了家里。母亲却告诉他，爷爷走了，爷爷临走时让我们叮嘱你不要分心走神。苏玉林的心中有些酸楚，会分什么心呢，从出生他的心就和苏家人的心拴在一起呢，能走什么神呢，几代苏家人走过来了，他们的神都聚在一件事上呢。他知道曾祖父的心，知道爷爷的心，知道父亲的心，却没有人知道他的心，他希望将来自己能够有个儿子。

2014 年，被保送入学的苏玉林回到了家乡。在父母的陪伴下，他来到了爷爷的坟头，他把最美边防战士的奖杯和一等功章在爷爷的坟头依次摆好。苏玉林双膝跪向荒草凄凄的坟茔的刹那，他好像看见爷爷正倚在家门里冲他微笑，爷爷拉过他的手，一遍遍地抚摸着那道伤疤依旧的门框……

苏玉林知道，爷爷不在了，可是家门还挺挺地立着，门框上的那道疤依然醒目，并刺眼。

坚强的父亲养育坚强的兵

2018 年 10 月 11 日下午，儿媳王静哭着打来的电话，在杜俊心里响起了一声炸雷：儿子富国出事了！

杜俊的大儿子杜富国是名工兵，正在云南边境扫雷。这说儿子出事了，看来凶多吉少。

老伴身体不好，杜俊没敢告诉她。他急忙包了一辆车，拉上儿媳和女儿，连夜从贵州遵义湄潭县兴隆镇赶往云南开远。王静嫁给杜富国才 1 年，虽然对丈夫从事职业的高风险也有所了解，但还是被这突如其来的消息击垮了，一路上不停地小声啜泣。杜俊不停地安慰她，其实自己的心头也压着一块沉重的石头。

时间倒退回 2015 年 7 月。杜富国兴奋地打来电话，向杜俊报告："爸，我参加中越边境扫雷队了！"听着儿子的话，杜俊心里一阵忐忑。他年轻的时候也想当兵，可没能如愿。为儿子取名"富国"、动员儿子参军，就是希望自己的下一代能为国家多做贡献。而如今儿子要上雷场，这不能不让他纠结。

"你执行的任务荣耀但危险，一定要小心，千万不能大意……"那天，杜俊一改往日的雷厉风行，婆婆妈妈地嘱咐了儿子很久。

关于云南边境的雷场，杜俊抓紧时间给自己补了一课。原来，昔日战场激烈交战的山脊、沟壑和林地里，战争遗留下来的地雷、炮弹、手榴弹等武器无处不在。近 40 年来，虽然边境上再无战事，一派和平，但难以数计的爆炸物静静潜伏在草木之间、红土之下，随时会给不慎进入禁区的生命以死亡的威胁。杜俊明白，儿子现在干的事，是在"刀尖上跳舞"。但他更知道，中国军人面对危险，从来不会退缩，更何况儿子富国骨子里从来就有一股倔劲呢。

说不害怕是假的，说没有想过无数种坏的可能也是假的。10 月 12 日凌晨 4 点，云南开远的医院门口一片清冷，仲秋的风吹得人瑟瑟发抖，但心里堆满焦急的杜家三人，似乎谁也没有感觉到。

两个小时后，载着杜富国的急救车呼啸而来。看到担架上的儿子浑身血痕、面目全非、生死不明，杜俊感到天都要塌了。女儿和儿媳更是哭着扑了过去。杜俊强忍悲痛，拖着一双发软的腿脚，把她们拉了回来。

"首长，请告诉我孩子的真实情况吧，我能挺得住。"这是杜俊对扫雷大队领导说的第一句话。没等到回音，他又说，"我也是一名党员。有战斗就会有流血牺牲，我们能理解。"本就悲痛不已的部队领导听到这些话，不禁潸然泪下。

儿子的两只手被纱布严严实实地裹着，眼睛也被裹得紧紧的，一些液体正顺着纱布向外渗着。医生已经小心翼翼地和杜俊说过了，富国的两只手没保住，一双眼睛也没保住。虽然有思想准备，但在病房里再见到儿子时杜俊还是觉得恍若隔世。他牙关紧咬，强忍着没有哭出来。杜俊不是不想哭，他是不能哭。儿媳和女儿已经成了泪人，他能做的只有给她们宽慰。"事情已经发生了，我们都要坚强。"嘴上说着这话，杜俊的心里却淌着血。

入伍之后的杜富国吃苦耐劳，军事训练成绩节节攀升，文化素质却没啥长进。加入扫雷队后，他很快就遭遇了第一个"雷区"——排雷理论知识。第一次摸底考试，杜富国连猜带蒙，考了32分，而其他战友最低的也在80分以上。理论不过关，就不能走向战场！为补齐这个短板，杜富国下了多少苦功无人知晓，但从他的成绩单便足以看到他的努力——第二次考试57分、第三次70分，后来一直稳定在90分左右，甚至还考过99分。

成绩单会说话，书也会说话。杜俊清楚地记得，他来部队探营时，看到儿子的几本扫雷教材都被翻得卷了边，里面满是红笔标注的圈圈点点，就开玩笑说："你当年学习要是这么用功，早就考上大学了！"杜富国却认真地回应父亲："学不好排雷理论，扫不了雷，更保不了命，我可不敢掉以轻心。"

杜富国在雷场上的进步是飞速的。没出半年，他就练成了"听声辨雷"的拿手绝活。只要把探雷器探向雷区，埋在地下浅表的金属大小、深浅和方向，他都判断得八九不离十。由于技术好，杜富国很快被升为组长。"让我来，我技术好"，这几乎成为他每一次冲在急难险重任务前的标配理由。一次，在马嘿雷场，战士唐世杰探到10多枚引信朝下、高度危险的火箭弹。杜富国照例让小唐退到安全地域观察，独自上前处理。用了整整一上午，火箭弹被安全拆除，杜富国也累得几乎脱水。

老山地区的夏秋季节特别闷热。扫雷战士穿着棉衣厚的防护服作业，每次都要浑身湿透，当天回营无法晾干，第二天又得穿着潮湿的防护服上山。由于杜富国执行任务多，队里特意腾出一套防护服增配给他，让他换着穿。这特殊的待遇，也让杜富国十分骄傲。

3年来，杜富国1000余次进出生死雷场，拆除2400余枚爆炸物，处置各类险情20多起。这些，他从来没有跟父亲提起。杜俊只依稀记得，在2016年6月的一次通话中，儿子哽咽地告诉他："我的一名战友在扫雷的时候牺牲了……"说完，电话那头的儿子沉默了，电话这头的杜俊心蓦地沉甸甸起来。他知道，面对生死，儿子已经做好了所有准备。

如今，看着病床上刚刚历经生死考验的儿子，杜俊的两行老泪没能憋住。他不知道用什么话来安慰儿子，想了半天，只是说："儿啊，坚强点。""没事，放心吧。"杜富国的声音很虚弱，但语气很坚定。此时，杜富国已经接受了自己失去双手的事实。他乐观地问杜俊："爸，等我好了去装一双智能手，还能去排雷，你说行不行？"

儿子的话，几乎让杜俊崩溃。儿子还不知道自己的眼球已经被摘除，他已彻底告别光明，再也不可能回到雷场上了！杜俊使劲地吸了吸鼻子，把难过吞进肚子，好半天才从牙缝里挤出一个字："行。"

在外人看来，杜俊是个无比坚强的父亲。可他内心的彻痛和煎熬，只有他自己知道。儿子受伤后，杜俊每晚都坚持守在儿子身边，谁劝也没有用。夜里，杜俊总会猛然间醒来，第一反应就是确定儿子还好不好。谁也不清楚，他一晚上会醒多少次。儿子还活着，这已经令杜俊觉得非常欣慰了。不然，他现在还能企求什么呢？

儿子的病情稳定后，杜俊向扫雷队领导提出了一个让人意外的请求："扫雷任务不能因为一个人受伤就停下来。作为父亲，我想去看看富国战斗过的地方，看看他的战友们，给那些孩子鼓鼓劲儿。"

艾岩比杜富国晚一年到扫雷队，由组长杜富国负责帮带。出事那天，正是他们两人在接近坡顶的扫雷爆破筒"翻犁"过的土地上，发现了那枚部分弹体露出地面的爆炸物。杜富国初步判断，那是一颗当量大、危险性高的加重手榴弹，根据以往经验，下面可能埋着一个雷窝。接到"查明有无诡计设置"的上级指示后，杜富国以作业组长的身份命令艾岩："你退后，让我来！"正是这句"你退后"和轰然巨响时杜富国下意识的一挡，让两三米之外的艾岩逃脱了厄运。

其实，这次要到部队来，杜俊最想见的就是艾岩。他怕这个孩子心理负担过重。杜俊关切地对艾岩说："孩子，你的伤恢复得怎么样了？擦干泪，扫雷任务还要继续完成。"

杜俊说得对。扫雷任务还没结束，还要有人干下去。不久前，即将服役期满的老兵窦希望曾问过同样面临走留的杜富国，想不想回地方发展。杜富国回问："雷没扫完就想着走，你是不是尿了？"窦希望对杜富国更是不解："你都结婚了，还不赶紧回家陪媳妇？扫了这么多年雷，你到底图个啥？"杜富国的回答能让窦希望记一辈子："都回家陪媳妇了，那谁来扫雷啊？我干不了县委书记的活，但是可以干扫雷的事，虽然扛不了'星'，但我要把枪扛好！"

在扫雷队的器材室，杜俊看到了儿子那身被炸成棉花状的防护服。他想象不到那巨大的爆炸来临时，儿子那肉做的身躯承受了什么样的痛苦。他只能感到，心中一阵阵地绞痛。杜富国的床铺上，豆腐块一样的军被整整齐齐地码放在床头。杜俊无声地帮儿子收拾物品，军装、军帽、密密麻麻的笔记本……一想到对军营、对扫雷有着特殊感情的儿子再也无法返回雷场，心头的绞痛便蔓延了全身。杜俊揣测，儿子现在就在承受这种痛苦吧。

沿着一条羊肠小道，杜俊走上杜富国战斗过的雷场。山路陡峭得让他脚下不断打滑；路旁堆放的上千枚没来得及转移销毁的爆炸物，让人不寒而栗。杜俊在儿子搜排过的雷场上走了一遍又一遍。如今，脚下的这片土地已然安全，不远处的山坡上，边民耕种的庄稼正在迎接着收获季的到来。

在儿子负伤的雷场，杜俊坐了很久。他知道，脚下这片土地重获安宁和幸福，就是儿子和他的战友们最大的骄傲！

鸡鸣犬吠中，杜俊久久地深情地望着眼前安详的土地。突然，他像是想到了什么，快速地拿起自己的手机，找到了一直收藏着的一张图片和一段视频。图片上，扛着炸药的大儿子杜富国正在陡峭的山坡上艰难地攀爬；视频里，在西藏当兵的小儿子杜富强，正巡逻在山南那条"魔鬼都不敢去"的边境线上。

杜俊把图片和视频一起转发到了自己的朋友圈，并留言："为中国军人加油！"

这句话，他是说给自己的，是说给大儿子和小儿子的，更是说给全中国军人的！

11月16日，中越边境云南段已扫雷场移交仪式在老山西侧雷场展开。现场十多名扫雷官兵手牵手走过雷场，用这种特殊的方式向世界证明：脚下的每一寸土地都是安全的！

得知消息，躺在病床上的杜富国，脸上露出了久违的笑容。身旁的杜俊看到儿子笑了，紧锁了30多天的眉头也终于舒展开来。这位坚强的父亲紧紧地握着儿子的手，在心里对自己生养的这个坚强的兵说："不怕，未来不管有多难，爸都陪着你走下去！"

他陪哥哥守森林

见到季海军之前，我听好多人讲起他，一直也便想遇见他，当面聊聊。后来，果然有了这样一个机会。于是，我得以从容地来讲述他的故事。

无论时光过去了多么久远，只要想起 1998 年 4 月 30 日那个中午，黑龙江省大兴安岭地区森林消防支队十八站大队教导员季海军的心都会隐隐作痛。20 多年过去了，季海军始终忘不掉当他得知哥哥季海全牺牲时的恍若隔世。

1996 年秋季，高中毕业的季海军决定参军入伍。对于小儿子的这个决定做父母的既高兴又有些担忧。季海军的爷爷是新中国成立前的老军人，曾参加过解放四平的战役，也曾立过战功受过战伤。每当爷爷一边抚摸着右手上的枪眼一边为季海军讲述战争故事时，总会把他带到激烈的战争之中。如今季海军长大了，想要去参军，家里又出了军人，做父母的都很高兴。可是，父母又担心他没出过远门，有些放心不下。最后，他们把目光放到了大儿子季海全身上，大儿子比小儿子大一岁，做事稳当有主见，如果能一同去，兄弟俩还有个照应，"不然你也去检一检，如果合格就和弟弟一起去吧。"父母想让哥两个一起入伍。

　　体检、政审，一切顺利，季海全和季海军哥两个一起穿上军装，成为了武警大兴安岭地区森林支队的战士。入伍后，哥两个虽然在一个新训队，但却不在一个中队，新训开始后一直也没见过面。季海全和季海军长这么大，是头一次分开这么久，两个人在心中都惦记着对方。每天操场上五六百名新兵跑跑跳跳，来来往往，就不知道对方在哪里。一个月后，季海军在上厕所的路上，看到了哥哥。只是那一眼，让他兴奋得差点喊出声来。可是新兵期间管得严，他没敢上前打招呼。但是从哥哥的眼神中，他知道哥哥也看到了他。后来，他和哥哥经常在上厕所的路上相遇，两个人匆忙之间说不上一两句话，但是只要见到了哥哥，他的心中就有了底，有了温暖，甚至是依靠。临近元旦，新训队知道有一对"兄弟兵"，特意安排他俩在一起聊了两个小时。尤其季海军和季海全长得格外像，往那一站，就像是双胞胎。

　　为了让兄弟两个有所照应，下队时，支队特意把他俩分到了十八站大队，不过是在两个中队。同在一个营区中，几乎每天都能相见，兄弟俩工作起来动力十足。无论是干部还是战士，对这哥俩的工作与为人也十分认同。大兴安岭地区的冬天雪特别多，隔几天就要下场雪。不论雪啥时候停，哥两个都会是最早起床扫雪的。有时，晚上下起了雪，哥两个连衣服也不敢脱，隔一会儿就爬起来看看雪什么时候停。只要雪一停，他俩抄起扫把就跑到了操场上，先扫路，再扫训练场，就是不想让战友们在雪地里集合。战友们不知道他们俩到底哪来的这些力气。其实，哥俩知道，两个人说是在一起干，其实是在心底较着劲儿比呢，都想给父母争更多的光。

　　1998 年的春节是季海军父母一辈子最为高兴的时刻。那个春节，入伍一年的两个儿子穿着威武的军装整齐地站在了他们面前。一年前刚刚送走两个儿子时，这两个毛头小子还是弱不禁风的样子，仅仅一年下来，个头都长了一点，身材也魁梧了一些，脸上也多了一些成熟，两个儿子像是两棵小白杨站在了面前，在家中出出进进，像是两股风，走路都能听到唰唰的响声。两个儿子在亲戚朋友家中串门时，着实引来了羡慕的目光，让父母觉得甚是荣光。

两个儿子入伍后，全家团聚的场景只出现过这一次，从此便再也没有了。1998年4月29日，季海全和季海军所在的十八站大队随同支队到呼玛县的韩家园火场参加灭火作战。30日早上，季海军和季海全在火场上见了面，哥哥匆忙塞给弟弟两包方便面，叮嘱他在火场上要注意安全，然后俩人便分了手。中午的时候，季海军听到了有三名消防员牺牲的消息。哥哥灭火技术练得特别好，又是一个胆大心细的人，季海军一点也没往他身上想。到了第二天一早，部队来车接他下山时，他才猛地意识到是哥哥出事了，不然为什么山上的火还在着着，却来车接他下山呢？在他一遍遍焦急的追问下，接他的干部看隐瞒不住，只好把实情告诉了他。季海军整个人傻在了车里，怎么能是哥哥呢？！昨天早上哥俩还见面了呢！不可能呀，哥哥作战经验那么足！他愣愣地看着车外唰唰后退着的树林，感觉呼吸都不够用了。

中午，在加格达奇火车站，季海军接到了来队的父母。一见到父母，季海军憋了太久的眼泪倾盆而下。如果不是哥哥陪他来当兵，哥哥也许就不会牺牲，季海军感觉哥哥的牺牲全是因为他。

父母揽住了小儿子，生怕他再丢了一样。父母没有责怪季海军，也没有埋怨部队，只能接受大儿子成为了烈士的现实。季海全的追悼会开完之后，季海军跟父母商量："我要在这里替哥哥干下去，也让哥哥留在这里陪着我吧。"父母遵从了季海军的意见，把季海全的骨灰安葬在了大兴安岭的烈士陵园。

哥哥牺牲了，季海军下定了一个决心：要长久地在这个队伍里干下去，自己要替哥哥把这片林子守好。季海军决心考取警校。当父母得知他的想法后，劝他还是回到老家大庆。理由是这里拥军政策好，退伍回来能安排到油田工作。另外，父母总有老了的那一天，他们希望小儿子能陪在身边。但是季海军下定了决心："我必须干出个样给我哥看。不然，我就对不起他！"准备考学那段时间，季海军每天晚上都要复习到12点才睡，睡觉时衣服也不脱，到了凌晨两点再起来学。整整半年下来，人整个瘦了二十来斤。最后，他以优异的成绩考入了警校。

2001年8月，季海军警校毕业后又回到了大兴安岭。说来也巧，他被分配到的大队离烈士陵园不到二百米。他没有想到自己会在毕业后离哥哥这样近，有空了，他就要到陵园去坐一坐，他向哥哥汇报最近又打了几场火，自己结婚了，有孩子了，父母身体还好。只要有了好事，他都要想到跟哥哥分享一下。尤其是只要下了雪，他都要早早到陵园把路和墓地扫得干干净净。那个时候，他就觉得哥哥就在一边陪着他，看着他。有时扫着扫着，他还会愣神，以前和自己扫雪的那个哥哥怎么就没了呢？

毕业后，季海军先后在一大队、二大队、漠河大队、塔河大队、呼中大队工作过，如今又回到了他当兵的十八站大队，不论在哪一个单位工作，他都成为了领导和队友心中最能打火的那个指挥员。刚当排长时，季海军每次打火都是第一个上。当指导员时，支队领导给季海军一个"扑火干将"的称号。

20多年过去了，季海军和这片森林已经不能分割。森林直升机支队在他的家乡组建时，曾经有领导考虑让他回到大庆工作，这样他能离父母和妻子近一些。他对父母说："你们现在享受烈属待遇，这是我哥给你们的。趁着你们身体还行，我还想在这里陪哥哥几年。"和妻子结婚后，小家安在了哈尔滨，如今女儿又到了大连读书，季海军还守在大兴安岭深处，一家三口身居三地，可是他还想在这片森林中守下去。

这里有哥哥未竟的事业，这里有他魂牵梦绕的理想。

有时，季海军会一个人在林中走一走，那时，他的眼前就是哥哥的模样，他会跟哥哥默念一首诗：

> 每一年森林染绿／每一回树木苍翠／每一季枝叶枯黄／每一次大雪纷飞／你可知道／我都在想起你念起你／可是你永远不再回归。
>
> 每一年新兵入伍／每一回战友离队／每一场战斗归来／每一次冲锋苦累／你可知道／我都能感受到你的陪伴／可我只能在无人的夜偷流泪水。
>
> 你给我当了 19 年的哥哥／却成了我一辈子的诉说／我要讲述英雄无悔／我要对着梦想一直去追／追梦的路上有你同行／可我想象不出你长大的样子／你永远是我记忆中最美的 20 岁。
>
> 我们的战袍换了／我们的称呼变了／我们的出征依然英勇无畏／请别问我征途远不远／也别问我心中累不累／既然你我的根都已扎进了这片森林／再艰难的行程也要走得无怨无悔。

"王勇"期望的样子

　　当他再一次，或者是第四五次，可以说几乎是我们一起交流的每一次提起一个叫王勇的人时，我觉得有必要告诉朋友王勇是谁了。

　　他在单位是一个领导，在消防队伍转制之前，他是一名有着近30年兵龄的上校。岁月不经意间在他的眼角雕琢出了细细的纹理，头颅之上曾经茂密的植被逐渐枯萎成荒芜之地，每一次在阳光照射或是运动之毕汗水的洗涤下，那里闪烁起一片光芒之时，竟觉得他是在岁月深处停留或转身的青年。他清脆的嗓音如同少年般有着金属特质的声音。

　　其实，他让人感觉年轻的最主要原因是他把多年前的时光记得清晰如昨，尤其是他人生中最关键的转折在他的记忆中成为终生难忘的印记，如同雷电在树上刻下的触目惊心的疤痕。只不过，他的这段记忆是美好的，温暖的，是可以让他内心总能生长力量的，推动着他一步步向前行走的。

　　他的人生在贫穷中走到20岁时，家中对四个儿子中最小的他寄予了新的希望——当兵去，这样还有考学的可能。在上个世纪90年代，高考还没有大规模扩招，虽然他的成绩不错，但是想迈进大学的校门还是很难。在高中毕业后当了一年拖拉机手后，他也觉得那条早出晚归反反复复的泥路并不是他想要的未来，而当兵却又是一条可以看得到光亮的路，哪怕没有考学成功，但至少经过努力还有着一种可能。可是，他当兵也是波折的。由于祖上过于勤劳，通过置地和开荒等渠道竟然拥有了一大片土地，家庭在历史中被划成的"成分高"成了他参军的一个阻碍。好在那一年被"挤占"后，转年再次检查合格时，他遇到了一个入伍的绝好机会——一个合格的青年在临入伍之前拒绝参军，因此他机缘巧合地捡到了让梦想起死回生的机会。这件事给了他深刻的提醒，做一切事都不能轻言放弃，只有做好了一切准备，机会才会降临给那个有准备的人。

这个道理在他后来的人生中一一被验证着。

他入伍到了大兴安岭的原始森林中，成为了一个森林兵。正是冬季。茫茫的白雪覆住了大地，树木还在坚忍地活着，除了人几乎看不到任何生机，早上醒来面对的就是寒冷，彻骨的寒冷，但是他清醒地知道他的体内已经种下理想的种子，那个种子在冻土之下，悄悄地萌芽。每一次太阳升起，他都觉得这种崭新又陌生的生活正在改变着他的人生。每一天紧张艰苦的训练下来，夜晚躺在大通铺上，战友们光溜溜的脑袋排成一排安然入睡了，他却睁着眼睛死死地盯着屋顶，他急切地盼望早点下队，时间过得再快一些。不是他怕苦怕累，而是他的前方有一个考场，那个考场会成为他人生的重大考场，他将通过这个考场走上人生的偌大舞台，让青春飒然起舞。实现梦想的渴望让他的生活变得紧迫和焦急。

他是不惧怕苦累的，当他告别辽北那个生于斯长于斯的故乡时，他就知道身后虽有眷恋的亲人，但他已不想再回转头拥有那片贫瘠的土地和那片土地上的清贫。

入伍一年以后，通过努力，他收获了全大队上上下下的好评。尤其是以努力勤奋、谦虚上进的形象成为了大队文书。按照规定，士兵入伍第三年的夏季可以报考警校。为了通过考试改变人生，两年多以来，他一直在做着努力，节假日，抑或更多的夜晚，在完成好本职工作以外，他几乎就是在与课本为伴。一道道迎难而解的考题让他知道自己的实力。他只等走上考场尽情发挥，从而拥有一个光明可堪的未来。

　　然而，节外生枝了。他的年龄超出了考试规定的一个月。现实照头来了沉重一击，猝不及防。茫然瞬间占据了他生活的日日夜夜，森林一下变得空旷又压抑，光亮亮的太阳也失去了光芒。原本还是在面对课本上的困难，可如今的困难变成了现实中一道无从越过的深壑。

　　这个时候，那个叫他一辈子念念不忘的王勇站了出来。王勇是他的大队长，他的直接领导。那个时代，在原始森林里和上级机关的联系只能发电报。王勇亲自拟写电报内容，向机关推荐他。王勇在拟写的电文中评价他是少有的人才。一封封电报从森林深处发向支队机关，目的只有一个，组织为他争取走进考场的机会，王勇就是那个代表组织的人。时隔多年，他也保留下了王勇曾拟制的电文草稿。

　　就在王勇一次次向机关发电报时，王勇的工作发生了调动。他从森林大兴安岭深处调到了内蒙古西部。仅有的靠山轰然塌陷，他顿时陷入了更加迷茫之中。然而，他还是在认真地做着考试的准备。大队和总队原本相距几千公里，王勇要一封一封电报请示，这次王勇报到时，恰好要到总队办理手续，趁此机会，王勇找到了总队负责考生考试的领导，情真意切地表示，只要给他一次上考场的机会就行，他辛辛苦苦准备了两年多了。而且王勇向领导保证，此兵一定能考上，十年之后，此兵的成就和作用一定会超过我。领导被王勇情真意切的举贤打动了。

　　他的命运在此时又出现了一道光亮。其实，一直在帮助他的王勇离开大队时，他似乎感觉到唯一的光芒也因为他的离开而熄灭了，但是没有想到的是他真的接到了总队的通知。当他到学员队报到后，王勇专门给他写信讲述了此事经过。不是要求他感谢，而是字里行间叮嘱他要珍惜这次来之不易的机会，要他努力地活成超过自己的人。

结果那年，临考试前一个月才进入学员队的他以第一名的身份考进了警校。从此，他的人生驶入了一条平坦大道。他从未向我讲起过接到录取通知书后的兴奋，这应该在他拿到准考证时就体味过的了。成功对于他而言，不是有无成功的可能，而是有没有这样的机会。梦想一旦放弃，就是放弃了人生。坚持又给了他一次回报。

果然如王勇所料，他进入学院后成为了优秀学员，又在上百名毕业生中成为了仅有的留校学员，然后一直在学院从事管理工作，直到成为一名上校。王勇是在正营的岗位上转业的，他真的超过了王勇。每当讲述曾经的打拼时，他一定提到的人就是王勇。他说，正是因为王勇的无私帮助，才让他必须成为王勇所希望的人。

王勇最早是他人生路上的铺路人，后来更是成为了指路标。当他有能力去帮助别人时，王勇成为了那个提醒他人生价值的人。他不间断地向王勇汇报着自己的成长，提职了，又提职了；进步了，又进步了。早年的王勇是他人生中的伯乐，是站在他路边鼓掌的人。他的人生就像是在跑一个漫长的马拉松，只要向前奔跑，他就在寻找王勇在路上注视的目光。哪怕王勇没有站在路边，他也知道，他的人生道路上这个人不曾也不会缺席。

当他把王勇讲过无数次的时候，他也讲出了他的遗憾。他在成长，王勇也在成长，而王勇并不需要他回报什么。他是一个战士的时候是没有能力回报，当有能力回报时，又是无从回报。王勇在向他伸出援助之手时，也并不需要他的回报，即便回报，也是希望他像自己一样热情、坦荡、真诚地活着，在别人的世界里活出一份价值。

　　王勇成为了他精神中的一部分。虽然我不认识王勇，但是他每一次讲起王勇时，都能真切地感受到什么是感恩，什么是不忘初心，还有什么是成长。他成长成了王勇认为或者希望的人，而他成为了王勇一样的人。有时，当我看到他义无反顾地帮助别人，对身边的战友真诚而坦率的时候，我总是觉得，他何尝不是活成了当年的王勇呢。有的人成功后会轻易忘记跌倒的路上扶起他的人，也能在好了伤痛之后想不起伤疤因何而留。而懂得感恩的人却是用一种行动对兑现一个誓言。这个世界上，有无法实现的诺言，也有一直更新的谎言。他践诺的方式是成为温暖王勇的人。

　　人的内心是一片土地。在这片土地里，种上什么样的种子极为重要，如果种植了仇恨，仇恨也会开花发芽；如果种上了感恩，感恩便会香满天涯。我也曾试想过当年如果他没有机会走进考场，他的人生会是什么样子。背起行囊万丈豪情告别了家乡，最后失魂落魄地重归故里对任何人都是打击。有的人会愈挫愈勇，但有时人的梦想一旦坠入渊底便从此沉沦。王勇的存在就是他精神世界里可以依靠的一棵树，是他在迷雾之中看到的那道光。

　　他对王勇的心心念念让我一次又一次感动，有时闭上眼睛，我会想象王勇的模样。这是一个什么样的满身透着睿智和正义化身的人呢，他用帮助一个人的方式收获着自己存在的价值，他用让别人超越自己的方式鼓励着别人勇敢地往前走，踏平一切困难，甚至可以从自己的身躯上跨过。当一次又一次听他讲述王勇时，我早已知道岁月并没有成为他人生的过往，他清晰地记住了自己来路上的筚路蓝缕。他要为身边的人点上一支支照亮前路的火把。哪怕他的光芒不璀璨夺目，他也不能给别人带去黑暗。也就是一次次品读王勇时，我发现，王勇是谁不重要，重要的是王勇已成为了一个符号。这个符号差不多是每一个人身边都存在着的。那就是人活着的目的，我们到底为了什么样的价值和承诺活着。

最近一次见到他，他说，王勇退休了，在天津开始了安详的晚年生活。有那么一刹那，我想循着他的故事去见一见这个老人，可是不出几秒便否定了自己。

王勇当年只是没有出卖自己的眼睛和心灵，他活成了有担当的人。当一个人有能力帮助别人实现梦想，而没有去做的时候，可能当他反省的时候会内疚，那种疼痛是说不出的滋味。而当一个人没有权力和能力帮助别人，但是他却孜孜不倦地努力去做了，这便是千金难换的担当。而他与王勇 30 年来用几十封信创下的这个佳话，成了他们两个谁都可以拿来慰藉自我的精神大餐。欣赏者与被欣赏者组成了人生中最弥漫芳香的风景。

每个人的路上都曾有过"王勇"，只不过我们是不是都活成了"王勇"所期望的样子，是不是我们也努力活成了"王勇"。

疤痕是勇士的勋章

那是一个阳光明媚的午后。他把手伸过来时，我一下便注意到了他手上的一块块疤痕。那些疤痕像是树干被砍后重新长成的树节，又像是雨水洇透墙面后在墙上风干的图案。总之，那些由手指手背一直向袖口蜿蜒进去的疤让人看着有些痛，也不知道那些疤爬进袖口之后又延伸到了哪里。当然，这种痛只是我作为旁观者的感受，而他则在兴致勃勃地描述着自己的工作，似乎并没有留意我的目光正停留在他的手上。

那些缠绕在手指、手背上的疤痕紧紧地贴在他的手上，手势配合着语言，让故事更加立体、精彩。在他风轻云淡的描述中，想必他早已忘了手上的伤疤，青葱岁月留给他的这些纪念，像是与生俱来的一般。

不用问，我知道这些疤痕一定来自火场，因为我对他的曾经有些许了解。大学毕业后，他参军入伍，随后加入森林消防队伍。在这之前，他几乎从未涉足火场，而有伤疤的人是不允许参军的，毫无疑问，他手上的疤痕来自他入伍后的经历。这之后，他无数次冲向火场，这些疤痕必定是一次次战斗给他印上的符号。

果不其然，在接下来的交谈中，熟悉他的一个队友提到了他的疤痕。

在他队友的讲述中，我的眼前出现了一个惊心动魄的画面：1996年，黑龙江省牡丹江市绥阳林业局道河林场发生山火，他带着队友与山火展开了殊死搏斗。在他们战斗正酣时，火场风向突变，他和队友被浓烟与烈火包裹住了。爆燃发出的声音像是催命吼叫，如同火车的轰鸣声在火场上空滚动。烈火是如何撕咬他的，他的队友也无法描述，只是说，当他成功逃生后，才发现他的胳膊和手上的皮已经被烈火烧焦。

他的队友讲述这些时，他淡然一笑说："那些都是过去的事了。"看他的神情，好像是在听别人的故事。沉默了良久，他叹了口气说："那次，命差一点扔进火场。"从他的语气中，听不到一丝惊恐、一丝后怕，那番气度就像是抽尽了一支烟，把烟头扔向空中，画出一条抛物线那般潇洒。

他还是忍不住向我倾诉了自己住院时的心境：躺在床上，一批又一批的队友来看望他，感动之余，他有些无法直视那被裹成拳击手套一样大的手。层层纱布下面，不知道隐藏着什么样的事实。他突然有些羡慕队友们有一双可以战斗的、完好无损的手。说着，他轻轻地把两只手握在了一起，安慰性地揉搓了一下那些曾经受苦的指头，然后抻了一下衣袖说："就不给你们看了，胳膊上都是疤，胸口也有。"他莞尔一笑，不再提战斗和伤疤，滔滔不绝地讲起了他现在主抓的教学工作，理念中尽是安全、科学、创新、责任，特别强调，凡是作战，必须将生命安全放在第一位。

他是一个魁梧的北方男人，言谈举止尽显豪迈，可说着说着，他的声音忽然哽咽了，像是被什么噎住了。似乎是经历了一番内心挣扎后，他说，当年作战时，最怕的从来都不是自己受伤，而是担心自己带出去的人不能平安归来，真要把人家的孩子弄丢了，一辈子灵魂都不会安宁。

　　危难关头，他想到的不是自己，责任在他的心中定是扎下了根，才会有这番感慨。

　　每一次奔向火场，他心里装的都是身后的兄弟，因为他品尝过痛的滋味，也和死神交过手。不用怀疑，他讲的都是真心话。如果经验不能成为经验，非要成为深刻的教训，血与火的洗礼就不足以让人终生难忘。

　　他受伤后，住了几个月医院，不知道当时的他躺在病床上，心中在想些什么。二十几岁的年龄，风华正茂，爱情将至，犹豫和彷徨每每在皮肤灼痛与撕裂的夜晚一次次光临，不晓得在揭开层层纱布后，呈现在眼前的会是怎样的惨不忍睹。事实证明，他最后挺过了所有黑暗，因为他前进的方向不曾改变。真正的男人，哪个会对命运认输呢？

　　带领队友从火线突围，这便是战功，如果队伍中有人员伤亡，那对一个家庭、一个队伍来说，便是难以挽回的损失，好在他最后化险为夷，把损失降到了最小，他也因此荣立个人二等功。对于这个功，他有些无奈，他一次次表示，宁可不要功劳，也不要伤亡，带血的军功章实在不是什么好东西。

　　他一直在这支队伍成长，从一名队员成长为一名教员，如今已是一名教育工作者，丰富的实战经验加之扎实的理论基础，让他距离心中的梦想越来越近。他对他的学员说得最多的是生命至上，所有的功绩在生命面前都不值得一提，和那些牺牲的队友相比，活着就是最大的幸福。也只有经历过生死，才能有这样的感悟。

　　我听着他的诉说，心里其实一直想知道他是如何收获爱情的，他受伤后经历了怎样的内心挣扎才重新踏上火场……这些问题在我的心中画着一个又一个问号。那天，他袒露了一点点自己的苦恼，多少年了，夏天里他尽可能不穿短袖，不是无法正视伤疤，而是不愿意展示给别人，怕引起他人的不适。别人问起，他不愿聊那次受伤，那只是他战斗生涯中的一次偶然，绝不是全部。他不想用这种方式来阐释森林消防员这一职业的危险，另外，每一次讲述，他都要经历一次揭开伤疤的疼痛。

如今，每当他看着队伍中一张张青涩的面孔，总会不由自主地想起年轻时的自己。他不止一次地叮嘱学员们，要牢记生命至上，这既包括挽救他人的生命，也包含着对自己生命的珍爱，只有提升了素质，练强了本领，学会了技术，才能对自己和他人的生命负起责任。

后来，我又遇见过他。他匆匆向我挥手，脸上的笑容温暖、自然、坦荡。每一次擦肩而过，我都会想起第一次见到他手上疤痕时的情景。

当我知道了那些疤痕下的故事后，他的伤疤便藏不住了，因为，我想让更多的人知道，消防员身上的每一块伤疤都是生命中最沉重的勋章。那勋章里，有着丝丝缕缕的痛，岁月可以抚平过往，却无法抹去心中的伤。

没有痛感的人生似乎并不完整。他经历了痛，还记得痛，所以，一直竭尽全力，避免让身边的人再次经历疼痛。

我曾经和他握过手，手心和手心在相遇的那一刻热切地交流着，硬生生相撞的，是坚定的目光。

我知道脚的疼痛会蔓延至心

有一天，我突然发现自己是一个很在意脚的人。发现这件事的原因是我偶然翻阅自己写过的小说，竟发现不知道是啥时候写了好多有关脚和鞋子的文章。

在刚刚懂事的时候，每当看见奶奶在盆子里洗她那裹得完全变形的脚时，我都是好奇地站在一旁看，有时借着帮她洗脚的名义，还会去掰折叠在她脚掌下面的一根根断掉的脚趾。她的那些脚趾早都没有了神经，就是一层皮肤在连着一块块细碎的骨头。她的脚趾没有痛感，但是我替她觉得疼。小的时候，我觉得那种疼是身上的疼，当一点点长大，我发现那种疼是心中的疼。旧社会束缚的不仅是奶奶的脚，更是她的命运，她逆来顺受已经不知道抗争。除了我的大姑裹了小脚之外，奶奶没给其他姑姑裹脚，她对我说，既然自己疼过，就不能再让别人疼。我记得根据奶奶的故事写过一篇散文叫《脚大是福》。这是我文学创作中第一篇关于脚的作品。

有一年，一个战友用半晚上，给我详细地回忆了他长达八年而未果的初恋。他和女友恋爱时，由于他俩误了回家的班车只能赶夜路回家，女孩又是穿了皮鞋而无法走远路，俩人搜尽衣袋凑钱买了一双布鞋，于是俩人踏上了五个小时回家的夜路。当他们两人长大分别工作后，却因两城的遥远而选择分手。那一双鞋最后成为了他们青春爱情的见证。这个情节我写成了一篇小说就叫《布鞋》。后来在我的长篇小说里也用到了这个故事，讲述的都是爱而不能的疼。

再后来，又有一个战友给我讲述了他的事。他的梦想是成为军官，因为在我们当兵的时候，只有军官才配发军勾。就在他为了梦想拼命训练和学习时，他的脚却由于训练受伤导致骨质增生，因为军勾很硬太磨脚，他虽然当上了军官但却不能再穿军勾。这事被我写成了小说就叫《军勾》，它表达的是当梦想成真而梦想不在的遗憾。

再后来，我还写过一篇叫《军胶》的小说。这个故事就与我自身有关了。我的舅舅喜欢穿部队发的军胶，母亲便让我在部队给他邮一双。那个时候我一年才发一双，自己穿还不够用，只好在军人服务社买了一双邮了回去。凡是当过兵的都知道，军人服务社的物品基本都是高仿品，我邮给舅舅的那双也不例外。可是舅舅偏偏就是当成了真品，一直对别人说非常结实。其实我知道他认为结实的原因是他一直舍不得穿。这篇小说不是在写亲情，写的是当军属的自豪。

再再后来，我还写过《大头鞋》《纳底鞋》等，如果不是翻自己的陈年旧作，还真不知道自己自从会用文字写真情实感以来，竟然不知不觉中对鞋是如此关注。

我静下心的时候琢磨过我为什么对鞋是这种态度。不由得就想起了几件陈年旧事。我上初一那年，大姨送了我一双皮凉鞋。那天，我穿着这双鞋去了二舅家。结果刚刚走上山坡，革质的鞋后带就断了。在前不着村后不着店的山上，我只能趿拉着鞋前进，等走了十几里山路到达二舅家时，我的脚上已经磨出了好几个水汪汪的疱，脚火烧火燎地痛。那是长这么大脚上第一次打疱。那鞋是我自己要穿的，而不是大姨逼着我穿的。如果没有大姨的亲情温暖着，我不知道脚上的疼痛是不是会蔓延到心上。

初二那年，我哥外出打工回来时买了一双白色的运动鞋，他一次没穿就视若珍宝一样放在了柜子里。我实在受不了那鞋的引诱，在他外出的一天，穿上他的那双鞋上学了。但是让我万万没有想到的是不等放学，那双鞋所有的折痕处已经全部断裂，断开的皮革像是张开的小嘴翻开着，我只要一低头就看见它在张嘴嘲弄着我。偷穿哥哥的鞋子这事我妈是知道的，可是她也没有想到这鞋竟然如此不为她长脸。那天我妈和我一筹莫展，真怕是我哥回到家闹起来。鞋子就是那副德性，就那么面目狰狞地僵尸一样躺在炕沿上，眼睛只要没毛病一眼就会看到它的样子。我简直恨死了那些造鞋的人，可我妈无比智慧地说，咱又不认识造鞋的，恨人家做啥。这件事是怎么和我哥了结的我不记得了，但直到现在我都能清楚地记得那天的忐忑不安。时隔不久，我们邻村的一个人倒卖回来一些皮鞋，刚刚卖出去两双，就被发现那些鞋原来是用纸壳做成的，只是上面喷了黑漆。不用猜，那个人赔了本不说，还丢了名声。30多年过去了，我去年探家时我爸还在把这事当笑话讲。本来就是一件小事，却成了笑话。一个笑话被讲了几十年，我觉得这笑话都不像笑话了，我爸和乡亲们真是厉害，把一个乡间故事硬是用口口相传的方式讲成了历史。我不知道我们县志里是不是记下了这件事。

我在穿鞋上遇到的最大苦头发生在部队。1994年冬天，连长把他的一双穿旧的皮鞋送给了我。那是我的第一双皮鞋，心里自然喜欢。鞋到了我这还不到一周，师里组织了一次战士笔会，我和后来成为著名词作家的雷从俊一同去参加，为了让自己体面一些，我特地换上了那双皮鞋。鞋刚穿上时，我觉得稍微有些挤，但也没有多想。没承想，刚刚走出营区，我就觉得脚胀胀的，当时我以为是冬天天冷，而我又是穿了单皮鞋的原因，也没有太在意。哪知道两个半小时后到达师部时，脚胀得已经和鞋几乎长在了一起。那是我第一次听师政委给我们文学爱好者讲诗歌，在会上根本不敢溜号，也不敢把鞋脱下来放松一会儿。等到那天晚上回到连队时，我感到两条腿已经不知道是谁的了。脱下鞋的一瞬间，腿上崩了一天的血呼啸着直冲双脚，每一个脚趾都是一鼓一跳的。我能够感觉得到脚立即变厚了，变胖了。而当我再脱下袜子时，猛然发现两个大脚趾像是一对黑乎乎的眼睛怒视着我。我拿起鞋一看，才发现连长送我的皮鞋是40码的，而我是42码的脚。"穿小鞋"的概念被我用经历体会得无比深刻。半个月后，两个乌紫的脚指甲终于幸福地脱离了脚趾。每天洗脚看到粉嫩嫩光秃秃的两个脚趾时，我深深地明白，如果不认真对待生活，现实就会对你进行无情地嘲讽。东北俗语中有"四大得劲儿"，得劲儿也就是舒服的意思。前两句就是"穿大鞋放响屁"，想想真是话粗理不粗。鞋不管合不合脚，就要穿大的，穿得像是拖鞋的样子，不被挤压，好不轻松。而"放响屁"也可以引申到说话上来，痛痛快快地表达，想说就说，别憋屈着自己的内心。当然，话得是正确的话。不能强词夺理，有理不在声高。

我办公室曾经有个战友叫李广生。他从小没有父母，是爷爷一手把他带大的。爷爷是林业工人，一个大男人自然缺少照顾孩子的经验，广生的脚在不停地长，而爷爷却忽略了这件事。由于长期在鞋里挤着，广生的大脚趾长得和其他的脚趾叠压在了一起。每次我们踢完球和他一起洗脚看到他的脚时，我都特别心疼。不过他人倒乐观，有一次他对我说，自从到了部队后，就没再考虑过鞋的问题。我明白他的意思，他是在说，到了部队就是有了家。事实也果然是这样，他大学毕业入伍后，一直把80多岁的爷爷带在了身边，就在部队旁边租了一个房子，他调到哪就把爷爷带到哪。我记得我在部队写的第一个像样的大稿子就是写他的，名字大概是《带着爷爷当兵》，还引起了领导对他家的关注。一听说领导要找他谈话，开始吓了我一跳，因为我在文中写广生每天中午要回家给爷爷做饭，那时他还是指导员，不假外出就是违纪，真怕是领导批评他。哪知道我们旅里的领导知道了他的事后，没过多久，就把他从连队调到了我们组织科。这样他照顾起爷爷更方便了。从那时起，我发现领导和我们看问题确实不一样。

我和爱人两个人平时都具有一定的战斗性，有时话不投机俩人便会较量起来。有一次，我魁梧的爱人上阵之前先是用皮筋扎起了头发，在客厅里三下五除二脱下了鞋子，然后直奔我而来，当她的手指快要刺到我的鼻子时，我赶忙换出了一副不想战斗的样子。其实那时我突然发现"光脚的不怕穿鞋的"这句俗语竟然极富哲学的深刻。平时话语不多的这个女人用实际行动告诉我了，如果人一旦豁出去，真是无所畏惧的。不管我们俩人如何战斗，但是我们还是要把生活继续下去的。这些年，我一直在研究着各种婚姻类型。我发现有的专家老是把婚姻比喻成脚和鞋的关系，什么舒服不舒服自己知道的。我不这样认为，我认为婚姻是穿鞋和脱鞋的关系。喜欢了就穿，不喜欢就脱呗。如果觉得不舒服还非要穿，别人也是管不到的。

我转业后，到了《中国煤炭报》工作，到了这里之后，才知道著名作家刘庆邦竟然就是社里的老领导。他是鲁迅文学奖的获奖者，而获奖作品就是短篇小说《鞋》。人家写了一个关于鞋的作品就获得了全国最高奖，我写了那么多关于鞋的小说却都被自己忘掉了。不过，既然对鞋这么在意，我可能还得写出关于脚的作品。因为每一个人要想在这个世界上立得住，都要脚踏实地。而人在这个世界上，有时根本就不知道人生的方向，但只要脚还在向前走，人生便会有方向。脚尖对准的就是方向。

2018 年夏天，我写完了一部记录自己故乡的长篇散文《沙卜台：无锁的村庄》。写到那本书的结尾时，我泪流满面，我觉得我终于把自己抒发掉了。流泪不是懦弱，而正是因为高贵。如今这个年代，还有多少人在由衷地说话和幸福地流泪呢。我在那本书的结尾如此写道：我对于一切的物质都不感兴趣，我只想让自己的内心更丰满地活着，这样我才是一个幸福的人，快乐的人。我上学之前，我父亲给我起了名字叫得意，他说希望我一辈子遂心得意。我一直按着他的期望活着，活给自己的理想，活给自己的内心，活给自己的价值，没有悲伤，没有忧愁，没有恐慌，没有绝望，没有痛苦，没有计较，没有卑鄙，没有对富贵的渴求，只有对未来的渴望。我的脚步一直在向前走着，我不知道我能够走到哪里，但是我知道有一种情感叫作初心，我的心和我的故乡紧紧地拴在一起。无论漂泊了多少年，无论脚下的路延长了多么远，我都知道，我人生的第一步，是从我母亲的胸脯上开始的，我在她的胸口上踏步，积足了力量后开始让脚沾上泥土。最早我是在故乡的泥沙中爬行，然后站立，然后前行，然后走呀走，走上了一个劳累奔波的行程。可是，不论如何走，我的身后都站着给我力量的故乡。那里有着我的初心。

这段话又让我不由自主地讲到了脚。在我没有穿过鞋的时候，我对人生真没有这么多的感悟。当我的脚一次次疼痛之后，我才知道，脚上的疼会随着鞋的改变而消失，但是从脚蔓延到心上的伤却很难愈合。

许你一城浪漫烟火

对于妻子霍家丽说自己不懂浪漫这件事，刘东君一直想找个机会改变一下印象。但这对作为武警森林部队的一线教导员的他来说有些难。平时一大堆的工作排着队在那等着，又是一个五大三粗的老爷们儿，拉不下面子在女人面前讲甜言蜜语。要是说打火，不用动员，一听说哪着了山火，他瞬间便像打了鸡血似的，连续几天几夜不下火线是家常便饭。可用拿惯了对讲机的手去捧一把鲜花献给妻子，想一想刘东君都觉得脸羞羞的。

好在霍家丽是一个朴素的女人，通情又达理，加班就加班，集训就集训，扑火就扑火，结婚前人家也没藏着瞒着。俩人第一次见面，刘东君没用二十分钟就像给战士上课一样，把森林武警的职业特点、工作状态、工资情况都交代清楚了。当然涉密的事他不会讲。透明又干脆。就像森林部队打火的宗旨一样：打早、打小、打了。刘东君的讲早、讲清、讲透政策一下子征服了霍家丽的心。

结婚后，霍家丽对刘东君讲，你的职业太危险，搭辛苦是应该的，我能理解也支持，但你得注意安全，别把命搭上就行。她讲的是实情。森林部队的性质就是向火而生，哪里有火情就要冲向哪里。丝毫也不能耽搁，如果一旦贻误时间，那火一旦着大了，便不知何时能下火线了。尤其是当生态保护越来越受到重视的情况下，每一处森林都损失不得。更何况，云南是全国的旅游大省，生态建设尤其重要。

刘东君打火的时候不是没遇到过危险，只是他从来不对妻子讲。他怕她担惊受怕。霍家丽也不问。因为从电视里她看见过冲天的火柱，看见过森林武警迎火而战的镜头，看电视吓得心都往外跳，更别说让丈夫讲扑火经过了。对于这件事，两个人都心照不宣。一个不问，一个不说。

可是儿子刘云腾一点点大了，他总问。他在小学一年级的时候问过一次刘东君，我出生的那天你在哪了。刘东君吭哧了好一会儿，告诉儿子，我打火去了。回答这个问题时，刘东君有些难堪，他怕儿子对他有意见。好在儿子只是恍然大悟似的噢了一声。还有一次儿子问刘东君，打火你怕不怕。刘东君觉得儿子已经上三年级了，自己不能撒谎，他说了实话，打火的时候就知道往前冲，快点打，不怕。可是火一停有时真害怕。儿子又问，那怕什么呢？刘东君眼睛一热，假装有事去了厨房。那个时候，他想起了给战士们讲的话：我们打火要勇敢，但还要注意安全，我不能让你们的父母失去儿子，也不想让我的儿子没有爸爸。

刘东君知道妻子心疼他，好多事不用解释。可是儿子却是伤不起，他从来没参加过儿子的家长会，班上的两个"刺头儿"一直散布刘云腾根本没有爸爸的谣言。为此，儿子还专门求过刘东君一次，一定要参加一次班上的家长会，就穿着军装去。刘东君口上答应得好好的，心里也急急地想参加。可结果还是没赶上过。慢慢地儿子长大了，习惯了，也不在这件事上计较了。

但是刘东君还有一个心病，他想和霍家丽她娘俩在一起过个除夕。按理说这样的愿望不是多难的事。但是这件事对于云南的森林武警来说基本上是实现不了的愿望。云南气候和地理环境特殊，每年11月进入防火期，直到来年5月防火期结束，所有官兵停止休假，尤其是春节前后，少数民族群众有烧山求好运的习俗，又是燃放烟花时期，森林火灾几乎天天发生，这场还没打完，另一场又着了起来。近十年以来的除夕夜，所有的部队即便不是打火也要在山上严防死守。而刘东君所在大队的除夕执勤任务点就在昆明的西山。

　　每年站在昆明市这个制高点上，顶着夜风看山下市区绵延百里的万家灯火，刘东君都是感慨万千。既有守得一方平安的无比神圣感，又有一丝丝言不出道不清的苦涩。战士的家在全国各地，他们只有过了防火期才能休假，想想自己天亮了还能换休回家陪家人一白天，已经够幸福了。每年和战士们一起执勤，刘东君都是又说又笑，又唱又跳逗战士们开心。可是，闲下来时，他就站在山上辨别家的距离和方向。每当看见一束绚烂的礼花在城市上空绽放，他都在想儿子在干什么呢，妻子在忙什么呢。他一般不在除夕夜给他们打电话，一是周围放鞭炮的声音太大，听不清；二是他怕表面冷漠内心多情的自己一下子忍不住哭了会影响她娘俩过年的心情。只有山脚下寺庙里新年的钟声敲响时，他会静下心许愿。可每年他的愿望都是太多，还不等许完，钟声便停了。

　　2017年除夕那天，刘东君决定玩一次浪漫。他正式邀请妻子和儿子到大队来过年。霍家丽笑他，越老越不着调了，你年年晚上要上山防火执勤，我们娘俩跟你喝西北风去呀。刘云腾没在部队过过年，他对这事倒是认真。他问刘东君，你会给我什么礼物？刘东君一本正经地告诉他，只要你和你妈来，我不仅给你们一个团圆的新年，还会给你一个谁也送不起的礼物。

　　夜幕一点点降临了，就在春城里一盏盏灯笼暖出一片片年味之时，昆明大队的官兵们带着作战器材开始向西山执勤点出发。那时，平日里繁华而拥挤的马路上只零星地划过几辆车影，霓虹闪闪的街上透着祥和露着喜色。而那支橘红色的队伍悄悄地潜出城市，走向高山。而就在那支队伍里，还有几个前来团圆的家属。

山顶上有些风，微微地凉。战士们在各处执勤点安静而警惕地巡逻着。附近偶尔冲向空中的焰火绽放的那一瞬，可以隐约看得清那些年轻的脸庞上保持着的坚毅和隐忍。

这晚的刘东君俨然被幸福浓浓地裹住了，他兴奋地对儿子说，你知道你今年学习成绩为啥提高了么？是去年我给你许的愿准了。接着他又对霍家丽说，今天，我要让你们知道什么才叫真正的过年。

新年一点点临近了，23 点多的时候，昆明的夜空已经被无数的烟花点亮了，鞭炮的声音像是岩浆从地下轰隆隆沸腾出来了。霍家丽和刘云腾从来没有看过这么多的烟花同时绽放，五颜六色，千姿百态，绚烂无比。

刘东君兴奋地喊着，看，为了感谢我们辛苦的付出，全昆明人都在给我们送上节日的烟火呢。这就是我送给你们的节日礼物。

喊着喊着，刘东君停下来了，他忽然觉得靠着他的妻子把他的胳膊抓得紧紧的，有些发疼。再转头一看，儿子使劲地咬着嘴唇，一句话也不说，而他盈出眼眶的泪水里正映着一片璀璨的焰火。

烟花正在照亮着城市的夜空，也像是照亮着这个城市光明的未来。刘东君忽然觉得身边的夜静极了，让他能听到妻子呼吸的声音，儿子心跳的声音。还有山下筇竹寺传来的新年的钟声。这一刻，他觉得什么愿都不用再许了。

危难之时，总见你的身影

党诚背着书包走进了院子，章玉萍刚想问问他在学校一天的情况，却发现他一脸泪水。当妈的关切地询问，党诚含糊不清地说，疼。章玉萍问哪里疼，党诚眼泪巴巴地指着小腿。

章玉萍撩起儿子的裤腿一看，小腿上面是一片片紫色的细小斑点。章玉萍也弄不清这是怎么了，用手轻轻一摸，儿子又哭叽叽地喊疼了。章玉萍问儿子，摔倒了？儿子摇头。她又问是别人撞到了？儿子还是摇头。

丈夫是粗枝大叶的人，没太在意，说不准让虫子咬到了，过两天就好了。章玉萍认为丈夫说的也有可能，给孩子往腿上抹了点盐水，便把饭菜给儿子端上了桌。哪承想，到了第三天，斑点不仅没有按着丈夫所说的自然消失，反而是扩散到了整个小腿上。看着儿子那双白嫩嫩的小腿现在变得紫红一片，章玉萍一下子慌了阵脚。

党诚是章玉萍的独生子，是她的心头肉，或许还可以说是她生命的全部。因为这个生命对于她来说，确实来之不易。因为这个生命的到来，她到鬼门关走了一圈。

2010 年，进入 6 月后，江西抚州的天就没开过晴，雨丝丝缕缕地下得没完没了。章玉萍夫妻两人原本阳光灿烂的脸也失去了光彩，结婚多年后，终于怀上了孩子，小心翼翼地守了 10 来个月，就等一朝分娩了。可是天却不作美，阴雨连绵。江南雨多，章玉萍夫妻对这种天气也习惯了。一直觉得这雨下着下着就没长劲了，用不了几天就会停下来。结果，没想到下到了 21 日，却成了暴雨如注。老天好像要在结束这场漫长的降雨之前，来一次猛烈的冲刺。

仅仅几个小时过后，洪水已经泛滥成灾，迅速积聚在一起的洪水没有向村外流去，而是涌到村头后又旋转着回到了村里，洪水在各个街道上寻找着自己的出路。那个时候，抚河干流右岸唱凯堤已经顶不住压力决堤了。堤里的洪水正从村外扑了过来。庄稼被水漫过了头顶，树枝被洪水折断了。不仅是章玉萍家的院子，所有人家的院子都变成了积水池，很快一楼被水淹没了。人们迅速地撤到了二楼避险。可是，此时天却一点点黑了。村子里已经断电，人们手中只有几把手电。黑暗中，洪水汩汩流动的声音像是野兽正在张开大嘴、面对猎物时发出的贪婪的吮吸。章玉萍挪动着臃肿的身子，紧张地坐在二楼。她感受到了处在漩涡之中的恐惧。更可怕的事情是她感觉到了腹部剧烈的疼痛。

漫漫的黑夜之中，洪水中的房屋哪怕再是牢固，也给人们带来岌岌可危之感。章玉萍的丈夫急切地拨打着救援电话，可是信号全无。水下全是树木、矮墙，暗礁密布，想要出去已经绝不可能。而此时章玉萍面色惨白，浑身冒汗。她万万没有想到临产前会碰上这样的遭遇。

时间一分一秒地熬着，每个人的心都像是贴上了烧红的铁块。章玉萍的汗水已经浸透了床单，她摸着肚子跟没有出生的孩子说上了告别的话。

可是章玉萍和村民们却不知道，此时，江西武警总队正在紧锣密鼓地组织着抗洪抢险。当他们在镇上听说，章玉萍所在的村和外面已经失去了联系，而没有看到有村民自发转移出来时，他们意识到村民遇险了。可是天黑水急，要想从村外摸黑进村，目标不明，道路不熟，危险实在太大。救援队只能停下来，做好一切应急准备。总队成立了8支党员突击队，每队配备一艘汽艇，外加医护人员。村民在焦急中等待着天明，救援突击队却是在焦急中等待着出发！

22日早上9时多，绝望的村民隐约听到村外传来了马达声，悬着的心一下子紧绷了起来。在楼顶的人们率先看到了远远的水面上，驶来了几艘汽艇。每艘汽艇的前面都插着一面鲜红的旗帜。有救了！有人来救我们了！人们开始向着汽艇欢呼。楼上的人们向救援队招手，大喊着告诉他们这里有个临盆的产妇。

已经陷入昏迷的章玉萍突然听到人们的欢呼，努力地睁开了眼睛。就在她睁开眼睛的刹那间，她看到了一艘汽艇正在向她家靠了过来。还没有看到救援的人，一面鲜艳的党旗在眼前晃着，醒目而带着希望。

汽艇上面的三个迷彩绿把汽艇拴在了章玉萍家的窗口，在家人的帮助下，协力将章玉萍从二楼平台移到了冲锋舟上。躺进那在洪水中摇晃的汽艇上，章玉萍心中的一块大石头咕咚一声落了地。她知道自己和孩子有救了。

刻不容缓，救援和检查同时展开。随即，总队医院内科副主任姜宇对章玉萍进行了身体检查，万幸的是孕妇虽然血压很高，但羊水还没有破，胎儿胎心音正常。章玉萍的症状是由于长时间被洪水围困，精神压力过大而导致的。护士张灵灵把章玉萍的头放在自己的腿上，笑眯眯地对她说，大姐，你这生孩子真像是我们部队打仗一样。看到眼前这个细眉顺眼的护士和自己开着玩笑，章玉萍的精神一下子放松下来了。

汽艇出发了，很快地驶出了村庄。站在屋顶上的村民们，看着艇头的那面旗帜正迎着太阳飘扬。不久，水面上又出现了三三两两的汽艇。

第二天，章玉萍在江西武警总队医院顺利产下了一个男婴。章玉萍的父亲章东堂是个老党员，他看着眼前这个健康的男婴对女儿说，孩子，你的命和孩子的命都是部队给的，咱们说啥也得给孩子起个有意义的名字。

章玉萍说，爸，名字我早想好了。从我第一眼看到汽艇的时候我就想好了。孩子的父亲接过了话，我们决定把这个孩子叫党诚。

听到章玉萍夫妻给孩子起的名字叫党诚，老父亲眼泪一下子流了出来，这个名字好，子弟兵是对党忠诚才能冒险救我们。孩子长大后，我们也要告诉他跟党走，对党忠诚。

党诚是一个幸运的孩子，在即将出生的危急时刻，子弟兵犹如天神向他们母子伸出了救援之手。党诚是一个幸福的孩子，他在安详的和平盛世中快乐地一点点长大。然而，让章玉萍没有想到的是，现在他却突然患上了这种疾病。

没出一周，党诚由于小腿剧烈疼痛，已经无法下床走路。章玉萍一家带着党诚到医院进行检查，结果被确诊为过敏性紫癜，只是过敏源不详。章玉萍一家顿时陷入了黑暗之中。

这种黑暗和 8 年前的黑暗是多么相似啊。就在这种黑暗中，章玉萍一下子想到了 8 年前第一眼看到党旗时的感觉。她决定给江西总队医院致电寻求帮助。可是，电话拿起来她又放下了。当年从医院出院时，医院免除了他们一家所有的费用，她就觉得欠部队太多了。已经下定决心再不麻烦部队，只等孩子长大了，送到部队替他们来还这笔感情债。说过的话怎么又不算数了呢。

夫妻俩人被黑暗包围着，商量来商量去也拿不定主意。党诚偶尔在睡梦中传来的一两声呻吟紧紧地揪着他俩的心。天亮了，章玉萍决定好了，给总队医院打电话。她的理由是，谁让部队是咱心里的靠山呢。

总队医院的救护车像是早就准备好了似的，很快把党诚接到了医院。一系列检查有条不紊地展开了。彩超、血常规、过敏源检测，医院还专门从北京请来了专科专家进行问诊。医院给党诚专门安排了护士，护士还是张灵灵。章玉萍看到张灵灵每天在病房里进进出出，她发现张灵灵的技术比以往更娴熟更欢快，但是8年过去了，她的额头也失去了光滑，头上也悄悄长出了白发。当年参与救援的罗云医生现在已经是主任了，他有时也过来看看党诚。

8年过得真快，当年刚刚出生的小婴儿已经背着书包走进了学校，而且还会唱《少先队之歌》，"我们是共产主义接班人"的歌声奶声奶气地，有时就顺着病房门蹿到了走廊里，一点也不像是一个生着重病的孩子。罗云的话给了章玉萍极大的信心，就像是当年在救援艇上说的一样坚强有力，他说，党诚的病会好的，只是时间问题。医院已经拿出了最好的治疗方案。

2018年6月23日，党诚生日这一天。罗云带着医疗组来到了章玉萍家给党诚进行复查，同时也给他过8周岁生日。已经基本恢复健康的党诚蹦蹦跳跳地忙前跑后，俨然成了天下最幸福的人。

罗云一行没有多待，跟党诚吃过蛋糕就离开了章玉萍家。章玉萍把他们送到大门口后，一直看着他们登车离去。车一点点走得远了，她却觉得眼前有些模糊。8年前，她看到了一面旗帜，自从看到那面旗帜之后，那面旗就温暖了她的心。而今天，他们没有举着那面旗，她的眼前却依然有那面旗，红红地，一直在飘。

章玉萍回头看到党诚蹭了一脸蛋糕上的奶油，正站在自己身边。她招呼孩子：党诚！党诚"哎"地答应了一声。她又呼唤：党诚——党诚又痛快地答应了一声。可是，她还在叫着"党诚"，叫着叫着自己蹲下来哭了。党诚小声地问，妈妈，你今天为啥一个劲叫我名呀？有话就说呗。

可是，章玉萍一句也说不出来。

春风吹拂的秀发

队长赵志彬传达完本周进行军容风纪检查的通知后，折叠起通知就急火火地喊了解散。他根本不忍心抬头看一下眼前站着的这个队伍。他眼前十几个花一样的女兵费尽洪荒之力养长的头发在支队的一纸通知下，马上就会变成千缕忧心万丝苦闷了。

这些女兵当初选入业余演出队的时候，那种兴奋劲就像是春天的燕子，除了感觉能够登上舞台为战友们表演是件高兴的事之外，她们心中还都藏着一个不敢说明的秘密，那就是她们的头发能够留得长一点，虽然不能长发及腰，但至少用点力，还能扎起一个翘巴巴的小辫子的。

通知的内容已经很明晓了，一切就是按着条令条例办。队长快步走过队伍的时候，他看到了班长盘曼莉的表情。她是演出队里兵龄最长的。这个大学生从一入伍就表现出了与众不同的成熟。不仅业务是最好的，性格也是，整天乐呵呵的。这个瑶族姑娘曾经无比自豪地讲过她入伍之前的头发有多黑，有多长，能扎出多少种漂亮的发型。她还描述过，入伍前剪掉那留了五六年的长发时的不忍和难过。但是一看到自己身上崭新的军装，一切不悦也就烟消云散了。

刚入伍时，因为一次偶然站在洗手间的镜子前，她愣住了。镜子中一个愣头愣脑傻乎乎的姑娘，眨巴着一双新奇的眼睛在看着她。她觉得那个人不是自己，褪去了女孩子的娇柔，皮肤少了护肤品的保养正在变得粗糙和失去光泽，但是新鲜的军旅生活带给她的力量却在军装下悄悄地生长。从此，盘曼莉一直不敢照镜子。班长的头发要比新兵的长一些，站在队列中养成的时候，盘曼莉就悄悄关注着班长。如果下了连，自己的头发是不是也能够留长一些呢。后来，盘曼莉倒也习惯了自己的齐耳短发，忙的时候用手一拂便利索了，不忙的时候站在镜子前打点打点刘海，很小资地做个造型。可是时间一长，还是觉得短发挺好，清爽干练。可是就在她一点点习惯了面对自己这一副标准的女兵模样时，她却被挑选到了业余演出队当舞蹈演员兼编舞工作。

　　盘曼莉所在的业余演出队就十来个女兵，说直白点就是自编自演点小节目，在各种节日或是演习拉练时给战友们鼓鼓劲儿，平时，她们还和其他战士一样出操训练，没有什么特殊的。盘曼莉作为唯一的艺术院校入伍的大学生，自然就担起了编舞的重任。节目需要时，还要当领舞。需要演跳舞的男兵时就把头发往帽子里一拢，需要当女兵时，把头发再露出来，在那个不大的舞台上来回忙碌着，这样的士兵生活让她觉得很是快乐。

　　不到半年时间，盘曼莉发现了一件让她更加幸福的事，她所在的这个新组建的演出队，好像对女兵的头发要求不是特别严格，甚至可以说队长睁一只眼闭一眼，她们的头发就迅速而兴高采烈地成长起来了。当有一天盘曼莉突然发现她的头发也可以揪出一个小辫子时，她偷偷地把身边最要好的战友叫到了洗漱间，像是卖弄又像是变戏法，她用皮筋从脑后扎起了一个直愣愣的发辫，那种得意劲好像是又完成了一项重大演出任务。但她只是悄悄地欣赏自己的头发，她怕一不小心被队长发现会给自己惹来麻烦。直到有一天，队长无意中说了一句，你们要是把头发养长点，演出时发型会好做的。盘曼莉和女兵们忽地明白，队长是有意地放纵了她们头发的存活时间。

盘曼莉的军旅生活是紧张而快乐的。早晨出操，男兵们在操场上跑步。女兵在她的带领下，也是在跑。可是没有人知道她们的衣服里面裹着一层塑料雨衣，她们要用这种方式多出汗，把身上多余的脂肪减下去。而且这一众姐妹中，只有她一个人是经过舞蹈训练的，她还要从柔韧度、软开度等方面对她们进行辅导。所以，训练必须要刻苦些。

盘曼莉是湘妹子，看起来柔柔弱弱的，带兵却是一点也不含糊。该严格时严格得像是一脸冰霜。回转身进入生活时，温柔得又像是一杯清水。哪个战士生病了，哪个想家了，都装在了她的心里。

五六年走过来，参加过多少场演出，带过多少个女兵，盘曼莉已经没有细算了。只是有一件事，在她心里像只小虫爬来爬去，一批又一批女兵退伍了，很多都结了婚，有的都有了孩子。而她还像是一个傻大姐似的，一年一年重复着带着身边的新兵。只要新兵一来，面对那些零基础的战友，她就又要开始上路了。

时间一点点流逝着，盘曼莉都有些怕休假了。她已经到了被父母催婚的年龄。二十五六岁了，父母替她着急了，每次打来的电话都围绕着这个话题。对于自己的个人婚姻问题，她也显得一脸茫然。可是眼下的情景是就在这样一个纪律严明的环境中生活着，她一天忙得哪有时间去寻找去挑选呢。身边的战士都在看着她这个班长是如何说的，如何做的。一双双眼睛就在看着呢，一双双脚步就要跟着她往前走呢。

盘曼莉所在的勤务连也是好几十号人，每年也就是一个立功指标，先后获得的两个三等功便可以证明她的付出。母亲对她的工作很满意，但还是担忧她的婚姻，有时母亲就说，工作干得再好，最后也得嫁人呀。尤其是在她晋级上士时，母亲以为她该是想退伍的事了。可是一问她，还是想再干一期。母亲只好叹息了。

盘曼莉要在一周之后休假，家里说趁她休假相个人。她也想着自己回到家后要以什么模样示人的，甚至已经想好了发型。可是，面对这一纸检查的通知，盘曼莉心中咯噔一下。她知道，所有精心的准备都演砸了。

队伍解散了，盘曼莉看着班里的几个女兵。刚下连的新兵还好，头发还没长长，正好合格。而上等兵的头发已经能够扎起来了。她的头发虽然挽了起来并不显眼，但面对条令的规定时，毫无疑问是得有行动的。舞台需要不是借口，要休假也不是借口。

盘曼莉走进了理发班，坐下之后，对理发员说，剪个标准的。理发员看着这个老班长的头发，犹豫了一下，班长你真舍得了呀。

盘曼莉说，剪吧，剪吧。说完就没再吱声。她听到剪刀嚓哧嚓哧的从头上掠过，她看着镜子中的自己正在逐渐恢复成以前的模样。她不知道过几天之后，要见面的那个小伙会不会被她的样子吓呆。

从理发班走出来，风吹过来了，头上爽爽的。盘曼莉阴郁的心理一下子好了，真正的秀发不在于是长是短，真正喜欢的士兵生活倒是越长越好。她再回头看时，她看见理发员正对着桌上的一大把长发发呆。

爱情的正确打开方式

克拉玛依这座普通军营里的婚礼朴素、简单，但也庄重喜庆。担任婚礼主持的是政治处主任井涛。当着众多官兵的面，井涛非得让新郎李金福和新娘梁姗姗讲一讲他俩的故事。李金福把目光投向了梁姗姗，新娘子满脸含笑，用目光告诉他发言权给了他。李金福的心一下乱了起来，他和梁姗姗的故事太多了，每一幕都像是昨天，又像就在眼前，他不知道先讲哪一个好。

李金福决定先讲一下他们的相识。但他又觉得他们的相识只具备故事性、偶然性，不具备普遍性。

2015 年端午节时，李金福和梁姗姗还都是武警甘肃总队的两个战士。但过节那天，两人不约而同为对方准备了一个香包。没有海誓山盟，没有甜言蜜语，但两个人都懂，彼此收到的透着香气的香包包含什么。收到香包的一刻，他俩相视笑了。

在这两年前，两个人还分别是两所大学里并不相识的学生。因为父辈都是军人，两人都喜欢军装，相隔一年入伍来到甘肃成为了武警战士。即便同在一个大的单位，两个人还是不相识。只是李金福偶然打错的一个电话，让当报道员的他知道了总队通信站有个叫作梁姗姗的女兵。

隔了一年，命运把他们推到了一起，因为俩人要考取军校，于是在同一个文化队相遇了。爱情的种子和对未来的希望一同发芽了。两个人互相鼓励，互相监督，也在互相提高着。结果，那年甘肃总队专升本考学，只有两人被录取。一个是李金福，一个是梁姗姗。更没有想到的是，他们两人竟然考到了同一个军校。

两人从兰州坐火车到西安报到，怕梁姗姗睡不好，李金福费了好大周折找人把铺换到了梁姗姗对面。头一次离梁姗姗这么近，李金福一晚没怎么睡，一会儿给她掖掖被单，一会儿照看一下她的行李。李金福知道他们两个人的第一个梦想实现了，一个张扬着青春的未来即将在眼前铺展开来。

此时，李金福更想讲给大家的是他们相恋的方式。

在军校里，男学员和女学员住处离得远，李金福怕大强度训练梁姗姗吃不消，可他又不敢明目张胆地去关心。一天，他灵机一动，把给梁姗姗准备的水果和护具放到了女生宿舍门外，然后再打个电话告诉梁姗姗，说东西放哪里了。那个时候，他只能躲在远处的树林里，看到梁姗姗取走物品后，才甜滋滋地回男生队。再到后来，学员的手机上交了，李金福想给梁姗姗打电话变成了不可能。

突然有一天，梁姗姗接到了信件，一看地址竟然发自同一个校区。是隔了两个楼的李金福通过邮局寄来的。两个年轻人在悄悄地写信，想想也是够浪漫的。李金福和梁姗姗在一个饭堂吃饭，在乱哄哄的人群中，俩人总能遇上，看似不经意的偶遇，但却是望穿秋水的寻觅。目光打量一下对方的餐盘，便似乎知道了彼此心情的好坏。

秘密终归有暴露的一天。第一学期结业了，120多个同学把李金福和梁姗姗围住了，让李金福必须给大家交代一下他和梁姗姗的故事。没有办法，李金福为梁姗姗当众唱了一首《小宝贝》。梁姗姗的泪水一直恣意地流着，李金福就那样唱着，不去擦，也不去劝慰。阳光终于大大方方照射到了爱情。

往事如烟，就在李金福的眼前一一浮现。李金福最想讲的还是自己怎么和梁姗姗来到了新疆这沙漠腹地的军营。

2017年6月，临近毕业时，梁姗姗把李金福约了出来。她问李金福："以前你是不是说过，咱俩不论到哪都不再分开？"李金福连忙点头。看李金福点了头，梁姗姗说，"我觉得新疆那个地方挺适合我们的。"李金福瞬间明白梁姗姗这次谈话的目的了。原来各个队都为毕业学员宣读了《志愿赴驻新疆、西藏部队工作生长干部学员毕业分配暂行办法》。那时，梁姗姗毕业综合成绩排在学员队第三名，李金福排在学员队第二名。两个人又都被评为优秀毕业学员。按现在学员毕业分配原则，他们两个都拥有了优先选择权。怎么分他们也能回到内地，即使再差也是回到甘肃老单位去。李金福对她说："咱们要是分回甘肃，随便几个小时就见面了。新疆实在太大了。"梁姗姗一噘嘴，真生气了："我就是想趁年轻到艰苦一点的地方去，我不去新疆也去西藏，你看着办吧。"

一看梁姗姗动了真格的，李金福觉得此事不是开玩笑了。第二天，他比梁姗姗还先填写了赴疆申请。李金福对梁姗姗讲的更仗义："爱你，我就陪你仗剑天涯！"

当周围的战友、教员和亲朋好友知道两个人决定支援新疆时，一时间反应比较强烈，支持的，反对的，钦佩的，不解的，啥样的都有。但是，什么也阻挡不住两个年轻人建功立业的心，什么也阻挡不了两个相互爱着的心在一起。最后，梁姗姗和李金福梦想成真。毕业时，这一对恋人一同走向了学校的领奖台。他们在被评为优秀学员同时，双双被荣记三等功。入学前埋下的爱情种子，此时已经开出了花朵。

李金福和梁姗姗收拾好了行囊，头也不回地踏上了远去新疆的人生征程。他们被分到了戈壁深处，幸运的是组织上知道了这一对恋人的故事后，特意把他俩分到了一个支队。李金福在基层中队带兵，梁姗姗在机关通信股任参谋。荒凉的戈壁滩，因为这一对恋人的到来而多出了浪漫的色彩。

回忆起爱情往事，李金福内心涌起了波涛。主持人的总结很到位："戈壁虽然荒凉，但是这里适合爱情生长。你们两个的婚姻告诉了官兵，美好的爱情是成功的催化剂。"

在婚礼上，支队政委吴佩军发自内心地说："从他们的故事里，我们已经发现，处理好了爱情，爱情就不是工作的绊脚石。我们不鼓励战士服役期间谈恋爱，但到了可以爱的时候，就要允许他们有爱的权利，就要让它开花结果！"

礼炮放响了，李金福和梁姗姗的酒杯也碰到了一起。两人脸上洋溢着掩不住的幸福。其实，新郎和新娘的缘分在打错第一个电话的时候，就已经正确打开了爱情方式。一路走来，他们想到了只要真心相爱，便可以相伴永远。只是没有想到，他们会相伴着一直走到边疆。而无论走多远，有爱的日子玫瑰总会绽放。

我珍存了军嫂无数叶子一样的故事

　　我是部队里公众的小叔子或大伯哥，这个民间称谓对应的是"军嫂"这样一个群体。二十六七年下来，说不清到底认识多少嫁给军人的女人，也记不清讲述了她们多少这样那样的故事。她们的故事大多都是平凡的，没有轰轰烈烈的细节，也没有海誓山盟的诺言，她们的故事就像是无声无息生长的叶子，该发芽时吐芽，该长大时长大，当然，该落去的时候也随风而落。叶子是五彩缤纷的，单个的故事没有多少色彩，而当无数个故事汇聚在脑海里的时候，故事也成了叶子，斑斓多彩，形态各异，而那些叶子，无一例外地都长在树上。

　　第一次听到军嫂这个词是在报纸上。说的是我们驻地一家六个女儿前前后后都嫁给了军人成为了军嫂。我才知道原来军队里面的老大哥娶了媳妇或许并没有带给她们更多实质的改变，却是先给了她们一个称呼。当兵那年夏天，连长每天嘴上说的"你嫂子"终于来队了。那时我们在野外驻训，我是通讯员。上个世纪90年代初，部队的管理还是比较松懈，尤其还是连长带着我们21个侦察兵在野外驻训，和嫂子接触的时间便会多一些。嫂子来队时，带来的女儿才刚刚会站着，我每天操课回来都有一部分时间是带孩子。入伍之前，我的众多的堂兄堂姐的孩子我至少哄过五六个，军事训练没基础，哄孩子倒是比较有经验。后来随着年龄增长，我一点点明白了，哄孩子跟经验没有多大关系，是和喜欢不喜欢关系最大。前年，连长给我打电话说，孩子二十五六了，一个人在大连上班，能不能帮忙介绍一下对象。我立即开始动员战友们给找一找，没和连长商量，我提出的第一个条件是对孩子要好。那个孩子是我在部队里的第一个孩子，我听到了她说的第一个词。

和连长家嫂子在一起，应该是我当兵时十分愉快的时光。每天见到她，觉得不仅仅是连长一家团聚了，像是自己也有了一个家。嫂子给我的感觉就像是自家的姐姐。后来，嫂子随军了，在部队有了一个家属房。虽然房子不大，但至少每周可以去改善一下生活。最让我感动的是有一年，吃饭吃到一半的时候，嫂子竟然端上来一碗面条，里面还有两个鸡蛋。我说吃饱了，不想吃了。嫂子却说，这可是长寿面，咋也得逮几口。直到那个时候，我才想起那天是我的生日。我不知道她是怎么知道的，泪水差一点从眼睛里跑出来。从那时起，作为一个战士，我就在想，一个好的军嫂会是半个指导员。军嫂的标准不是长得丑俊，而是喜欢不喜欢爱人的工作；不在于自己的能力强不强，在于是不是对生活充满信心和心地善良。我认为我这个判断是正确的，因为在后来若干年的军旅实践中，我遇到了形形色色的军嫂，我的理论在生活中得到了支撑。

就在连长家的嫂子和我们侦察兵回到连队的那年夏天，刚毕业分来的张排长的未婚妻来到了连队。他们的恋爱经历和故事我们不知道，只是在某一天她突然的哭泣中，我们知道她喜欢排长，而她父母不同意这门婚事。张排长在黑龙江工作，他的未婚妻却在老家湖北。看着那个娇嫩白净的女孩哭得那样伤心，我心中竟是愤愤不平。还是连长家的嫂子有主意，她安慰排长的未婚妻，没事，就在连队咱们把婚礼办了。你娘家不来人也没事，我们帮你操办。

张排长的婚礼是我见过的最简单不过的婚礼了。我们连一串鞭炮都没有放，只是把连长的屋子布置上几串拉花，贴两个喜字。张排长好像给爱人买了一件红衣服。我们几个兵把她从另一个屋接到了这个形式意义上的新房。我记得那天怕排长家的嫂子心里难过，我和连长家的嫂子扮演的是娘家人的角色。简朴但隆重，有证婚人，有闹洞房的，还有用各种菜烩在一起做成的火锅。后来我想过，排长也真是够爷们儿的，你敢嫁我就敢娶，什么彩礼，什么嫁妆，什么新房，那个时候的爱情只有爱的成分，物质好像不需要也不存在。而排长家的嫂子实际上在我看来是挺让人心疼她的。好孤零零，哪怕和连长家的嫂子我俩貌似把姐姐和弟弟演得多像，其实排长家的嫂子过后还是能明白过来，我们无非是想帮着排长把生米做成熟饭。但是多年以后，我还真是叫排家的嫂子是姐姐，有时逗排长时叫他姐夫。不是我入戏太深，而是我觉得这个嫂子也像是姐姐。

有了微信之后，和转业回到老家的张排长我们又联系上了。尤其他的孩子已经读完大学，和我也在联系。看着那个高出他爸一头多又高又大的小伙子时，我的内心是格外的平静而恬悦。部队这片土地，不适合生存苦难，但有时适合爱情生长。因为这里代代不息生长着优秀的男人。如果把军队里的男人比喻成梧桐树，嫂子们就是那美丽的金凤凰。看着那个帅小伙的照片，我真的有时在想这二十多年里，排长和嫂子之间到底还保鲜了多少当年的爱情。总之我记得，我写的第一篇关于军人爱情的小说，就是张排长和嫂子之间的故事。在那篇小说中，嫂子成为了我们的水晶嫂子。她长得确实像是一颗水晶，而且还透明。或许就是从这篇小说开始，我发现，我喜欢观察部队里的爱情，准确的程度到了别人说我的嘴"开过光"。

后来连队又来了一个连长，那时他正在热恋之中。侦察兵的业余生活极其贫乏，除了训练，没有任何娱乐。同样也是在荒郊野外，大家业余时间的关注点全放在了连长两个月后即将举行的婚礼上。新房是我们帮着收拾的，包括用新的纸币叠成的菠萝，还有用旧挂历卷成的门帘，都是我们整天攀登格斗的手做成的。连长结婚的时候，每个人的心情是放松的，因为那个时候不时兴送礼，而战士们趁机能够吃上一顿美餐。连长结婚前一天，我在市场里找齐了桂圆、大枣、花生、姜等，那天下午，我一个子一个子地扒着葵花子，我似乎都有了心事，而当我把这些食物用红糖揉到一起时，我知道在别人的爱情面前，我是那样真诚，我都感觉到了连长日子的幸福。我能够记得起二十多年生活中几乎所有接触过的人的名字，还有事的细节，但我不知道为什么我没有到连长的婚礼现场。那天我好像是看新房去了。好在我记了好多年的日记，我一直要在我的日记里找到这一天我的活动轨迹。但有一点我是确信的，就是连长结婚对于我们来说有一点点失望。因为，到了那个时候，我发现一个军人一旦结了婚，就像是被切割了一切。在部队里，他是严肃的，站在队列前时，总会觉得有些不悦的神情。他又是活泼的，在球场上像是一匹拦不住的野马，无论怎样都是杠杠的男人。而一旦遇见了另一半时，他们就要变成让兵们诧异的温柔。所以，在部队，这些年来，要是夫妻两个独处时，再怎样地挽留我，我也不愿意搅进和他们谈话的气氛中。

连长结婚后，有三个月的时间是他带着侦察排去了千里之外的大庆。那时，我们的业余生活是偷偷看连长家嫂子的来信。只要连长一外出，老兵们便会逼迫我当连长爱情里的间谍，他们会让我在最快的时间里把连长嫂子的信拿出来。

我们不知道连长给嫂子写的是啥内容，但从回信上多少可以猜测出一些。这种猜测，极大地调动了战士们的想象功能，他们传来传去，就把连长写出去的内容攒了个差不多。以至于到现在连长也不知道，我们连队当初看电影前十分钟的节目怎么会都和爱情有关，而且战士们演得怎么那么真实。看信的时候装得最富有涵养的是姓李的刚毕业的排长，他正在谈恋爱。他每次都是最后一个看信，他不说看内容，他说看看连长家嫂子的字写得怎么样。后来，我发现李排长给女朋友写的信越来越厚。我相信他是在连长嫂子的信中学到了真谛。但他是自私的，他的信从来不让战士们看。

每一次把连长家嫂子的信拿给大家的时候，我的内心是极其矛盾的。不太情愿让老兵知道连长的隐私，但又想张扬连长与妻子之间的甜蜜。我承认，他们之间那个时候是极其甜蜜的，可以用如胶似漆来形容。我结婚很简单，没写过几封信就结了，婚后也不可能再写。所以，我真不知道情书还可以这样写。情书写得好的男人，情商都差不到哪去，写小说也应该差不到哪去。

连队的王排长是我的老乡。他对于远在故乡的未婚妻常思不能见，也来和我说他的故事。到那个时候，我已经发现了在连队，我除了担负文书工作以外，我还是一个最优秀的倾听者，干部的，老兵的，新兵的，都会和我讲。我本来是一个谦虚的人，但在这里我真得用这个"最"字。因为，除了我之外，没有一个人对于他们的故事感兴趣。我感兴趣的地方，不是隐私，他们也不会讲隐私，而是故事本身。

我对于军人婚姻的理解，是在当兵期间有意无意就开始了。直到有一天我突然想起一件事，新兵期间我好像并没有受太多的罪。因为和我同岁的新兵班长正在和他的同学朦朦胧胧地写信。而且是两个，后来是三个。他是个责任感极强的上等兵，他的主要精力在带新兵上。回信的事，就交给了我。黑龙江的腊月是极其寒冷的，但是每周我都会有两个下午留在班里。因为班长让我生病了。而到最后我真的生病了，是心病。我不知道班长喜欢上了他的哪个同学，或者我在上一封信中让他对哪个女同学说了什么。我得记住那些承诺和富有哲理的话。结果，在我新兵期间，我没有学会左右逢源，因为我面对着夹缝中开始的爱情能够感受到别人的累。

当我写了无数关于军队婚姻的故事之后，我写的第一部长篇小说就是关于军人婚姻的。当我把《军婚》这两个字写下来的时候，我突然发现一个又一个军嫂纷沓而来，都在争着让我隐去她们的姓名而讲述她们的故事，还有一些默默地在远处观望着我，她们的隐痛不知道该不该让我替她们来表达。我承认，军婚并不全是伟大的一面，也有纷争，也有不解，也有分开，这才是婚姻的真实面孔。有的人，看到的是军婚最光鲜的一面，而我看到了它的多面，是立体的。所以，多年来，我更愿意帮助身边的战友介绍婚姻，因为我了解他们的心理，也了解女人的内心，而且，我有着对物质基因相对于准确的判断。说直接了，就像是给患者输血时一样，血型一定要配。婚姻不是你能够给对方输多少血，而是哪怕输一滴，有没有不良反应。出版的时候，我把《军婚》改成了《炮兵连爱情往事》。《军婚》在网上刚连载十几章的时候，很多读者留言，问的总是后来呢？我们看别人的婚姻，看到开头就好了，里面的内容和我们是无关的。

有一年我给一个战友介绍了一个女朋友。在沈阳的世博园里见的面。见面还没到五分钟，我对女孩的父母和她的亲戚说，这事成了。后来的结果是果真成了。我还跑到天津给当了证婚人。婚姻不是处多久才可以证明是不是我懂你的，有时就是见面那一个眼神或者是两人往一起迈的第一步就决定了的。有时我相信日久生情，有时我也相信一见钟情。因为我相信我的感觉。

在别人的婚姻一旁观察了好多年之后，又发生了一件让我觉得意外的事情。在一个偶然期间，我发现了一本专门写军人婚姻的杂志。名字就挺直接——《军嫂》。这全是我的熟悉范围。婚姻的介绍、婚姻里的故事、婚姻的理念、包括育儿还有在军一方的工作，我都是熟悉的。所以，我和《军嫂》是一见钟情。接着是把它推荐给周围的一些读者、作者，我觉得这本带着温情的杂志可能更像是一本爱情保鲜书，婚姻指南书，它没有板着面孔说事，而是触摸着内心在讲述关于一个群体的故事。

我对于自己的写作有着极大的不自信。通常不敢盲目地把稿子投给杂志。当我辗转地找到《军嫂》杂志编辑部电话时，我怯生生地打去电话。我说杂志的品味我很喜欢，我也在写一些这类的稿子。其实一般作者给杂志打电话时都会这样的客气。但我当时确实是有些忐忑，因为我觉得这本杂志放在眼前的时候，对我太有些某种暗示。

接电话的老师极为客气，给了我好多的鼓励，让我心里暖乎乎的。该聊的聊过了，人家说"欢迎投稿"了，还能再聊点什么呢，只能放下电话了。放电话之前，我问，老师您好，那我以后怎么称呼您呢。电话那头说，我姓牛，说找牛鹏飞就行。

啥？牛鹏飞？听到这几个字的时候，一个声音在耳际熟悉起来，对，这就是牛鹏飞的声音！

我的斯文被"牛鹏飞"这三字一下子揭得赤身裸体，靠！老牛你在这呀？！

老哥，我听着也像是你的声呢。

靠！好多年的一个战友朋友加酒友，退伍后就失去了联系，现在一个电话把他挖出来了。这回客气没了，是牛气。我说，老牛，既然你在那了，以后我就给你们写稿了。

从那时起，我为军嫂们的故事找到了《军嫂》这个家。

在这里，我讲述军嫂的故事，当然，也讲述过我的故事，还有孩子的故事。

　　我觉得这并没有什么惊奇的。有了军嫂，就会有故事；有了军嫂，就会有军娃；有了军娃，就会有希望。军队里的故事有哪些和军嫂没关系呢？包括战友们的战斗力生成。

　　对了，讲了半天和军嫂的故事，忘了告诉朋友们了，我第一个连长和张排长家的嫂子都姓王，长得都会俘虏连长和排长的心，吃苦又耐劳。我当年是她们的小叔子，现在，是好多军嫂的大伯哥。她们给我讲她们故事的时候，我更像是家长。岁月在军嫂的故事中一下子就过去了。

　　要是愿意听，以后，我们一起在这里，讲述军嫂的故事。

　　或许你会认为，《一千零一夜》写出来也没有什么难，只要你的生活曾经经历过。

　　我生活中，有无数军嫂的故事，它们让军队这棵大树繁茂，它们也呈现着迷人的色彩。而《军嫂》，则会成为我给你讲故事的平台。

塞罕坝上的望火楼

尺把厚的大雪把塞罕坝裹得严严实实，窗外的山风呼啸着荡过整个山野，赵福州到外间捅捅炉子，压实火后，他悄悄地爬回炕上，把腿伸进被子下面，背靠着火墙，让墙壁里透出来的温热熨烫着后背，那时，他的心里格外舒坦。更为舒坦的是他一抬头，就能看见妻子陈秀玲靠在另一面墙上，也在看着自己。老式的时钟在墙上咔嗒咔嗒地走着，他们居住的位于森林深处的天桥梁望火楼已经整个被雪、被风包裹住了。此时，整个世界上似乎只余下了他们老夫妻。

日子过得安静和孤寂，61岁的赵福州和59岁的陈秀玲早已经疏于计算日子的多多少少长长短短。1983年，刚上山来守林的时候，俩人是一对刚刚结婚的小夫妻，男人踏实，女人勤快，未来美好日子的模样在两个人的心头跳跃，从两个人的嘴边流动。可是让他们没有想到的是37年过去了，生活中除了多了一个儿子之外，日子和几十年前没有什么太大的变化，还是在森林里，还是住在望火楼里，只不过是当年林场工人亲手栽下的小树苗现在成了大树，那连片荒芜的沙丘成了美丽的高岭。

曾经设计的生活是什么样子，两人都不记得了，就守在这座房子和望火楼上，他们和外面的世界也隔得很远了。最早时，赵福州发现陈秀玲有了白头发时还曾心疼地帮她拔去，可是拔来拔去，就没了这个心思，因为白的越来越多，就像窗外的林子，树越来越密，越来越高。陈秀玲同样也是，当她第一次看到赵福州脸上出现了皱纹时，还想着让他多养护一些，可是随着皱纹越来越多越来越深，她觉得也像是面对着望火楼外的森林，层层叠叠，连绵不绝，倒是看成了一道别致的风景。

赵福州和陈秀玲住进塞罕坝林场的望火楼是 1983 年。那时，塞罕坝的人工林越来越大，已然连成了片。林子大了，火情就成了另一件大事。林场决定在森林深处设置望火楼，每年春秋两季的防火期内，派专人观察火情。上个世纪五六十年代，塞罕坝还是人迹罕至的不毛之地，北风卷起的漫天风沙直接威胁着北京及至再往南的空气质量。为了治理这片荒漠，围场人开始投入到了人工造林的战斗之中。几十年过去，一条纵贯南北四十多公里，东西三十多公里的人工林像是一幅画卷展现在了世人面前，其间的艰苦无法想象，更是涌现出了无数感天动地的故事。林子造成了，林火却成了迫在眉睫的问题。老一辈辛辛苦苦种下的林子，真要是被山火烧掉可是会痛彻心扉。于是，在森林中的高地上设置出了望火楼，瞭望员由林场职工担任。

望火楼的工作虽不劳累，但却是寂寞无比。一对夫妻一旦入住望火楼，几十里内没有人烟，便开始了与世相隔的生活。每天白天 15 分钟对林区进行一次观测，然后上报，夜间则是一小时一观测。住的是小平房，自己做饭自己取暖，生活用水也是由场部的送水车送上来，道路实在陡峭的，冬季只能取雪化水使用。蔬菜不要奢侈多么新鲜，土豆萝卜大白菜一储存就是一个冬季。整个防火期内，这一对夫妻除了望山望林就是望着你我。

不管生活是否孤寂，日子总要像树木一样生枝发芽。1984 年春天到来的时候，陈秀玲羞答答地告诉了赵福州一个好消息。赵福州在她身体里埋下的种子随着春天的到来，也正在悄悄发芽。这个消息对于赵福州来说惊喜万分。每天他抬头望望林，林子正在由嫩黄变得碧绿，树的枝叶正在向天空努力扩散生长，再回头看妻子的身形，也是由苗条一点点变得壮实，一个生命正在妻子青春的体内孕育。赵福州的日子多出了亮色，这种亮色像是黎明的色彩，每天让他更觉得日子的生机勃勃。他看到林中有鹿在跑，他看到林间有花在开，他看到秋叶一点点变红，他在夜里小心翼翼地捏着妻子的手指算日子，等到过年的时候，他们的家就将是三口之家了，一个新的生命将在大雪封山的季节降临到他的望火楼。

赵福州觉得日子过得飞快，他像是一个忙碌的工蜂准备着过冬的一切。他想把家搞得暖暖和和的，他想备下更多的食物，他想给陈秀玲一个幸福的依靠。刚一入冬，他几乎包下了所有的活计，能不让陈秀玲瞭望就不让她登高，怕她冷了累了，怕她摔了碰了。可是，怕什么来什么。11月的一天上午，赵福州到山下打水回来，发现陈秀玲捂着肚子趴在炕沿边上。原来她在水缸边化雪水时，不小心缸沿硌到了肚子，疼痛难忍的她发现身体流了血意识到不妙。赵福州得知这个情况后，马上给林场总部打电话请求救护车。然而，雪太大，车开到山下以后路就没有了。赵福州疯了一样地往山下跑去找人救援。赵福州和陈秀玲驻守的望火楼离最近的山下村庄有十里路，当时大雪没膝，路早已被雪覆住。赵福州带了十几个人回到山上时，救援的人从山下拆下来一块门板，他们七手八脚地在门板上铺上褥子，把陈秀玲抬了上去，然后在门板上拴上绳子，人们着急忙慌地开始连拉带拖地往山下奔。

赵福州和村民们在雪地中连滚带爬地蹚出了一条道，跌跌撞撞地把陈秀玲运送下了山。那一路摔了多少跤，鞋里灌了多少雪，谁也不知道了，多少年后回忆起那天的情景时，竟然没有一个人能清晰地说出过程。他们只记得门板上是痛得奄奄一息的孕妇，雪野上是一群挣扎着前进的黑影。从中午把陈秀玲抬上门板，一直到运至山下，整整进行了四个小时，等抬上救护车时，天已黑了。救护车再行进六十公里，到达医院时，已经深夜 12 点了。

赵福州在医院度过了一个煎熬的夜晚，对于生孩子的事他从没有经历过，他不知道陈秀玲和孩子会是如何。而直到那时，他才发现自己竟然是这样孤苦无助，问天天不应，叫地地不灵。一大早，医生对在走廊里困得睁不开眼的他说，你媳妇早产了，生了一个儿子。你快去买红布包孩子。赵福州一个激灵醒过来，媳妇生了?！生了个儿子！他急火火地上街去了，一路上既兴奋又担忧，他敲开了一家商店。他捧着那块红布往医院回时，几乎是奔跑起来，当爹了！有儿子了！哪怕是早产幸好还活着。可是等他跑回医院时，他看到陈秀玲正在病床上哭泣，而旁边空空的什么也没有。陈秀玲抬着眼睛问他，你不埋怨我吧? 赵福州心疼地一把把陈秀玲搂在怀里。这是在森林里陪伴他的女人，这是为他孕育生命与希望的女人，而她在风里雪里夜里闯过了一道鬼门关刚刚回到人间，却又迎头遭遇了失子之痛。赵福州紧紧地搂着妻子，什么安慰的话也说不出来，他扑簌簌的泪水里只能出现一片又一片林子。他的父辈们，还有他和工友们，就在那片不毛之地上栽着树，护着苗，那片林子就升腾着希望升腾着生长。那样艰苦的岁月都挺过来了，那样不可能的事都做成了，还怕什么呢。只要人活着，总能看到树再绿，叶再发芽。

赵福州和陈秀玲出院了。他的父亲只是听说了生了孙子还不知道已经夭折，等他从家里迎到门外时，他见儿媳妇怀里空空的，儿子手里只捧着一块红红的布，脸上布满了憔悴。这个画面也成了赵福州一生中最不堪回首的情景。面对老父亲的老泪纵横，他更是心如刀绞。

陈秀玲养了几天身体，赵福州和她又回到了望火楼。回到望火楼，赵福州迫不及待地爬上了瞭望塔，他拿着望远镜向远处望去，远处除了是白茫茫的雪，就是灰蒙蒙的林。可是，他觉得心中像是有什么落了地，丢了的魂又回来了。那天，他对陈秀玲说，咱们在这好好地过，来年林子会绿的，咱们的孩子还会有的。陈秀玲知道自己的男人是个有韧性有责任心的人。她给他带泪的微笑，给他热气腾腾的家，给他所有关于耕耘的希望。

又是隔了一年，赵福州和陈秀玲的第二个儿子出生了。为了更好地迎接这个孩子的出生，林场把夫妻俩提前换到了卡站，负责检查进山的车辆。那里离人家近了一些，出行方便了一些，但孤独还是日子中最平常的内容。小儿子赵东杨在长大的过程中，几乎就是一个人玩，和虫子玩，和树上的小鸟招手，和草地里的蘑菇玩，就是没有小朋友玩，以至于到了三岁还不会说话。赵福州两口子着急也没有办法，他们俩人在山上已经说尽了人间所有的情话，沉默似乎才是这个家的主旋律。赵东杨虽然说话晚，但是赵福州两口子放心一点的是这个孩子不是个聋哑人，因为只要听到林子中的风声，听到鸟鸣，看到有车辆经过他都兴奋无比。

由于懂事晚，赵东杨上学自然也晚，到了十岁他才进入小学，长长的放学路上也是他孤独的身影。到了初中，他便和所有望火楼家庭的孩子一样寄宿在了学校。寒冷又漫长的夜晚里，他总是在想父母在山上是如何过着。虽然缺少父母的关爱，但他理解父母，他在学校还有同学，而在森林里的父母比他还要孤独，而父母亲守着那片林子，是爷爷们一棵一棵栽下来的。爷爷在栽，父母在守，那他长大了要干什么呢？

赵东杨长到 18 岁了，赵福州把他送到了部队上。赵福州告诉他，你生在林子里，将来也要回到林子里，趁着年轻出去学学本事，长长见识，要不然一辈子就离不开这片林子了。赵东杨在部队工作得很好，退伍回来后，成了塞罕坝森林消防大队的一员。他上岗的前一天，赵福州对他讲了一番话，你爷爷种树，你爸爸守林，你就要护林。赵福州一家人三代人的命运都和森林紧紧地捆在了一起。

2020年9月，赵福州60岁了。他等到了退休的年龄。赵东杨心中有些欣喜，爸爸终于可以下山帮他带孩子了，母亲也不用陪着父亲守在这深山之中了。

可是，赵福州拿到退休命令那一天，林场领导也找到了他，领导说，眼下还没有人再比你熟悉这片林，你往远处一望，就知道天气什么样，就知道哪片林子哪片地叫什么，你能不能带个徒弟出来？

赵福州听明白了领导的话。是他懂领导还是领导更懂他呢？虽然盼望了很多年退休的日子，可是一想起要离开这片林，心中还是一缕缕的不舍。他的目光转向了窗外，窗外的秋色正浓，一片金灿灿的黄。他的目光又转向了陈秀玲，她正望向自己，那目光中也正读着一个男人的秋天。陈秀玲知道，赵福州以前说的退休就离开天桥梁的话全成了假话。

赵福州和陈秀玲留下来了，他们不知道秋的尽头。他们只是知道这片林守了许多年，种子守到了花开，青翠守成了绿海。而他们携手走过的近40年的守林路上，已经忘了春荣秋败，忘了人间烟火，生命已经重叠成了塞罕坝上的美丽山岭。

雪还在飘着，大雪把塞罕坝覆盖住了。外面人不曾知道这林子中有着一对正在老去的夫妻用生命守着这片林，可是，他们的儿子赵东杨知道，他出生在林中，长在林中，他的思念正在林中。赵福州知道，他的青春曾在这片林中，他的生命在这片林中，他还有好多岁月，也将在这片林中。

赵福州抬头望了望陈秀玲，她靠着火墙静静地睡了。窗外的风还在刮着，像是在向森林传播着一个爱情故事，故事的双方是一对夫妻和一片林。

铁打的汉子温柔的泪

一米八十多的大个子，站在矿工中间，很是突兀，这种魁梧让人看上一眼会有一种依靠感。再一开口，口音中竟带着并不标准的东北味。刘海林带着这些特质一出现，他的身上就多出了一些谜团。

刘海林的名字是典型的东北人名字，一问，果然是。他的父亲在战斗英雄杨子荣生前战斗过的黑龙江省海林县当兵，他出生时，父亲直接用林海雪原上的这个地名给他起了名字，他少年时代就是在那里成长的。只因为多问了这一句，我与他的感情迅速拉得很近。因为，我入伍的前15年，就在他父亲工作的部队当兵，无非前前后后隔了二三十年，但这不并妨碍我和他交流起那支部队和那片土地。一个个熟悉的英雄，一个个前后共同生活过的地方，在我俩的短暂交流中次第出现。我是第一次到攀枝花，也是做记者以来第一次采访煤矿，没有想到竟然在他乡结识到了这样一个人。

既然已经相识，话题就一点点发散起来，更为巧合的是刘海林的妻子竟然和我是一个县的。当听他讲起我家乡的一个个乡镇，一种种特产时，我觉得命运有时真是神奇。从大东北到大西南，我不知道这其间我与他到底还会有多少共同的过往。我是一个愿意听别人讲故事的人，刘海林却成为了那个会讲故事的人。

　　到攀枝花是采访矿上的先进人物董治兴，谈起矿上的这张名片时，刘海林滔滔不绝地赞不绝口起来。在他口中，董治兴优秀得无与伦比，我更能感到他为自己身边有着这样一个同事而骄傲。在还未正式采访董治兴之前，刘海林已把关于他的好多线索在聊天之时都倾倒而出。我问身边的人刘海林是做什么的，陪同的工作人员告诉说他是川煤集团攀煤公司大宝鼎煤矿党委书记。这样忙的一个书记，对于董治兴的成果和各种事情如数家珍。后来，我终于在他的另一句话中找到了答案，他告诉我，早些年前，有个企业要花30万年薪挖走董治兴，但董治兴却坚持留了下来，宁可在矿上挣每月4000元。讲到这时，他停下了脚步，指着走在前面的董治兴说，这样的员工让我敬佩，也让我感动。刘海林说这些话时，说得极为郑重。后来采访时，我问董治兴为什么没跳槽。他回答的是挣多少钱并不重要。在这个矿上，领导重视我，有地位有自尊。他说的是实话，在这个矿上，专门有一个以董治兴名字命名的工作室，他带着一伙人在这里搞他的研究。从这件事上，印证了董治兴的话。

　　那天，正赶上了清明节。话题自然不自然地就和清明关联起来。晚餐时，刘海林讲到了攀枝花煤矿最早的宝鼎山煤矿建设指挥部党委书记亓伟。从他口中，我了解了一个让我敬佩的老革命。为了落实中央开发攀枝花战略决策，亓伟举家从昆明搬到了荒无人烟的大山里，参与指挥了年产75万吨的太平煤矿、年产90万吨的大宝鼎煤矿的建井会战，在身患食道癌后仍坚持工作。他带病指挥，日夜奋战，建成了宝顶、沿江等矿，保证了攀枝花建设的需要，可以说是为了攀枝花煤炭事业和建设呕心沥血。在他病逝后，也实现了他在日记中写下的"活着建设攀枝花，死后埋在攀枝花"的誓言。亓伟就埋在了大宝鼎矿最高的那座山上。刘海林讲得非常动情，每年清明，我们都会到山上去看看亓书记。在饭桌上，有那么多人看着，刘海林眼泪一下子涌到了眼窝。讲到这时，我忽然觉得他内心有一种极强的力量。我赶忙绕过去，走到他身边，悄悄地拉了他一下，我们一起出了餐厅。

天空中飘着细柔的雨丝，而在远处的天空中，阳光却还明亮。西面的房山头有一排栏杆，和刘海林我们两个人扶着栏杆并排站着望着远处的山峰。他站在细雨中讲述井下矿工的疾苦，他说我必须要对他们好。他又讲到了井下的安全问题，他说这关系到所有矿工的家庭，我必须抓实。他还讲到了矿工的劳保和待遇问题，他说坚决不能让井下一线的兄弟们吃亏。他只喝了两杯酒，这绝对不是酒话。他讲这些的时候，我的心中一阵阵地感动着。我以前也是带兵人，是各级表彰的尊干爱兵标兵。通过和煤炭人不断接触，我越来越发现，带兵和带矿工实际是一样的。要付出真情才能换得回报。这种回报不是物质上的回报，是心灵上的回报。所以，我能感受到刘海林承诺背后的沉重与付出。这是一个响当当男人说的话，我相信他说的他都能做到，而且也在努力做得更好。

后来，刘海林又讲到了他的父亲。他的父亲转业后成为了矿工，他也是矿工出身。父亲临去世的时候，让他跪在床前保证下一代再也不能当矿工。刘海林说，我理解父亲为什么留下这样的遗言，是因为我们全家人都和这个行业连在了一起。我儿子考学离开了这里，但井下不还是得有人干么。所以，我要对我的矿工兄弟好，他们和我亲人没啥两样。

我转过头看他，他的眼睛盯着远处正在放晴的天，而雨丝落在他的脸上，和泪水混在一起，潸潸地流着。在这个年代，我们已经很少看到男人流眼泪了。何况还是一个一米八十多大个子的中年人，还是一个带领一帮兄弟呼风唤雨的领导，还是看一眼就会让人有依靠感的爷们儿。他没有去擦泪水，手还是扶在栏杆上。我突然觉得他实际上那样需要依靠。他背负着前辈们的嘱托和希望在走，也担负着兄弟们的愿望与梦想在走。劳累与奔波的生活中，其实男人更需要关怀。

在那几天前，我正在西昌采访"3·30"森林火灾，那次采访我对于生命有了更深一层的理解。生命中每一个相遇的人都要珍惜，我们谁也保证不了每一次分手是否就是此生的告别。一个人与一个人相遇，是一件多么幸运的事呀。在一个如此陌生的地方，竟然遇到了一个让我对过往生活熟悉起来的陌生人。听着刘海林讲述，我的泪水也忍不住在流。我是被一个真性情的男人所感动着。我们的泪水虽然各自淌着，但我知道已经流在了同一种感觉里面，流在了同一条心河之中。

现在这个世界上，物质挤占了人们的思维与肉体，哪还有那么多眼泪可流呢。眼泪是极端奢侈的稀有物。能够把眼泪无拘无束地流出来，难道流泪不是高贵的举动么。我曾经说过，与你一同笑过的人你可能会很快忘记；而与你一同哭过的人，你却会记得很久。

其实，我知道刘海林不会轻易当别人面流泪。他是一个大男人，是一个领导，那么多矿工依靠着他呢。他哪能不坚强着呢。虽然我知道他心里很苦很累。

点盏灯，照亮你回家的路

夜已经深了，杜荣燕睡不着，她静静地盯着阳台上的红色吊灯看。吊灯从天花板上静静地垂下来，不晃，也不闪，一点声响也没有。此时，杜荣燕感到时间已经静止了。她已经忘了，这样盯了多久，有过多少这样无声无息的夜晚。

每当这样的时候，她都会情不自禁地想起那个叫初成南的男人。那年，她刚 22 岁，又在学校里教书，媒人几乎要踏破她家的门槛了。杜荣燕告诉媒人，非军人不嫁。1993 年腊月二十。这个日子杜荣燕记得非常之深。那天，媒人把一个少尉领到了她的面前。少尉的眼神里有些忧郁，还有些羞涩。俩人一聊，都是苦孩子。少尉初成南出生才一个月，父亲便去世了。高中还没毕业，母亲也撒手人寰。而她也是自小没有母亲。哥哥已经结婚，只有她和父亲相依为命。

当天，杜荣燕向初成南表了态。咱俩都是从苦里走过来的，以后，我好好疼你。

初成南是一个极其腼腆的人，嗫嚅了一会儿，也没说出一句让杜荣燕脸红心跳的话。但是从他的表情里，杜荣燕看出来了，这是一个可以嫁的男人。

恋爱的时间不短不长，一年半。这期间，初成南探过一次家，杜荣燕到过一次部队。步兵团里的普通排长，除了一群兵，连个单身宿舍也没有。再回头看看烟台老家，除了杜荣燕家里的三间平房，剩下的只有几百个日日夜夜积聚起来的感情了。

没有轰轰烈烈的恋爱，却有如胶似漆的缠绵；没有海誓山盟的诺言，却有此生追寻的远方。两个人的感情像是两条河流，终于汇合到了一起。汇聚在一起的河流更有力量奔向远方。

1994年11月，已经成为干事的初成南探家了。他在收获爱情之后，在这个季节即将收获他播种下的庄稼。几天后，孩子出生了。挺白净，挺胖乎，挺健康。平淡的日子里，两人对未来没有更多的梦想。

没出一个月，初成南归队了。说是部队有急事。杜荣燕不知道什么事那样急，非他不可。但看到初成南焦急的样子。她知道，她得理解他，得支持他。懂一个人才是真正地爱那个人。

接着是过年。除夕的夜里，杜荣燕抱着儿子陪老爹看电视。电视里热热闹闹地，杜荣燕觉得日子有些清汤寡水。老爹回头看看女儿又看看外孙，心疼地问姑娘，嫁个当兵的后悔没。杜荣燕摇摇头，告诉老爸，嫁给成南，我就没后悔过。说完，抱着孩子回屋了。回到屋，眼泪再也止不住了。她相信除夕的夜晚远方的那个男人一定很想家，一定很孤单。他从小没有父母，现在终于有了一个家，却是相隔千里。

大年初一，杜荣燕写信给初成南，核心的意思是，只要不违反部队规定，她就到部队附近去住，哪怕租房子，也要让他感到自己是个有家的人了，再苦再难也不怕。她只想离她的男人近点。只有她才是这辈子最疼他的人。

杜荣燕告别老爹，抱着孩子去了黑龙江牡丹江郊外的一座军营。初成南在家属院附近找了一间平房。只有一个电饭锅，做饭做菜全是它。

只要自己的男人回到家，杜荣燕还是能用这个"多用锅"端上热乎乎的饭菜。杜荣燕告诉初成南，别因为我们娘俩分心，咱们到一起了，就是一个家了。好好干，这辈子我们娘俩就指望你呢。生活可以简陋，但这不影响生活质量。团聚的甜蜜弥补着生活窘迫带来的所有隙缝。两颗心牢牢地粘在了一起。尽管日子过得清苦，杜荣燕还是奢侈地在门口挂上了一个灯泡，只要天黑了，她就把灯点上。她能省出那点电费钱。

看着阳台上精致的红吊灯，杜荣燕心头忽然一激灵。这家搬来搬去的，怎么没把原先的灯都留好呢。生发了这个念头之后，她一下子坐了起来，愣愣地打量起眼前这盏吊灯。

在小平房住了一年多之后，按规定初成南终于在团里的筒子楼分了一间房。那个筒子楼由于住了 24 家被称为"24 户"。大家共用厕所和厨房，属于自己家的只有杜荣燕安在门口的一盏灯。24 瓦，昏黄的一片。但每次夜里初成南加完班走进那个长长的走廊时，都看得到家门口的一片明亮。有两次，很晚了，邻居敲杜荣燕的门，提醒她灯忘关了。杜荣燕笑笑说知道了。等邻居走了，她也不去关。她的男人还没回来呢。她也不知道那天晚上会不会回来。

1998 年夏天，部队精简调整的消息弥漫着 24 户。杜荣燕想问，但又不敢打听。她不知道部队会怎么样。这个时候她刚刚习惯了牡丹江这个地方。好在后来是师变旅，初成南职务低，影响不大。但是杜荣燕还是看到了一些人，从筒子楼搬走了，随着部队去了另外的地方。

又过了几年，初成南分到了公寓楼。二室一厅。杜荣燕天天去擦那个屋子，恨不得把墙皮都要擦掉一层。有时擦着擦着，莫名其妙的眼泪就出来了。孩子上幼儿园了，她的时间多了。这次搬家，拉了一平板车，她挺知足，毕竟往筒子楼搬时一辆自行车就解决了问题。这回搬家，她置办了一个大面板，还有一个擀面杖。因为她的男人爱吃山东面食，以前在集体厨房里实在没地方发挥她的手艺。杜荣燕的幸福很简单，她要让她的男人天天吃得上她做的馒头。因为她的男人一累了时，就说想小时候妈妈做的馒头了。

每次发面杜荣燕都要发会呆，她觉得日子像和面似的。感情和水一样，糅合到了面里，面就粘到一起不再分开了。而日子就像做馒头，揉来揉去，就有了筋道。可是，日子又不像是做馒头。有时馒头都蒸熟了，初成南还不下班。有时，本来快到家了，他又半路打电话说回去加班了。馒头被水蒸气拥抱久了，就开了花。她心里也美滋滋的。

2003 年秋天，初成南所在的部队再次面临改革，部队改没了。杜荣燕看着有些失落的初成南想说点啥，想了半天，告诉他，咱回山东老家，你有儿有老婆的，也叫荣归故里。要是还有机会在部队干，你到哪，我就在哪给你安个家。杜荣燕说的不是豪言壮语，只要她不怕苦，初成南到了哪，她就跟到哪，她到哪，哪就是她男人的家。

事情还真出现了转机，武警部队到解散了的集团军选人。初成南被选中调到了成都。杜荣燕顶着大雨把初成南送上了火车。你去你的，你不用惦记家里。我把这面的东西收拾完，带孩子找你去。

从大东北到大西南，杜荣燕也是厉害，她把家里的电器全带去了，竟然还有双人床。当然，还有面板和擀面杖。在成都，五花八门的各种小吃没有打动初成南的胃口，他只喜欢上班——回家——上班这样的路线。他喜欢家里飘着麦香味的馒头。他家里的面粉不是市场上购来的，是从山东老家弄去的。杜荣燕说，我给不了你事业上的帮助，但得给你老家的味道。

老家的媳妇老家的面，当年老家的姑娘还是那样好看。杜荣燕头上不知不觉有了白发，但在初成南眼里，两人的感情还像当年恋爱时一样保鲜。

在成都过的第一个结婚纪念日，两人没有花钱买象征性的礼物。杜荣燕把两人当年通的两百多封信订成了三大本送给了初成南，同样，初成南也送给了杜荣燕三百来封信。还是没有甜言蜜语，还是没有花前月下，那天，杜荣燕说，我只想和你过不再写信的日子。

四年多以后，北京的机关相中了初成南，调他进京。最大的问题是北京一时分不上房。杜荣燕听到这个消息，惊喜地对初成南说，没房也去，组织那么信任你，这点苦算啥。只要孩子上学不成问题，我租房也去陪你。刚刚稳定下的日子又变成了迁徙的生活。

到了北京，房子是租的。房租太高，但杜荣燕的要求却不高。她要求房东在阳台上安一盏灯。房东很不解，你家阳台又不住人，又不当书房，你安什么灯。杜荣燕还是笑，这个要求不过分吧？

日子清苦一些，奔波一些，但总之日子过得像是日子。房子是租来的，日子不是。杜荣燕要照顾孩子，她没有经济收入，但她得让男人的感情上有收入。要求不高，有时一盏灯就可以满足。在夜里，远远地一望，便会望见一种温暖，还有等待。

四年后，北京的单位终于给机关正团职干部解决了住房。杜荣燕的脸上全是欣欣向荣，但内心却平静如水。有房没房，日子都还是一样的日子。她似乎能想象出未来的样子，再也不用寄人篱下，再也不用辗转奔波。儿子已经考大学了，二十来年了，她终于给了那个曾是孤儿的男人一个完整的家。

哪知，2015 年，初成南被提职交流到了天津。温馨的生活再次被打破了。杜荣燕已经习惯了这些。还是那句，你先去，我用不了多久就过去。北京的房子空置下来了，如果没有人，再大的房子也不是家。杜荣燕的行头几乎没变：面板、擀面杖。只是多了一条宠物狗。儿子上大学了，男人又总在部队加班或者出差。这两年她觉得有些孤独。好在，男人用她的孤独兑换成了个人成长上的进步。但是这种进步带来的是重新上路的奔波。

杜荣燕在天津安了家。这次安家，她陪着初成南去购置物品。初成南站在一盏红色吊灯前，久久不愿动步。杜荣燕说，喜欢就买了。初成南笑了一下，我们这是机动部队，常年不在家。

男人的新单位是机动部队，这一年在青海执勤，转一年又换到了甘肃。杜荣燕偶尔会去那里租上一两个月房。她对男人说，组织是你的牵引力，家是你的推动力。

2017 年 8 月，武警机动师即将改革。初成南对杜荣燕说，可能又要走。杜荣燕有点不屑的样子，这些年了，你都被精简多少回了，家也搬了六七回了，我难道还怕搬家。你只要说在部队愿意干一天，我就跟着你走一天。11 月，初成南随部队转防到了河北保定。杜荣燕很庆幸，走得不太远，搬家不会太费事。她又开始收拾东西。就在她包好各类物品联系物流时，初成南打来了电话，东西先不要邮了，我可能又要换地方。这回杜荣燕真的是庆幸了。好在没邮走。物流说你交的预付款不退了。杜荣燕说，过几天还得拉货呢，只是换个地点。物流公司在电话中说，你这家搬的怎么像是闹着玩呢。

2018 年 1 月，消息确凿了。初成南被武警总部从河北调到了山西任职。从山东到东北，从东北到西南，从西南到北京，从北京到天津，从天津到山西，好多旧的家电搬零碎了，家具也搬坏了，杜荣燕拿上的只是面板和擀面杖了。支起锅便是日子，蒸上馒头便是生活，你看到我的笑，就是幸福，我看到你的眼，便是团聚。

天一亮，杜荣燕搬来了一个凳子。她要卸下这盏丈夫亲自买回来的红色吊灯，想在山西未来的家里，还夜夜给丈夫点起这盏灯，让它照亮一个男人回家的路。

有多少身影正在走来

人生实际就是聚散场，其间就是远去与归来，个中的苦辣酸甜细品起来，与时代和地域紧密相连。

孤寂时，面对一张地图让目光漫游，会在某一个地方停留。对某一地的好奇通常是因为风土人情，或是风景奇丽，但若是对某一地的牵挂，往往都是来自人。

譬如我和东北中朝边境上的那片土地。

在军校读书时，队里有 128 个学员。1997 年毕业时，有 50 多人去了黑龙江和吉林的中俄边境守边固防。吉林珲春一地，便分配去了 7 人。真的是从此一别，天各一方。而我在毕业之后带的第一批兵中，就有延边州的许多战士，尤其是朝鲜族战士居多，与他们结下深厚情谊之外，也了解了很多朝鲜族的风俗与文化。基于这两伙战友，延边在我的心中扎下了深深的根。这种扎根，更多的是情深战友失去联系后的惦念。与他们相识相处时，是上个世纪 90 年代，通信还不发达，彼此留下的都是通信地址。岁月流逝中，从各种渠道听得到的关于他们的消息，也都是零零碎碎，枝枝蔓蔓，联结不成他们的生活状况。那种想念越发真切。

朝鲜族战士张泽峰入伍后住在我的上铺，他的汉语表达几乎让战友们听不懂，大家都是猜他说出来的汉语单词到底要倒装出什么句子。语言沟通不畅不是什么大问题，他会笑。笑得坦诚而腼腆，甚至有依恋或者亲昵。有时熄灯前，会发现从上铺垂下来一个脑袋，钩着床沿笑呵呵地看你，当发现他之后，便又迅速地收回去，等站起来问他有什么事时，他却闭上眼睛装成睡着的样子。简直就是一个长不大的大男孩。后来，张泽峰就和我熟悉起来。人一旦熟悉，交了心，好多私密的话便讲了出来。一次，讲到退伍后的打算时，他讲到他的母亲多年来一直在俄罗斯做小生意，他退伍后要过去帮帮母亲。他讲到了母亲在国外做生意受排挤的艰难，也讲到了家乡经济的不景气，当然，也有对自己未来的隐隐担忧。我问他，那回国内不可以么。他轻轻地叹了口气，在俄罗斯再难，也比在家乡挣钱容易。

金龙哲是我带的另一朝鲜族战士。入伍前，他是和龙市所属的一个村的民兵连长，敦厚的模样中带着几分忧郁，有时笑起来却又是极为爽朗。我们的交流大多是他图们之隔的亲戚们，在这些话语中，能够感受得到他作为中国朝鲜族的优越感。但是在临近退伍之时，他讲出了他的烦恼。由于他所处的地区人口外流严重，村子里都是留守老人和儿童，已经有八九年没有娶过新媳妇了，单身汉们可以用成群结队来形容。他讲这些之时，我俨然看到了他正在加入那个单身的队伍。后来，我在资料上看到，延边地区年轻的朝鲜族人确实都是在外出务工，主要方向是韩国、俄罗斯。那里缺少劳动力，就业机会多，收入高，这些都为他们的"捞金之旅"提供了吸引力。尤其是由于语言相通，前往韩国者更多，一度外汇收入成了该地区的主要收入。

另外还有一个叫牛志伟的珲春战士，由于是汉族，跟他的交流更多一些。哪家都有自己的烦恼，哪家和哪家的烦恼又不尽相同。牛志伟的家经营着一家摩托车专卖店，专卖店开得还不错，家里的日子红红火火。可是，有一天他满脸愤恨地说，他家的摩托车店在一个夜里莫名其妙地失火了。警察判定是人为纵火，但是也苦于没有线索。这个案子一直拖了下去，没有得到解决，他家赔了货款就此关店，日子一下子滑了下来。在后来的相处中，他对于家乡的治安有些耿耿于怀。辛辛苦苦很多年，一下回到了解放前，也难怪他对于这离奇的火灾无法释怀，全家人多年的心血就这样付之一炬，放到哪一个人身上都是一把打击。

他们几个服役期满后，都退伍回到了家乡。从此，延边成为了我的惦记和思念之地。

金龙哲退伍后曾有过短暂的联系。他的家乡盛产人参，是东北人参的主产地，他自然也便靠山吃山。可是，一年之后，也没了他的联系，打到家里的电话，接起来后全是朝鲜话，不知道是家里的什么人。那时便猜想，他可能离开家去寻找出路了。他入伍时年龄就达到了上限，是同批兵中最大的。自然也应该是涉及婚姻最早的。闲下来时，我总在瞎乱合计他的婚事。家乡的女孩都在外嫁，单身汉在逐年增多，他到底娶妻成家没有呀。后来，又向一些战友打探他，也不知所向。

张泽峰退伍后迅速地出国了，他去了俄罗斯帮助母亲经营百货，和其他战友很快失去了联系。有一年，他托牛志伟给我带回了一些俄罗斯邮票，不仅仅是我惦记着他，他在异国他乡也在惦记着我。只是牛志伟告诉我，泽峰已经不会说汉语了，我俩见了面只是你瞅我我瞅你尴尬地笑，亲切地拥抱，但是就是不知道如何用语言交流。

每当想起在延边的这些战友，自然还要想起毕业去了那里边防一线的同学。近些年有了微信，大家在同学群里偶尔会聊上几句，但也只限于问候。20多年过去，我们都从当年风华正茂意气方刚的军校学员成为了中年男人。我们把最美的青春献给了国防建设事业后，转业回到了地方。军官转业通常都要回到自己的家乡，一是那里有父母亲人，另一个是对家乡的情感。但是我在珲春的同学却有些让人意外，他们之中除了一个回到了重庆以外，都留在了延边这个相对有些边远的地区。他们在同学群中不停地晒着延边的美食、风情与美景，无一例外地为成为延边人而有些骄傲。这也着实让我有些不解。

正是战友和同学生活在延边，使我对那里一直神往着，也期待着有一次踏踏实实的延边之行，去了结一桩 20 多年来的心愿。

2020 年的冬天，我终于得以用文学行走的方式踏上了延边这片心中的热土。军校的同学们相见了，品尝着朝鲜族的美味，更多地聊起生活给予我们的成长。他们讲述着中俄边境的历史，讲述着他们守边的岁月。就是在他们的讲述中，我发现，他们不仅把青春融进了这条边防线，更是让生命与这里不可分割。发生在这里的一场场战斗，一段段历史，在他们的口中一点点沉重，也开始让我感怀。其中一个同学对我讲，延边是一个来了便不想走的地方。另一个同学抢话道，这里的生活很安宁，是能够感受生活而不是生存的城市。这些语言朴素中带有对这里真正的热爱。不由得让我想起了周边很多人奔波的生活。有时，我们在某一个看起来高大上的城市，过着在别人看来是光鲜的生活。可是殊不知这种表象之下却是生活诸多的无奈。而同学们并不华丽的讲述中，却处处透着他们生活的优渥与在这里生活的安逸。

在珲春，见到了牛志伟。他开着车送来了两箱对于我来说魂牵梦绕的苹果梨。我是一个对水果有些偏爱的人，这些年以来，武断地认定最好吃的水果就是苹果梨。但是生活中的悲催就是在北京的市场上找不到这种梨，网购回来的又缺少了一种感觉。而延边就是苹果梨的娘家，主产地。所以，当牛志伟提出要请我品尝朝鲜族特色美食时，我一口回绝掉，因为已经品尝过了各种美食，而苹果梨却还在想念的路上。见面之后，问起了牛志伟的生活。他说，珲春作为一个口岸城市，外来投资和旅游的人越来越多，他的父母在几年前开起了一家宾馆。由于知道早些年他家摩托车行发生火灾的事，便问起了现在的治安。他瞪着大眼睛说，20多年前这里治安可能确实有些问题，但是现在投资环境越来越好，治安一点问题也没有。我们这儿已经成为了宜居之地。听着牛志伟的感慨，真切地感受到了他对家乡的热爱与认可。和他交流之中，我问牛志伟要不要到外地我的一个朋友公司去发展，他立即拒绝了，我们珲春发展的前景大着去呢，我是一步也不想动了。

通过政府的一位朋友也找到了金龙哲的微信。金龙哲的语音里全是兴奋。他正在韩国的一个企业做中层管理。他说，那个企业离不开他，想辞职都不行。不过他还是想在一年后回家乡来发展。问及原因时，他沉默了一下说，结婚有点晚，现在孩子正在长大，需要他的陪伴。这时，我才想起，早些年我还一直惦记着他的婚事，现在联系上了却忘了这事。

金龙哲坦率地描述了一下他的婚姻。当年退伍后，由于家乡经济不太好，女孩又大多去了韩国打工，他的婚姻晚了一点。后来家乡的经济发展得迅速，人口开始回流，他娶了一个外省的朝鲜族女孩，现在已经有了两个孩子。这确实是一个好消息，从他的婚姻中，可以判断出他家乡的发展。有了梧桐树，真有凤凰来。这里的朝鲜族青年再也不愁娶了。不要讲本地的女孩，就是外地的女孩都开始情定延边了。

也听到了张泽峰的消息。十几年前他就从俄罗斯回到了国内。他的理由是，延边又不是生活不下去，为什么要撒家舍业地到外国去闯荡呢。他和弟弟往来于朝鲜之间，外贸生意做得不大，但是拿他弟弟的话是，朝鲜那里卖不上价的海货，倒是国内都要翻了倍。原因就是延边的消费水平高。

时隔多年不见，再次得到消息，却是一个又一个好消息。我再也不用惦记他们的婚姻，担心他们生活中的治安，合计他们在海外打工的艰辛，还有边防生活的艰苦。不论是哪个民族，不论是哪种身份，他们在延边这片土地上生活得都很好。

走在延边的山水之间，透过车窗看到这一片祥和的大地上的村庄，还有行人与车辆，眼前不禁升腾起一幅画面。那画面里，山山岭岭开满了金达莱，一行行一列列人们，从远方向这里走来，有的是归来，有的是奔来，也有的是留下来。

正如牛志伟对我所讲：退休之后来珲春生活吧，这里，有你想要的一切。

温暖远山的红围巾

　　假期在相聚的日子里过得比山上飞快得多，马斌收拾好了自己归队的行李后，目光便往茶几处看。儿子马艺博的目光好奇地跟着转了过去，那里放着爸爸前几天给他买的一个玩具。

　　那是一个塑料玩具，把手和剪刀的把手差不多，只不过剪刀前面是刀刃，而这个玩具前面是两个空心的半球，像是两个小勺子。马斌给儿子描述，这是一个夹雪的玩具，松软软的雪用它一夹，再一松开，一个白晶晶圆溜溜的雪球就会出现在了眼前。

　　马斌把这个玩具送给儿子时，妻子王文静的表情怪怪的。马斌轻描淡写地说："网购的。玩雪的。"马斌和王文静是一个村子里长大的，俩人从小玩到大，也没见秦皇岛下过几场可以让人玩得尽兴的雪。哪知道马斌现在给孩子竟然网购了这个玩具。

　　"没有用。"王文静刚说完这句话，马斌好像准备好了一样接了一句："你俩要是和我到部队去过年，这个东西就用上了。对了，我们的山上冬天还没去过小孩子，叔叔们可是盼了好多年了。"

　　"你说啥？！大冬天的，你想冻坏我们娘俩呀。"王文静眼睛里全是吃惊。

马斌入伍 15 年了，一直在大兴安岭原始林区当森林兵。两人结完婚，王文静在冬天被马斌忽悠着去了一次部队，零下 30 多度，处处冰天雪地，在部队待的一周时间，王文静基本就是猫在了公寓房里。来营区的第一天，她被男子汉们的番号声吵醒了。往旁边一摸，被窝里空荡荡的。她一下子想起马斌睡觉前对她说的话，他只能每天晚上回到家，中队的一日生活制度他都得坚持。王文静刮开玻璃上结得厚厚的冰窗花，向外看时，看到的是一群冰花男人。出操回来的他们眉毛上、嘴巴上、棉帽上全是凝住的白霜。她只知道丈夫就在这个队伍当中，但热气缭绕在队伍之上，她已经分辨不出哪个是自己的丈夫。

最早王文静只知道马斌在中国的北方当兵，在电话中马斌给她讲的全是森林，森林中有清澈的河流，有各样的野兽，讲的是北方的雪，是营区里的冰雕雪塑，从来没有讲过孤独和寒冷。

儿子马艺博出生后，马斌和王文静商量，他想找组织申请调动。原因是支队还有一个最艰苦的地方叫奇乾。也基本是中国最北的地方。奇乾在大兴安岭的原始森林之中，距离人烟有三百里地，没有电，不通信，手机刚刚有了信号，被叫作林海孤岛。每年进入 10 月，纷飞的大雪就要把那里变成了与世隔绝的冰雪世界。那里的战友，从入伍一直到退伍才能见到外面的世界。

王文静不知道马斌为啥有调动的念头。马斌的理由似乎不是理由：那里是森林部队最艰苦的地方。凡是从那里走出来的人，都与众不同。那的战友都没有机会谈恋爱，而我已经有了孩子，在哪干都是干，就要挑战一下自己。后来，马斌真的调到了那里。

2018 年对于马斌来说，可能是在部队最后一年了。他想赶在春节前归队，回到山上去和战友们过最后一个年。

马斌采购了两大行李的年货，每个班都带到了。可是他捎带着送给了儿子一个夹雪球的玩具是王文静没有想到的。

马斌盯着茶几看了两眼后，把夹雪球器又塞进了包里，马艺博问："爸爸不把它送我了么。"马斌看看了王文静说："咱家这今天又没下雪，本来还以为休假的时间能陪儿子好好玩一次雪呢。我带回去给战友们玩吧。"

王文静没说话，走过去，掏出夹雪器递给儿子："咱一家到你爸那过年去，拿着它给叔叔们夹一些雪汤圆。"马斌有些吃惊地望着爱人："我们一家？"王文静点点头："再订一张票吧。我想好了，想带孩子去你那看看雪。你看看这个。"

说完，王文静从自己包里掏出来一条红围巾，扎在了脖子上。这个时候，马斌突然想起自己以前跟王文静说过的事：奇乾一到冬天便是零下40多度，全是雪和森林，看不到一点其他颜色。那年是史上最冷的一个冬天，到了零下47度。中队长的爱人去山上过年了，她扎了一条红色的围巾。这些年过去了，奇乾的战友一谈到过年，就会谈到扎红围巾的嫂子，没有一个人谈过那年是最冷的一个冬天。

马斌掏出手机拍了两张妻子和儿子的照片就要往中队的战友群里发，他要告诉深山里战友们一个关于春天的消息。王文静伸手拦住了："给他们一个惊喜吧，别让他们等得太久。"

放弃也是追求

　　当我成为一名应急管理系统的记者时，我总在不断地回望我的过去。

　　我曾经从军 27 年，亲身经历了 3 次大的编制体制改革，先后工作过的两个团、两个集团军、两个师、一个旅，加上一个联勤分部，和最后工作的武警森林部队，还有读的军校以及读研的解放军艺术学院，统统归入了解放军的历史长河，竟然没有一个部队依然存在，它们的名称和番号，只变成了我记忆中的留存。有时，和别人讲起经历时，连自己都感觉到惊奇。虽然我工作战斗过的部队都没有了，但是看到军队发展越来越好，国家发展越来越好时，心中还是非常欣慰。

　　我当兵在 23 军所属的一个团，这个团最早是新四军部队，在江苏如皋成长起来后，参加抗美援朝之后驻守在了黑龙江省海林市。那里是战斗英雄杨子荣生前所战斗的林海雪原。我新兵下连的授衔仪式就是在杨子荣烈士墓前进行的。

　　在我团团史中，有这样一个故事。在鲁南战役中，40 万的国民党部队把我们师困在山里两天两夜，当时脱围的唯一办法只能用小部队吸引住敌军，以此来掩护大部队撤离。以 2 万对 40 万，这意味着什么不言而喻，但是当时的各个团长都争着留下来。我们团就是留下的那个，虽然伤亡惨重，但是依靠着仅存的力量又逐步恢复成了一个团。宁可牺牲小我也要为大局着想，这便成了我们团的气质和精神。而这种精神一直在影响着我的成长。

1998年，刚刚参加完嫩江抗洪抢险归队不到半个月，我所在的师被改编成了旅，我所在的团随之撤销。当时，我刚刚毕业一年，很多战友都面临着去留问题，有的转业、有的分流、有的留在缩编单位，任何人的前途都变成了不可预测。但是当时，我的心情却没有受到任何影响。我知道，不论到哪里都是要继续工作，无非是要换一个城市或者重新结识一些战友，何况在此一年前，我还在申请去西藏工作。那时，我在组织股工作，需要收集整理移交的各类文件。在整理资料时，我再一次读到了我团在鲁南战役中的那一段历史。这件事对我的影响是至深的，任何事业的成功都需要有人来付出，甚至献身，只有这样才能推动国家和社会的发展。那几天，我写了一篇题目叫《军礼无言》的小小说，表达了自己面临改革时的心情。虽然那个作品写得有些稚嫩，但有时读起来，内心还会有一点点小感动。

5年后，我在23军的67旅努力成了一个领导看中、战友认可、战士喜欢、前途一片光明的带兵人时，又一次改革悄然来临。我所在的军和旅都淹没在了历史之河。很多人对我的政治前途很是惋惜，因为那时我已经被集团军提前培养、被军区重点考核过，不出意外，将在来年被表彰为军区的学雷锋标兵，按以往惯例，金质学雷锋荣誉章和一等功都将是这次表彰的标配。但我早就知道，未曾得到就谈不上失去。这些荣誉对于我只是期望过而不是失去过，我失去的只是我的番号，我的营盘，我曾经的生活，我不会失去我的努力，我的追求。

23集团军没有了，我们被划入了沈阳军区的16集团军，我们旅又被改成了一个团，然后并入了69师，我在那里又工作了3年，然后调入了沈阳军区联勤第二分部。结果十几年之后，16军和69师也被取消了番号，我在野战部队工作过的所有军师旅团营全部消失，只成为了我和当年战友们回忆的内容。

　　当沈阳军区在全军编制体制改革中成为历史时，我工作过的联勤部队和分部也一并消失了，包括我曾就读的大连陆军学院也早在2003年就完成了它的历史使命。至此，我和解放军似乎被完全割裂开来。

　　我的军旅生涯让人不能把握和无法预知，我在这次改革的前六年，被武警部队引进，成为了森林武警的一员。本来觉得自己可以在这支部队终老一生，会一直工作下去，但是万万没有想到，这支部队最后也以改制的方式并入了中国应急管理部，从此退出了现役。而机缘巧合的是，我竟然以转业安置的方式也成为了应急管理系统中的一员。

　　虽然人的命运谁也说不准，但是27年的军旅生涯早已让我知道，这个世界，只要为了心中正确的目标努力过就好。我刚刚当指导员时，我给自己定下的目标，不是自己收获什么荣誉和功名，而是要让连队的历史上能够记住我。至于当初是如何努力和奋斗的，不愿再做无用的复述，但有些资本还是可以拿出来炫耀。我们旅当初有40多个连队，我任指导员期间，连队是我旅唯一的集团军基层建设标兵连，也是集团军先进党支部，而在此之前，这些荣誉属于另外一个具有光辉历史的连队。由于我连在文化建设上的成果显著，在旅里撤编之时，为了保留我连历史，旅里把一个步兵连的番号给了这个连队。我们连也由炮兵指挥连变成了步兵连。只是我没有随同连队前往，被调往了机关任宣传股长。目前看来，在我的身后，我还是有着一个工作过的建制单位的。不过，改来改去，也不知道这个连队现在处于何方，又被改成了什么编制，或许，也早已经不在了。

　　但是，不论番号如何改，我一路上结交下来的战友情没有随着番号的消失而消失。让我最为欣慰的是，如今和我联系的战友，有直呼我姓名的新兵时的班长、连长，也有叫我班长的、排长的、干事的、股长的、科长的，也就是说，我所有工作过的岗位上的称呼，到目前为止，还都有人在称呼，还没有被别人取消，这也从侧面证明了我对于战友情的格外珍惜，对于工作过的单位的在意。

我在青春年少之时步入了人民军队这条长河，让我把人生最美好的光阴付诸这里。它让我一路成长，一路歌唱，一路收获，岁月不仅在容颜上给我留下了印痕，更让我的内心变得丰富和坚强。无论脱没脱下军装，我都把自己当成一个军人来看。无论番号在与不在，我都把整个军队当成了精神的故乡。因为它告诉了我什么是舍弃，什么是拥有。什么是努力，什么是获得。

当我转业后，开始新的旅程时，有时想要努力地忘记以前，轻松地上路，但是我知道，我忘记的是曾经的荣誉，而那些番号，总在夜深人静之时，扑涌到我的眼前或者是梦里。它们用一串串数字，一个个番号呈串起了我的青春，我的人生。有时我会沿着这条路往回寻找，16、23、67、199……这些数字的尽头，是我刚刚步入军旅的初心。那时，梦想和血液一个颜色。

当我成为一名应急记者时，我的工作还是和战斗、和救援、和应急密切相关，只要哪里有了灾害发生，哪里就会成为我的战场。我的武器是手中的笔，而我依然要像战士一样去冲锋。

如果把记者当成职业，我也许只看到了明天。如果把记者当成事业，我看到的就是无限的未来。一个人的力量总会很小，只有把自身的命运付诸国家这条波澜壮阔的大河，我们才能奔向浩瀚的海洋。中国应急管理记者的追求，就应该是和国家的应急事业紧紧联系在一起，和自己的祖国一刻也不能分割，这样，才能更有意义地书写，更有价值地行走。当然，在这个过程中，还要学会放弃。放弃功名才能轻松上路，放弃逐利才能表达内心。

所以，很多时候，我在告诉自己，人活着，就要去做有意义的事情。有时，放弃是为了更大的追求。

高原山谷里的歌声

那一年一场地动山摇的灾难，让阿坝走进了我心中。从那时起，汶川、理县、映秀等一个个千百年来世代藏在青藏高原边缘大山褶皱里的地名，通过新闻与我产生了关联。一直想去那里看一看那片曾经苦难的大地，想听一听那里的同胞讲述不屈的奋争。

2019 年春天，终于在《民族文学》杂志组织下，和多民族作家奔赴阿坝州金川县时，我才突然知道，在那场举世关注的地震中，金川虽距震中直线距离不过二百公里，却几乎毫发无损，这让心中陡增了许多安然。这次探访，话题与视界都不关乎苦难，这是一件多么幸福的事呀。

在成都，前来迎接我们的是金川县作协主席韩玲，她从金川亲自到成都来接大家，每一句话中都带着笑，每两句话中都有一句在讲着她的家乡。那种荣耀，满路的疲惫根本挡不住，淹不没。她对家乡的喜爱像是春风写满了脸。韩玲说，金川有着全国最为知名的梨花节，此时正是梨花盛开的时节。从那晚开始，一直到几天后的分别，韩玲都在讲述着家乡的梨花。

我给阿坝的一个战友发微信，告诉他我要去金川。他在微信中回复的第一句是：金川的姑娘非常好，我们单位好多人都要去金川娶妻成家。还未到金川，金川的形象已经立在了眼前。何况还有韩玲成了形象大使。当然，她的形象中还包含着金川文学的形象。

汽车在川西大山的褶皱中迂进时，虽然不知道金川会在哪一道山弯转过后出现，但它确确实实是在眼前召唤了。可能由于职业的原因，在车辆前行的道路上，我一直在观察着路两侧的山势、地形、植被和道路。在汶川地震发生时，我原计划是随单位组建的医疗队从东北抵达灾区的，最后由于其他原因没能成行。那一段时间，我几乎天天守着电视了解灾区救援的进展，上了班也在联系我们在青川建立的野战医疗队。那时，心和灾区紧紧地拴在了一起。这次，走在这片曾苦难深重的大地上，看着沿着山坡两侧一座座重建的新居，正在铺设的高速道路，对这里的惦记与担忧正被眼见的实景一点点抚慰。当灾难远离这片曾满目疮痍的山川，当祥和添满了这片人间，还有什么比这样的旅途更让人心有享受呢。

我曾经在森林武警部队工作，阿坝州有我们的一个支队。虽然没有来过支队，但这里有许多认识的战友。后来转业后，又和这支部队一同成为中国应急人。无非他们变成了森林消防队，而我成为宣传他们的一名记者。他们在这里的每场战斗，我都会在第一时间了解。为他们而歌的同时，更是为他们保护着阿坝州的青山绿水而骄傲。

路越是往前，森林越是茂密。高大的树木沿山攀爬而上，给山披上了一件苍翠的羽衣。当雪山在远远的山巅出现时，像是一座座神秘的银山。

金川的梨花证实了韩玲所有的话。当不知是谁突然喊了一声"看！梨花"时，车里投出去的眼睛便落在了窗外的梨花上。于是，从那一刻开始，接下来的日子，大家便是谈梨花、照梨花、闻梨花、话梨花……梨花成了无时不在的话题。

其实，我更在意梨花掩映着的生活。梨花终会落去，而生活无处不在。于是，在我离开金川后的日子，这些情景在眼前一直久久伫留。

在那片梨花林中，我看见了几十个藏族同胞跳动着的嘉绒锅庄。这里的锅庄舞与安多和康巴的锅庄舞有些不同，没有那么强烈的节奏与豪放，动作更显收敛与优美。舞起的锅庄带起轻轻的风，片片梨花在空中飞舞，挥动的袖子卷着梨花的微香，蝴蝶与蜜蜂也来凑着热闹，随着音乐蝶盘蜂旋，眼前的情景，几近让人想到世外桃源。就在此时，同行的朋友感叹了一声：这才是生活。是的，这才是生活。生活不一定处处有花香无数，但生活中一定要寻觅花香和珍惜可以拥有的花香。

在另一座山上的村庄，在喇嘛的大法号声和牛皮鼓声中，一群老年藏族男女列成两队，穿着盛装对唱着藏歌，边歌边舞。歌声听不懂，脸上的表情看得懂，旧岁的劳累在脸上，盛世的安宁也在脸上。呼吸着新鲜的空气，分享着梨花的情致，歌声从心中流淌而出，而轻盈的舞蹈却处处透着健康的气息。当我们即将离开村庄时，那支队伍中竟突然唱起了一首汉语歌曲。是的，心不会说假话，歌由心出。这些歌声更不会说假话，那首歌唱的是"没有共产党就没有新中国"。这首经典的老歌很久没有听到了，而此时听到，竟是这样的妥帖与真诚。整洁的村路、梨花掩映的崭新民房、幸福的表情，还有高高扬起的国旗，都随着这首歌呈现在眼前。眼前的藏民不是演员，他们就是村民，他们此时不是在歌唱，而是在诉说。这不由得让我想起了今年以来流行的另一首老歌《我和我的祖国》。我相信，如果我们再让村民们唱几首汉语歌时，他们会不由自主地选到这首歌。

金川的老街蜿蜒在北山脚下的坡上。金川的梨花仙子尼玛银初带着我们在白墙灰瓦的老街上行走，行至一户人家时，她悠然地坐在了石阶上，轻抚着门柱说要拍张照。她穿的藏装和那个景色一下融成了一幅水墨画。尼玛银初淡淡地说，这是我的家。原本只知道金川县只有七万人，县城很小只有两万人，家家有梨树，年年闻梨花，但是没有想到生活和美景会结合得如此近。金川人就是活在这样一幅山水画卷中。在金川，无论走到哪，眼中都是梨花，山谷中、山腰旁、河滩上、道路旁、庭院里、田野间，无处不在，哪怕是睡了，花香也会沁入梦中。

　　尼玛银初在前面带路，在一座古色古香的院落门口，一位姑娘热情地喊着大家进到院中来。在那座院子的一个露天平台上，早已摆好了茶和藏族美食。不消一会儿，韩玲笑容满面地端上了水果，原来这是她的家！坐在露台的茶椅上，远处的雪山和山腰团簇着的梨树遥遥相映，山顶的雪是耀眼的银白，山腰的梨花是烟雾一样的乳白，梨花像是山的巨大裙摆上绣满的花边。

　　韩玲家的露台边上长出了两棵粗大的古榆，正是榆钱满枝时，像是翡翠挂在了枝头。所有人的谈论都没有主题，随便找一个聊几句，不知道何时又换了频道。风一吹，话题就转到了另一棵树上。花一飘，话题又换了。见山谈山，见花聊花。韩玲又端来了自家制的酒，大家像是不会拒绝了，一杯接着一杯，是碰一下，而不是干掉。酒带着真诚，也成了道具。这个时候，确实适合尝一下酒。风又一吹，一枚早熟的榆钱摇曳着飘过，眼睛注视着，期盼着它落向哪一个酒杯。韩玲说，下了班，她就会在这里坐一坐。这便是金川人祥和生活的一个截面。

　　从金川回到北京不久，我接到了去西昌采访的紧急通知。那里发生了一场让举国疼痛的灾难。我去的是木里，四川唯一的藏族自治县。几天前，我还在金川这样一个梨花掩映的天堂中悠然地穿行，没隔几天，我竟然又到了距它不远的木里让心灵承住一份久放不下的沉重。在木里闲下来的时候，我一直在想着金川之行，我多么渴望四川的藏区给我的印记永远都是金川，而不是十几年前汶川的地动山摇，不是如今木里的漫山林火。是的，金川除了在清乾隆年间经历过两次大的战争之外，倒真是藏区的一块福地。生活，有什么比平安更重要么。

提起金川，可能很多人都在讲它的梨花香。其实，每每看见那梨花占领了所有人的生活空间时，我想到的是秋天，是香梨满枝的秋天。因为韩玲和此次与会的许多州县工作人员都向我们描述过他们平时扶贫攻坚的辛苦，以及在那条访贫问困路上的奔波。如果说他们的行动像是如今这枝头的花朵，我多么想在他们付出之后，每一个尚未小康的藏家都会收获秋天的硕果啊。我愿意在遥远的地方，和他们一起等候，期待秋天的到来。

金川的梨树林中，一首首歌唱梨花的歌穿梭在一树树梨花之中，随着花开花落，宾来客往。花开过了，就会有果实，这是自然界的规律。而那首《没有共产党就没有新中国》，在金川，唱的却是一个真谛。

南国游记

一、竹影深处散人家

脚步总是带着目光行走在寻找与放逐的路上，有时寻找仅仅是一种奔走的方式而没有具体的内容与目标。行走有时是一种说不出的苦累，是因为从未放逐的心灵像是沉重的包袱。谁都无法把自己的心情轻松地给予，谁也都无法把心事对着风和云去诉说。都市的烦嚣把一颗颗忙碌奔波的心缠绕得烦丝千缕，剥开来看却又几乎伤痕累累，什么样的风情能够拴住一颗心。

在南国，在广西叠翠积悠的山水间，不经意间邂逅的一个叫大新的地方却猛地扯住了来到这里的思绪，欲走却迈不开离去的脚步，欲留却发现它闯入得有些突然。因为在此之前，大新就是一个陌生的地方，而来到这里，才蓦然发现，在世外，果然有桃源。不知不觉间，旅途上劳累的心灵已在这里悄然放逐。大新成为了一个让人轻易把心交出去的地方。

没到广西之前，"桂林山水甲天下"早已为广西做了最好的代言。到了广西，却又突然悟到"广西山水在崇左"这句话是如此名副其实。

大新作为崇左的一部分恰是它最为恰当和精准的代言。大新是中越边境上的一个小县城，和越南山相依，水相连，路相通，语相近。也正因此，这里的生态呈现着最为古朴与自然的状态；也正因此，这个世界才在群山深处为我们保留了一个稀有的大新。这种稀有来自它的静谧与安详，田园与清新。

那一天，在大新，去揭开一个村庄里的隐秘。如同电脑的页面，被一层层打开，让目光去和大新一个最小的单元接触，探知。在一处滩头下船，沿着高大的竹林屏障辗转，一个壮家的村庄便隐约地出现在前方。村子叫安平村，这个普通的名字鲜生生地传递着村人先祖对生活的祈福和期愿。安平，哪一个凡世人家不是把这种状态作为一种追求呢？进村，要踏过一座青石古桥。那座桥虽仅有十米左右宽，但这不决定它的年龄与阅历。这座单拱桥县志里没有记载，但是文物部门介绍已经有上百年甚至更久远的历史。

桥叫皇光桥，两侧挂满了从石缝中钻出来的藤草，一串串在桥拱处垂挂着，像是少女额前的刘海。桥身由一块块青石挤在一起拱成，没有钢筋的支撑，也不借助混凝土弥合，青石严丝合缝地对接在一起，一些青苔像是斑斓的迷彩零星地覆在上面。河岸两侧的树谦卑地躬向它，每日在风的软拂下向它进行着一遍遍的问候，枝条摇曳出一份宁静几分安详。

桥拱的顶部，也就是桥面处，只是两层石板，站在桥下望去，竟觉桥面是那样单薄。而就是这样的单薄却在百年多的时光中，任桥上人来人去，车来车往。村子里的房屋已经翻建了一次又一次，差不多都是现代的砖瓦结构，而桥还是原来的模样。听过沉重的车轮滚动，见过整个村子的悲喜离合。这是一条进村的必由之路，由三五只羊组成的合唱团站在桥的一侧，正把歌声清脆地传入村庄，唱成一曲悠然的曲调，唱得太阳升升落落。桥拱处已经有两块青石脱落。这样的破损可能就是在呈现着一种真实。这个世界哪里能完美得没有任何瑕疵，皇光桥就是这种真实的代表，它以它的老迈和残损昭告着它的经历与见证。一辈辈人的脚印踩着它的身体走过、远行，而它还在此处迎候着远行的脚步带着疲惫的心归来。在中国，成功的乡人很少再回到他成长的村庄，因为终于逃离了。而落没的人却要悄悄地把村庄当成心的栖息地，会趁着月光黯然地回归。

村子中，土司衙门还在。起脊的三间大瓦房在拥挤的民居中也还不失威武，苍老的面孔中透着曾经的威严，只是老态龙钟了些。大门紧闭着，门前的大石磴顶面的边缘光滑得微微泛着亮。不知道百年前老土司坐在衙门之上的威风何等，但相信平常的百姓断然不敢坐在衙门的门前。而现在，三两个老年人像是衙门里遗存的样板，正坐在衙门口摆弄着针线。在土司衙门的墙上，一行模糊的字迹告诉人们这里在某一个时段还曾是幼儿园。它若是承担过启蒙学童的功能，这段历史对安平村来讲不会太过遥远。壮家的孩子们天真地叫喊在土司的衙门里，梁上的蛛网不知是否能够网住他们关于童年的记忆，只有燕子在和他们一同飞进飞出。孩子们一定不懂这座老宅曾经的风光，他们只把它当成了游戏的场所。

老土司是什么模样谁都不知道了，只是这座衙门告诉安平的后代们，他们的先祖曾在这里生活。壮家的子孙们就在这群山之中呼吸着山野的清风，在这古迹处处的村落里生生死死。

没落了，这座衙门确实没落了。即使站在门前闭着眼凝神想象，大脑的褶皱里也回荡不出一丝土司当年惊堂木落下的脆响。曾经的威风只威风在曾经的威风里，而今世的落没却没有落没在今世的尘嚣中。还有人慕名来访，看的不是土司衙门，而是看一看土司不再治辖的村庄新老交替的模样。

独楼林立在翠林之中，溪水涓涓流过皇光桥下。承载村人负重的桥还在，还硬挺着。而统辖村人的土司却只在老人的口中变成传说。离开村落，回首望去，土司衙门的大门似乎吱呀打开，土司从尘土飞扬中不顾颜面地奔跑，他的官帽，他的官印，随着他的倒影一同掉入了皇光桥下的溪水中。溪水还是在唱着未曾疲倦的歌，日日夜夜在桥下自我地流过，婉转到不知何处，但一定是去看外面的世界，去寻找远方的大海。

二、山是不褪色的底片

散落于广西大新境内的山，毫无征兆地从地下犹如春笋般突然冒了出来。原本四周还是平坦坦的田地，却猛地直峭峭地升出一道风景，在空中俯瞰下去，俨然生长在大地上的一座座精巧的盆景。绿树覆住了大山苍劲的背脊，只有断崖处凛冽出阵阵的寒气。岩石融合着岁月中的风雨，在岩壁上恣意地做着抽象的写意，遥遥地望去似龙像马，近近地观来却是怪石嶙峋。垂悬于峭壁上的石乳像是顽皮的孩子送给来客的鬼脸，亦像是正在诉说岁月沧桑的面孔。零星的溶洞里，偶尔有不知名的鸟儿飞进飞出，那里，不知何时已经成为它们栖息的家园。一些更大的溶洞在山壁上露着神秘的面容，给人带来无限的遐思。云雾如同轻纱，在山腰缭绕着，顿添妖娆之气，在雾聚雾合中使得溶洞变成了眨巴着的眼睛，好像要告诉人们里面隐藏着什么样的秘密，住着的是神仙还是妖魅。

说大新的山如画实不为过。各异的树木披覆出几抹颜色，而零星的花点缀其中，给那水墨间泼进了灵性。时开时散的雾把远山近景勾勒出层次，又糅合成一体。山是重重叠叠的景，雾是朦朦胧胧的情。站在这样的风景中，人如同入了画中，情如同进了画境。此时的山已经不是最主要的风景，却要成为记忆中最美的底片。任由岁月更迭，心却紧紧地恋着这里。

大新的山看起来是一座座矗立在平坦的田野之上，实际上由于山多田少，平坦的田野更像是大山的裙袂，翩翩围绕着秀奇的山峰。散落的村庄，蜿蜒的河流，是裙摆上的图案与花色。而有时，山与山又是手脚相连着，看似是一座独立的山峰，可转过一个弯，会突然间发现它又延绵到了另一座山峰。就像是一对悄悄暗恋的青年男女，偷偷地暗自紧紧地牵着对方的手，只是没有明目张胆地言说出爱意。只是你拥在我脚步前方，我默默紧随在你的身后，未道一句终身相许，却是羞答答地共同站立在一方蓝天之下。

有的山与山是对望的，这种对望之中带着一种相许，一种承愿，一种欲言又止。有的山是相牵的，给人一种相依相偎之感，又不是紧密地合二为一。有的山是相邻的，抬起头望到你的表情，低下头知道埋在地下的是相连的根。看来，大新的山都是处在一种甜蜜和爱恋中的。哪里的山又能给人这种祥和与温情之感呢。大新的山不是威猛的男人，也不是小家碧玉的女子，它们是卓尔不群的独立思考者，又是相互交融的相慕者，没有赤裸裸地言情说爱，但却把一切都在悄然声息中传达。

在大新看山，可以看到一种高贵的品质，一种独立的气质。它不依附权势，你是你的高大，我是我的清秀。它不拒绝善意，哪怕你站在原地不动，只要有一个真诚的笑意，我也会伸出满山的枝桠向你招手。它不流于世俗。你是你的风景，我是我的别致。这里的山，看起来相似，但绝不会有相同的风景。远看近瞧，横观侧赏，不同的角度有不同的风姿，不同的来客回答你不同的问候。

都说仁者爱山。可是纵有仁者，天下又有哪一座山可以让你完完整整地来爱。纵你有那样的情怀，三山五岳已经成为了大众的情人和骚客笔下的世俗。纵你有那样的心绪，又哪一座名山能让你一眼望尽，容纳于胸。只有大新的山，小巧但不玲珑地面对着你，清秀不失巍峨地等待着你。这里的山没有名，它等待着你为它酿名。这里的山由于普通，它除了属于神奇的大自然，它还没有以身相许，它等待着你能够拥有。大新的山与中国所有的名山不同，它娇媚但不矫情，它清秀但不婉约。到大新，寻找一座你心中的山，给它一个如同孩子般动听的名字，让它成为你心灵的拥有。如果想要有一座山的奢望，在中国，也许只有大新可以做到。这里的山就是养在深闺的女孩，它就立在南国的风情里，愿意为你日日守候，为你终身厮守。

三、远方有条静谧的河

小小的一座电站，往那一站，便截住了一条叫作黑水的河流。这座微小的电站其实就是一道闸，它把一条河的上游变成安静，它让下游更加凶猛。原来一条蜿蜒的河，在它的身前身后，变成了两种模样。

黑水河很窄，连一条中等的河流也称之不上。所以，这个电站也便成了河流之上的微型景观，它的功能可能不在于发电，而是在告诉这条眼前的河流，它的身材正在一点点失去以往的清瘦。

这是一条静止的河，看不见波纹，听不见水声。它更是静谧的，如若没有船行进，恐怕连波纹也没有。静静的一汪水，倒映着远处的山形岭姿，如镜的水底摇曳着两岸的婆娑树影。层层叠叠的绿，累累满目的玉色。

河道也就是二三十米宽的样子，被河水浸枯的老树如同醉酒的老翁横卧在近岸，斑驳的树干透露出对过往的留恋。偶尔，还会有一些站立的枯树揽入视野。树皮早已脱落，灰白的树干远远地望去像是少女玉洁的肌肤。那些树，身形多是弯曲，如同婀娜多姿的舞女，静如平镜的水面成了它们精彩谢幕的巨大舞台。它们把生命定格成最心仪的剧照，然后久久地立在那里回顾曾经的生命。游客就是它的观众，它就以这种骄人姿态端庄地待在那里。如若没有游客的到来，它们依然立在水中央，回忆着脚下曾经生长的土地。而现在，土地埋着它的根须，河水密藏着它的土地。树活着时只是风景，只有死去才成为栋梁。而黑水河里的树，活着的时候默默无闻地生长，死去却用绝美的身姿与活着的对映成一种凄美。

在河的转弯处，有时河道会闪出百十米宽的胸襟。遥望去，还有另外的河流汇向这里。那时，才发觉，黑水河应该叫成湖。哪怕它狭长而没有形状，但它现在确确实实不再是一条河，只不过还在延用着过往的姓名。整个湖里，没有一滴水声，岸上隐隐地看得见壮家的村居，但听不到人间的鸡鸣狗吠。不知道船要把人载向哪里，一步一景都在世外了。看不到人间的丝丝烦扰，听不到俗世的点点纷争。只听得到自我的呼吸和心跳，呼吸和心跳的声音都超出了船头推动水的声音，静谧得有些恍若不知在天上还是人间。水清，能看见小鱼的游动，水静，甚至能听清蝌蚪的交谈。

近岸的树向水面倾斜着，夹起了一道拱形的门。四季不变的这道风景里，又因了不同花期的花的渲染，区分着各种时节的到来。木棉开在春季里，粗壮壮的枝干挤出一片天地，像是独舞的演员，孤兀兀地站住一方舞台，让所有的树成为为它喝彩的舞伴。即便是谢幕，它也要招摇出一种洒脱，把红彤彤的花瓣一大把一大把地撒向河面。河湾处，木棉花凋零的妆容汇聚成一片荡不开的忧愁，染红着水面。涟漪盈去，让那些红色的愁忧聚聚散散，让在枝头离散的姐妹再一次相拥。在枝头，它们盛开成夺目的艳，竞相争放，而离开了家园，它们才有了这次真正的相拥。你中有我，我中有你，最后的卿卿我我竟然是在即将沉入水底前的从容。紫荆花在竹丛中会探出头，成串的垂挂成竹竿上的一件饰品，雍容华贵里散发着冷艳的孤独。竹是青绿，紫荆是浅紫，这两种颜色搭配在一起，组成影棚里幽静的布景，在一组组婚纱照中纷纷登场。黑水河，可以成为婚纱照绝佳的外景地，只是许多人的婚姻想到的是甜蜜，却忽视了浪漫正在缺席。黑水河如同暗示着婚姻就是一条静静流淌的河，它有波折，但它不喜欢波浪。它需要聚集，但它不需要更多物质丰盈。它需要安宁，但它也可以容纳雨季的汹涌。

船只能在碧水中慢慢地行进，原由是河道里隐匿着大大小小的礁石。多年前，水下的礁石也是在傲然着它冷峻的容颜，而现在河水漫过了它的身躯，只露出头颅在水面上望着正在悄然变化的世界。灰黑的面孔上没有表情，看不出它的喜与忧。俯身它只能看到在水面上倒映着的头颅，而它已不知道水下身躯的状态。但是它知道它的依附，知道它的根基。大大小小高高低低的礁石交错在近岸的水里，倒也像欢迎的队伍。如若不是，为何它们又要在头顶披覆上浓密的草，还要让虬曲的树木在头顶宛若成发髻，还要让野花在上面盛开出串串天然的头饰。

蓝色不知名的小鸟会倏然掠过水面，然后迅速陷入丛林。它们也许是鸟族派出的信使，要回去告之又有来自人间的讯息。还有翠鸟，它伸展开羽毛向人类解释着它名字的缘来。它羽毛上耀眼的颜色几欲在说，这是只有天堂里的鸟类才配拥有的色彩。黑水河上的鸟不是成群的，偶尔的一只，抑或是两只，都是在呈现着孤谧的幻觉。鸟儿缀在一秆芦苇上，那纤细的芦苇像是秋千，被轻盈的鸟儿摇得一抖一颤，鸟儿欢快地望着水中的影子，羽毛轻掠着水面，鸟和影一会儿聚在了一起，一会儿又摇向了天空。黑水河送给了鸟一面巨大的镜子，让它们独自欣赏映在水中亦真亦幻的身影。

　　黑水河是信息化时代还没有眷顾到的一个人间仙境。而这种疏忽又是多么幸运，它使得还有一条如此静谧的河流遗存在人间，使它的河，它的岸，它的树，它的声音，它的影像，共同在一种沉默中组成一道恍若隔世的景色。倘若有一天，这条窄窄的河上，游船如织的时候，水面上的波纹会打破所有的倒影，船头上的喧嚣会带来人世的浮华。游人会用手机和相机记录下了河的两岸，却不会再有人踏踏实实地留下来放逐心灵。

　　这一天，也许在不久就会到来。想想就是一种心痛。今天的黑水河，是每个人心里私家订制的河，明天的黑水河，能不能成为一种让人怀念的故往。

大地之上

由东北方向至西，沿北中国横贯八千里，犹如一只巨大的冬虫夏草，内蒙古的地理在中国确实是一种独特的存在，呼伦贝尔、巴彦淖尔、锡林郭勒、呼和浩特等等，这一个个节奏感极强的蒙古语地名给外族人一种神秘新奇的同时，更让人有种心向往之，一探神奇的感觉。而在诸多的蒙古语地名中，乌兰察布似乎因离区府所在地呼和浩特较近的缘故，声名被压制了，而让外地人略感陌生，甚至不知道它的具体方位以及历史。

而脚步一旦抵达内蒙古中部乌兰察布的这片土地，目光所到之处，脚步所停之处，皆可揣思，皆可记述，皆是风景。

一、来到这片土地的人

"乌兰"在蒙古语中是红色的意思，这个词语在人名和地名中时时跳跃而出，乌兰浩特、乌兰和硕、乌兰哈达，还有更多的带有"乌兰"的地名，这个词汇给属于它的土地涂抹上了一种美和朝气的色彩，也给乌兰托娅、乌兰高娃、乌兰图雅这些女人的名字中注入了高贵和对未来的向往，当乌兰与察布结合在一起时，外地的人才知道，这个汉语意思为红色山口的地方。不论从过去还是现今，都有那么多红在流动，流成了一支悠久的或悲或壮或喜的歌。

如果见过黑龙江土地的肥沃，乌兰察布的土地便有些贫瘠；如果见过中原大地的平坦，乌兰察布的丘陵便在跃动起伏。这种地势和冬天相遇在一起，气势一下便凸显了出来，一股凛凛的苍茫和苍凉便在这天穹之下奔涌而现。

最早对乌兰察布的关注是在一次全国脱贫攻坚先进典型推荐会上，来自北京的一家企业在乌兰察布带领百姓脱贫，他们的项目就是马铃薯种植和加工，成效非常明显，被推荐为国家的表彰对象。那位企业负责人在讲述自家企业所做扶贫事迹时，介绍到乌兰察布是中国薯都。这个新鲜的称呼让人耳中一鸣，在此之前，听过薯乡、薯家，敢以"都"来冠名的地方还是少之又少，何况说得如此大义凛然，如此骄傲自信，在来自全国扶贫先进的会上能如此来讲，看来此地马铃薯的种植一定名不虚传，无论是种植规模还是企业规模，一定气势磅礴。一瞬间，眼前所出现的便是由遍地墨绿的马铃薯秧组成的一大片一大片的图块，那些充满生机的土地上，肆意地覆着白花花的马铃薯的花朵，春风一吹，是绿野，夏风一荡，是花香，秋风再一吹，枯黄的秧下面，是成群成堆成串圆滚滚的马铃薯，还有满垄沟里的农人的欢笑。

在那天的报告会上，我是有些失神的，从报告人充满激情的报告中，一幅幅脱贫致富的农景图一直在眼前跳着，那一天，我的思绪游走了很远，甚至想到了自己家乡的落后，有谁会去改变家乡。也就是在那次报告会上，让我知道了乌兰察布的马铃薯在本地就完成了深加工，薯条、薯片、薯粉，一应俱全，原本有时带着孩子坐在肯德基或是麦当劳里品尝着的薯条，竟然很多都是来自并不遥远的乌兰察布，可是如果不是在这次报告会上对此有所了解，真还在想象着那些美味的故乡在哪里。乌兰察布先声夺人地给了我留下了物产丰饶的印象。

冬季踏上乌兰察布的土地，看不到满眼的生机，大地蛰伏在薄雪之下，安心给春天蕴育着生长万物的力量。穿城的河流僵住身躯委曲成为一条白色的巨蟒，树木安然地静默于河岸之上，乌兰察布板着冷峻的面孔面对这些来自远方的人们的探访。

在中国近代史上，先后有五次人口较大规模的迁徙，其中下南洋、走西口、闯关东最为著名，这其中的走西口指的就是从明朝中期至民国初年四百余年的历史长河中，无数山西人、陕西人、河北人背井离乡，打通了中原腹地与蒙古草原的经济和文化通道，带动了北部地区的繁荣和发展。乌兰察布便是走西口的一个目的地，因此，在乌兰察布的现住民当中，走西口而来的人口占有了绝大多数。从这一数据和历史来看，乌兰察布的土地是富饶的，是宽广的，人是包容的，它能够容得下背井离乡、流离失所的人，也能给他们一种接纳后的生存，这也是乌兰察布在内蒙古与其他盟市的区别，它是一个以汉民族为主要民族的盟，蒙古族人口仅占3%。虽然它归属于内蒙古，但风土人情、语言、信仰等，与其他盟对比起来却是另类的存在。

在乌兰察布，世世代代的外来人口已经完全融入了这片土地，也可以说是他们开发了这片土地，所以，在这里，各地、各族的人们融合在一起，把这里建成了共同的家园。人们从四面八方来，汇成一股力量，使最早的荒芜消影遁踪，让这里不仅盛产各种农产品，而且还成为了连接欧洲的重要枢纽。商品在这里集散，信息在这里交流，交通在这里交换，几百年前，是走西口的人们走到这里安家，而现在，游客、商人、企业家到这里寻找属于自己的心仪。

而我们一行，却以作家的身份，到这里来结识一片真实的土地。

走来的人不一定是一道风景，但乌兰察布的风景一定会成为走来的人心中久久不去的记忆。就像是我在脱贫攻坚事迹报告会上听到的乌兰察布那位企业家所讲述的一样，他已经把这里的信息早早地给我讲成了风景，他讲述的风景就是中国脱贫攻坚漫漫画卷中的一笔，就是乌兰察布土地上的奋斗者之歌。

台湾著名诗人席慕蓉在第一次回到离乌兰察布不远的察哈尔之后，激动地写下了《父亲的草原母亲的河》这首诗，她在其中写道：如今终于见到这辽阔大地，站在芬芳的草原上我泪落如雨。真情实感让她对这片土地深情歌唱，而这片土地上的人与事，确实也值得我们来书写。

如今，我也终于见到了这片辽阔大地。

塞外的风从红山口吹来，耳边呼呼作响的声音和心一起和唱。

二、远去的人

在乌兰察布博物馆里，一张从国家第一历史档案馆复制来的《察哈尔都巴尔品奏遵旨备办买取察哈尔妇女送往伊犁事宜折》，让我忽然发现了一段满是辛酸的历史。

这张奏折中，粗略地向清朝廷报告了在察哈尔一带采买蒙古妇女及送往新疆伊犁的情况，这张奏折上只有寥寥数百字，只是在简要地汇报情况，这次采买的妇女共有 420 名，对象主要是当地的寡妇和少女，目的是嫁给已经驻扎在伊犁的额鲁特单身男丁。这次采买和护送发生在1764 年（乾隆二十九年）。这样一张泛黄的复制品虽然看起来只是对当时一段历史事件的记载，其实，就一个个体而言，却是一部悲情史，一部生活的苦难史。那些成群结队的妇女，被官兵护送一路向西，此去千万里，再无归家期。可以想象得出，在当年塞外五月的草原上，那些背着简单行囊的女人内心的苦楚。她们不可能怀有对爱情的渴望，此时的她们只是一件商品，一件等待命运发配的物品，她们只知道在遥远的边疆，会有一个属于她们的男人，至于这人的年龄、长相、脾气、家庭等一切都与她们无关，她们也无权来选择，只是到达目的地之后，任由长官分配。她们是朝廷分发给将士们的福利，她们将与守边将士组成一个个家庭，从此在那片荒凉之地生儿育女开始新的生活。不论她们是以什么样的方式前往西域边疆，这些察哈尔蒙古族妇女和将士们担负起了同一个职责，在那里扎根，只把他乡当故乡，用繁衍生息守住那一片疆土。如果这里的将士不是心装忠诚，他们也许不会为国守住那一片荒凉，这里当年人口若不是充沛，也许不会从这里调兵戍守，这里的妇女如果不是吃苦耐劳，朝廷的目光也不会盯在她们身上。总之，这是一支由察哈尔土地上的男人和女人共同写就的悲苦离歌。

人和土地是不可分割的。哪里有土地，哪里就有生存，这种生存虽然与幸福无关，只是为了能够有一种活下去的方式，在另一处开辟出新的家园，让一切重新开始。站在那张奏折前，那些一步一回首的蒙古妇女似乎在历史深处渐渐清晰起来，又渐渐模糊下去。如果没有这一纸奏折，可能很少有人会知晓在历史上，曾有这样一个事件发生。当那些失去了丈夫的女人被政府买走，告之她们要去几千里之外重新嫁人，无从知晓她们的心理，她们没有反抗的能力，只能任由命运安排自己的后半生，那种暗夜中在蒙古包中发出的沉重的叹息可以让草原动容。但人生处处都是无奈，时代的河流汹涌之时，可以抗争但谁也不好把握命运。

那是一个春天，草原正在返青，一切似乎又从头活过来，有野花相伴在路上，有蝶飞蜂舞，有南归的大雁掠过头顶。这一队女人们，走走停停，她们只是在呼吸着春天的空气，没有多少心情去看又绿了的家园。从此，这里只能成为她们的梦中故乡，甚至也是她们要逃离的故土。这里，给她们留下的实应是苦难的记忆。

我曾经去过伊犁，可以说，那里是新疆最美的地方，靠着边境，那里有着最肥沃的土地，我去之时，伊犁河谷里麦田肆意生长，泱泱一片，在风中摇曳，和我前一天所见的戈壁与沙漠有着恍若隔世之感。那拉提草原上，多民族的人们依水而居，帐篷遍布草原之上，马牛羊自由自在的悠闲地漫步其上，举目望去，一派欣欣向荣。而现世的祥和之中，还有多少人记得二百多年前那一次三批上千将士和四百多个女人们历时几个月的迁徙呢。那次迁徙和中国历史上几次大规模的移民有着本质不同，这是由官方组织的人口流动，而且有着具体指向。走西口也好，闯关东也是，是民间的行为，他们迁动的时候只知道一个大体的方向而不是具体的地点。他们有的是一家人一家人的整体迁徙，也可能是几个人的结伴而行，至少不带有官配婚姻的内容。当年，这些女人到达伊犁时在路上已经病故了两人，连姓名也没有留下。没有详细的文字记载这些人后来的生存和故事，她们就这样淹没在了历史尘烟之中，如今早已经化成了泥土滋养着这片土地，而她们的后代们可能还在伊犁，也可能流散四方。这些都已经不再重要，重要的是土地与人的关系。哪一片土地没有梦想，哪一片土地不种出希望，又哪一片土地不收留亡灵呢。

新疆伊犁与内蒙古乌兰察布，两个相隔几千公里的地区，竟然在历史上有着这样一种隐秘的联系，这种联系是由一群命运多舛的女人所维系起来的。她们的生命嫁给了生存，而并非是崇高。

无论是在乌兰察布，还是在伊犁，风依然刮过四季，掠过山川大地，吹拂万物生灵，无数的故事都是风中的往事，只是有人讲起，有人忘记。一切都归于自然，原本，人就是世上一个普通的生灵。

三、回到土地的人

大地之上，人是最好的风景。人是行走的，是流动的，正如乌兰察布的女人们可以随命运之河流到伊犁，山西的人可以沿着长城口进入内蒙腹地生存一样。人在世界上，在土地上，来来往往，生生死死，然而土地却是永恒的存在。大地成为了母亲，滋养着喜欢她依靠她的人群。

在乌兰察布的两天时间，一直在听着关于脱贫攻坚的故事。没去之前在听，来到这里在看，在听。脱贫攻坚是中华大地处处都在讲述的故事。

一位叫刘龚的90后，在走出这片大地之后，又毅然返回到了生他养他的乌兰察布农村。作为一个研究生，他整个求学的过程我们不得而知，但他在领略了城市的繁华之后，再对望家乡之时，城市与农村之间的巨大落差让他心生痛感。由于没有见到他本人，也便无法洞悉他当年回村的真实内心。然而，他终究还是回来了，坐上了老百姓的炕头，走进了乡亲们的田间地头，整整5年的时间里，他在那片故土上留下了23万公里的扶贫足迹。这个数字是一个庞大的数据，它分解开来便是一个年轻人日复一日的行走，心中盯着一个目标，咬定一个信念，眼前点燃明灯的行走。他所在工作的丰裕村不大，但是贫困人口却不少，5年期间，在这个年轻人带领下，创造了6位数的集体经济年收入，确保了150人顺利脱贫。这种脱贫不是一般意义上脱离贫困，是保证了人均8000以上的年增收。这个数字对应的是一股舍我其谁的勇气，是一种责任和担当。

土地和人的关系不仅仅是种植与生产，不仅仅是汗水与收获，这其中还要依靠志气和智慧。只有心中抱定一个信念，才能让脚步走得坚实有力，只有把智慧和大地结合在一起，把感情和土地搅拌在一起，才能让希望之花灿烂艳美。睡在土地上的人们，土地只能让他永远沉睡，只有奋起和耕耘在土地上的人，土地才回报他以最深的馈赠。

走进丰裕村，在一个个农人脸上，在村委会的展览室内，在村干部的讲解中，在群众自发贴在墙上的年画上，真实地感受到了农丰、户裕、村庄美。一个人幸福不幸福，从眼睛里大体得的出，一个人对眼下的生活满不满意，也从眼睛里能看得出。无论是村里偶遇的村民，还是走进农家后一起攀谈的主人，那种对眼下生活的知足感在那压抑不住的语调中使劲地往外挤着，跳着，窜动着。幸福就像泉水，汩汩地涌着。

在丰裕村，两块金灿灿的奖牌在最显眼的位置挂着，一个是中央农村领导小组办公室评选的"全国乡村治理示范村"，另一个是被国务院列为"全国脱贫攻坚示范村"候选单位。从发牌机构足以看出奖牌的含金量，都是国家级，不知道全国评出了多少个这样的乡村，但落实到普通的村庄不会太多。可见，丰裕村在脱贫攻坚的路上会有多少感人的故事。这些故事和土地有关，和梦想有关，和安定的生活更有关。这片土地上，曾有人口向边疆流去，也有内地的人口向这里涌来，而现在，它却紧紧拴住了从这里走出去的年轻人们，让他们有信心重新回到生于斯长于斯的土上耕耘贡献。这便是乌兰察布这片土地对他们深情的呼唤，也是这片土地和他们之间相互的信任，这片土地的魅人之处就是人心所向：依靠谁，跟随谁，去富裕，去安定。

社会也好，人也好，处处都是有标杆的。在刘龚回村里工作之前，一位叫景明的当地年轻人放弃了在外地优越的生活环境和高额的收入，怀揣着造福家乡的雄心壮志回到了这里，他不仅带来了多年积攒下来的资金，还有瞄准家乡所准备好的技术。当年回乡投资创业时，面对身边的父老乡亲，他说出的话是"我永远不会忘记自己是农民的儿子，我希望穷尽毕生的精力在农民自己的责任田上做出成绩"，这是发给自己的誓言，也是对着乌兰察布这片欢迎他归来的土地的承诺。乌兰察布的风还在红山口吹过，风来风往，四季转换，多年过去，当景明成为了当地的马铃薯种植大户时，他更像是薯种一样，让周边的土地上都盛开出了洒着淡香的马铃薯花田，田间是农人的笑脸，地下是丰硕的果实。一片片一望无际的薯田连成一体，共同织出了一个薯都的美名。

土地上所有的人们都是共同体，共同在这里呼吸同样的风雨，当然也同样在这里一起承接幸福与贫困。在脱贫攻坚的路上，一个也不能少。景明把获得的收入拿出来，全额资助了多名贫困学生，他对他们说，不会因为经济上的困难让他们放弃学业。知识是点燃梦想的火把。只有把更多的孩子送出去，他们才更有能力回报家乡。乌兰察布的人们已经不再是乾隆年前踏上漫漫远程的队伍里的兵卒，离开就是万劫不复，便是从不回头。他们和这片土地联结在一起，彼此深深地爱恋着。

如今的丰裕村又迎来另一位叫方妮的大学生村官，这是一个更加年轻的女孩。干练的气质中满是蓬勃的朝气，讲起村里的发展头头是道，了然于心，如果不把她当成一个女性来看，她就像是一个举着旗帜上路的闯关者，勇敢无畏而且目标明确。在她的脸上，能够看得到家乡富裕之后的愉悦感，也能看得到她付出后有了收获的充实感。她不想躺在前辈的功劳簿上，她想让那些记录发展的纸页更加丰厚，她想让她的乡人在她的带领下走得更加自信。

从景明，到刘龚，再到方妮，从这一个又一个学有所成返乡的年轻人身上，我们看到了这片土地上旺盛生长的希望。这种希望是接力的，是持续的，是不息的，正是人的情感深深地种进了大地，大地才让这里成为了向往之所。

乌兰察布还在冬天的怀抱之中，土地劳累了一年正在冰雪中悄悄入睡，而在这上面积蓄力量的人们，正在把目光瞄向又一个春天的到来，对接着又一个美好的图景。从整体脱贫到乡村振兴，从远走他乡到重回故里，这是一个奋斗的过程，一个改变的过程。这个过程中从来没有缺少过人的出席与参与，从来没有缺少过信念灯盏的指引，从来没有缺少过踏破万难终抵达的信念。

风从塞外吹来，这风从乌兰察布经过后便翻过燕山抵达北京，风把乌兰察布的消息带向了北京；又从北京向南吹，把乌兰察布的变化告诉给了中国；风从北京向海上吹，可能也会把乌兰察布正在振兴的消息传到海的四方。

乌兰察布的北风正在吹，轻轻掀起雪的睡衣，雪下的枯草正在悄悄返青，它们正在孕育着一派生机。雪一化，整个乌兰察布的大地就绿了，绿了原野，绿了春天，绿了人间。

家乡正在话新年

期末考试终于结束了，张泽翰长长舒了口气。虽然同在北京生活，但一晃他和父亲张纪海已经快两个月没见到面了。周五这天，他给父亲打电话商量一个事，班上四个比较要好的同学家长要趁孩子期末考试结束后聚一下，研究一下给孩子报什么学习班，那三个家长已经把聚会时间定在了周六，只差张纪海。

听儿子讲这事，张纪海有点挠头，周六是 1 月 19 日。全镇现役军人家属要在这天搞个茶话会活动，早在半个月前已经通知完了。张泽翰对于父亲有些不解："要说征兵的时候你当武装部长忙我还能理解，这新兵都已送到部队了，还有啥忙头呢。再说，你个武装部长不过芝麻大的官。"虽然儿子越说声越小，但张纪海还是听出了儿子的语气中的不满，他觉得得把这事给儿子解释清，免得他参加同学聚会时看到别人父亲参加而自己又习惯性缺席心有不平。

确实，儿子说得对，在北京多大官都不算大，何况他还仅仅是顺义区天竺镇的武装部长呢，真是像芝麻大的官，但张纪海却觉得他这个芝麻官要是当好了香着呢。

张纪海神秘兮兮地对儿子说："我告诉你，这不是要过年了么，我把镇上的军属全给集合了，我要送给他们一个大礼包。"儿子在电话那头撇嘴："我在电视里看得多了，哪里过年慰问不是送米送面送豆油，你们还能送出什么花样来呀。"

张泽翰说错了，他确实把父亲给看走眼了。张纪海琢磨了三个月的事可是有些复杂着呢。要说年底的这个军属新年茶话会如何开，张纪海在去年新兵入伍那天就开始劳神费力了。

2018 年 8 月，镇上的新兵在喧天锣鼓声中入伍了。可是有两个战士家长却拉住张纪海问了一连串的问题，"孩子想转士官怎么办""孩子到部队会不会被欺负""孩子想家怎么办""孩子退伍之后到底有哪些政策"……张纪海一一耐心地回答着这些问题，突然他发现，虽然家长们很支持孩子入伍，但他们却是有着那么多惦记和担心呢。从那时起，他就开始暗自准备，要找个合适的时机，把镇上的军属们集中到一起，认认真真地开个座谈会。

转眼就到了元旦，镇政府收到了战士李靓的部队寄来的优秀士兵喜报。看到这个喜报，张纪海眼前一亮，他迅速地找来了武装部政工科科长吉启政。他拿着那张喜报兴奋地对吉科长说："看，这又给咱们今年的军属座谈会上增添了内容。"俩人你一言我一语开始设计起了内容。张纪海在部队曾经荣立过 1 次二等功，5 次三等功，他深知荣誉对于军人代表着什么，对军属意味着什么。吉科长也是转业军人。多年来，志同道合的两个人把天竺镇的人武工作抓得风生水起。经过细致研究，俩人达成了共识，既然军人的节日是"八一"，在春节来临之前，他们也要为军属们搞一次"八个一"活动，要让天竺镇所有现役军人家属知道镇政府没有忘记他们，要为他们送去一份温暖一份纪念。于是，他们把一纸报告打给了镇党委。

这么精心设计的活动意义大着呢，怎么能让儿子的一次家长聚会给冲击掉呢。张纪海在微信语音中对儿子说:"老爸这次搞的活动意义重大。在你很小的时候,老爸在中国驻阿富汗大使馆执勤一年半没回家,你都把学上得好好的,就不差这次缺席了吧。我的儿子能理解老爸,最棒了。"半分钟后,儿子给他回复了一连串的点赞动图。弄得张纪海好生感动。

邀请军属的电话是吉科长打的,有两个军属说生意上有事不想参加,于是,那两家的电话张纪海又亲自打了一遍,张纪海说:"孩子不仅是你们家的,更是部队的。这个会是认真给你们准备的,再忙也得来一下呀。"

1月18日上午9点,天竺镇政府会议室里坐满了20来个军属。细一看去,每个人都好像换了新衣服,满堂的喜气洋洋。张纪海一一向战士家长们打着招呼,从两个军属吃惊的表情上看,他们对张纪海能叫出他们的名字深感意外。张纪海笑呵呵地向他们打听着战士们在部队工作的情况。

当天座谈会的第一项活动让李靓父亲深感意外,他只是听儿子说今年得了优秀士兵,他没敢想镇上领导会特地把他请到了主席台前颁发了两千元奖金,还让他拿着儿子的优秀士兵喜报和大家照了相。李靓父亲刚照过相,张纪海对在座的军属们提了一个小要求:"请你们把刚才的照片给你们的孩子们发一下,让他们转发一下。"这个要求其实不是对家长们提的,相信所有接到微信的战士们都会从这张照片中读出什么内容来。

接下来的活动更是让军属们没有想到。张纪海指了指席间的一位同志说:"这是我的一个战友,虽然今天他没穿军装,但他是现役军人,部队里的优秀带兵人。我特地把他请来是为在座所有的家属们进行一场答疑解惑。有什么问题你们尽管问,要是有什么回答的不让你们满意算我请差了人。"张纪海的话音刚落,场上一下子热闹起来。各式各样的问题接二连三,好在张纪海请来的战友成竹在胸,有问必答。通过这番解答,在场的军属明白了,自己应该如何当好家长,如何支持儿子在军队的事业,也明白了相关的各种政策。战士马培轩的父亲当场表示,以后要每个月坚持给儿子写一封家信,与儿子共成长。

张纪海平时喜欢看书,偶尔也写写书法。他知道文化拥军的力量有多大。这次活动,他还专门请来了两位从事书法创作的战友。过春节写春联,春联上面寄语多。让军属们更感兴趣的是他们孩子的姓名嵌入了春联里,家家的横联内容不是"光荣之家""英雄之门"就是"报效祖国""教子有方"等内容,让人一看就是军属之家,和往年在街上买回的春联完全不同。这份礼物着实有些厚重。

那天的茶话会不知不觉就过了中午,可军属们的兴致却越来越浓。他们的手里拿的U盘里,听张部长说拷进了十部国内军事题材电影大片,他们身边领到的红灯笼已经洋溢出了春节的气息,他们还领到了三天后镇上春节联欢会的贵宾门票。他们已经猜不出镇上今天还会给他们什么样的惊喜了。

就在大家觉得茶话会即将结束时,张纪海指了指身边的一个中年男人,说:"今天我还为大家请来了一位军旅作家。听说我们镇要搞文化拥军,他特地赶来为我们的战士签名赠书。"那天,所有的家长们手中都拿到了两本书,在书的扉页上,都有着作家写给战士的真诚祝福和鼓励的话语。战士李天赐父亲当场给儿子打起了电话,他说:"咱们部长说了,只要你在部队干得好,他就请作家好好写写你。听到了吧?"还没等他的电话打完,张纪海就抢过了他的电话,粗着嗓门对着电话那头讲:"你要是来年拿了优秀士兵喜报,我就请你爸爸上主席台领奖!看咱俩谁做不到!"整个会场响起了一片热烈的掌声。

茶话会结束后，张纪海久久地坐在会议室里不愿动。忙了好几天，他有些累。他想静下来，想一想自己参军入伍时的样子。当年，他参军后，父母一直惦记着他，总是在信中问这问那。那个时候，他多想有人认真地给父母讲解一下政策呀。还有一年，村上发拥军年画时，无意地落下了他家，那一整年父母都没过好，还以为他在部队犯了啥错误。所以，在那时起，他就知道了，一个基层武装对于军属来讲到底有多重要。

张纪海默默地掏出了手机，他轻轻地点开了朋友圈，把这一天拍的照片接连发了上去。还没等他放下手机，朋友圈里就跳出了回复。第一条就是儿子发来的。儿子说：你还是军人的样子。

听着儿子的表扬，张纪海很欣慰，虽然自己不再是军人，而仅仅是一个镇上的武装部长，可这个芝麻大的官，只要好好当，能真心实意地为军属们做点事，自然还会有香味飘出来的。这种味道会飘到遥远的军营，带着家乡对战士的问候。这种味道也能飘到所有军属的心里，带着浓浓的年的味道和舒心的味道。

把军礼敬给心中的国旗

姚立强在朋友圈里发消息，说是再有 11 天就是那个让他永生难忘的日子了。他的消息发布在 5 月 1 日，照片是他在操场上带着学生们搞救生演练的情形。

看到姚立强发布这个消息时，我刚刚忙完一天的工作，不由得心中一动。因为他说的"再有 11 天"是一个让所有中国人都为之心疼的日子。掐指一算，2008 年 5 月那个黑色的日子距今已是十年了。这十年，过得真是太快了，当年从废墟中被救出的少年都已经长大，震后再生的婴孩也已经走进了学堂，正在被如姚立强一样的大哥哥们组织着逃生演练。

认识姚立强时，我正在防化团工作。一天，到卫生队检查工作时遇到了一个在训练时手被划出了一道口子的新兵。他几乎是被副班长强行带到卫生队的。就在卫生员给他处理伤口时，他还红着脸梗着脖子跟副班长犟。他的意思是这点小伤根本不算什么事，如果包上一层层纱布他都觉得怪丢人的。他还大大咧咧地对卫生员说，班长，你只管拿酒精擦吧擦吧，我不怕疼。可是当卫生员真的用酒精给他处理伤口时，我还是看到他脸上肌肉在轻微地痉挛。看着这个满脸稚气的新兵，我问他这伤都要缝针了，咋还不当回事。没想到，他很不在乎地说，在我们北川，缺胳膊掉腿的人多着呢，人家都活得好好的，这伤还叫伤？

开始我没意识到他说的是什么意思，还好奇地问，你们北川咋那么多掉胳膊掉腿的。结果他吃惊地看着我问，08年那么大一场地震，首长您竟然不知道北川？我们北川比汶川震得严重得多。

我的心一下子沉重起来。时间刚过去四年，我怎么竟然一时忘了北川这个地名。08年刚地震时，我几乎天天守在电视前关注着灾区，恨不能立即飞到灾区投入到救援之中。可是我们的部队未接受任务，我只好派妻子到邮局去捐款，接着不久我们又开始缴纳特殊党费，后来我还带着孩子往社区送过衣物。可是当灾难过去，一切又恢复正常之后，四川震区在脑海中又渐渐地变成了一片淡影。因为，那里已是安居乐业，各种媒体报道中已经寻不到苦难的踪迹。

眼前这个新兵的一句问话让我有些不安，一下子有些语塞，只好找其他话题。我问他当时受灾时家里如何。又是一个没想到，他竟然回答我，在地震中我爸没了，我姐也没了。我吃惊于他说这些时的轻描淡写，好像在说别人家的事。这时，他的副班长也有些吃惊地看着他。觉得这个新兵回答得有些太冒失了。他低下了头，然后声音很小地说，我们那个镇上几乎家家缺了人口。

我不想把他拉回到痛苦的回忆之中。我问他叫什么名字。他说叫姚立强。然后安慰他好好养伤，就回了机关。

隔了两天，我实在有些惦念这个新兵，便让连队把他叫到了办公室。让我没想到的是他是穿着训练服从操场上赶来的。他告诉我，哪怕不能训练，他也想坐在一边看。然后，他忽然有些腼腆地说，首长，说实话，我见到穿军装的心里就踏实了。

就在那天，他告诉我，地震时，地动山摇之后就是天昏地暗，他和两个同学被埋在了教室楼下面。等第三天他被挖出地面时，只觉得眼前的强光刺得他睁不开眼。几个声音轻轻地和他说着话，一只手紧紧地握着他的手，告诉他不要怕，等他摘下眼前的布条睁开眼时，他看见的是一群穿着军装的人。还有一个一生也忘不了的画面，透过帐篷卷起的门帘，外面的空地上，正飘着一面耀眼的国旗。

后来的事就是他知道了，整个镇都震平了，爸爸没了，姐姐没了，妈妈伤了点，但不是太重。这些是妈妈告诉他的，妈妈说这些话时，表情很平静，也没有流泪。

一个团团圆圆的四口之家一下变成了母子俩人，但是说起来有些奇怪，心中有悲痛但不是悲伤，而且看着忙忙碌碌的解放军，他似乎都没有了哭的权利。那一段时间，他和母亲还有村邻们的感觉就是活着就好。一年之后整体搬进新居，人们居住一集中，他竟然发现那么多缺胳膊缺腿的人。但是这些人，虽然肢体残疾了，但对生活却是出奇地乐观，而且所有的残疾在大家的眼里都被漠视着，就好像那个人还是一个完整的人。

那天姚立强还给我讲了两个耐人寻味的故事。他说，搬到新居第二年，小区里密集地生了很多孩子，而每一家生孩子，妈妈都带着他去送贺礼。失去爸爸和姐姐时，他没见妈妈哭过。但是见到每个新生儿，妈妈都会激动地流泪。回来的路上都一直对他说，又有孩子了，这是天大的喜事呀！老天瞎了眼，可只要有个缝人也是能活呢。另一件事就是，他拿到大学录取通知书那天，妈妈并没有太多高兴，只是问他，孩子，你知道妈妈今天最想对你说点啥么？他用点头回答了妈妈。

姚立强就这样入伍了。他保留了大学学籍。他对我说，大学还有机会去读，而错过了当兵的年龄可能就没有机会了。不管干得咋样，就想到部队走一趟。

那天，我对他说，那么多的苦难都没压倒你，在部队你指定差不了。我这样一鼓励他，包扎伤口时都没叫一声疼的姚立强，眼泪竟然一下子涌了一腮，那样突然。好像是把忍了多年的泪水毫无顾忌地流给了我。他哽咽着使劲地向我点头，说，我能做到，我真能做到！然后迅速擦干了眼泪，不好意思地笑了，十分阳光的样子。

在那之后，在营区里一直没有见到姚立强。但是我知道他就在那来来往往苗壮的队伍之中，营院里铿锵行走的声音中有着他脚步的合唱，那嘹亮的口号里也有他力量的加入。再次见到他是在建军节演讲比赛的舞台上。如果不是主持人报出这个熟悉的名字，我几乎认不出他来了。经过一春一夏的洗礼，他变成黝黑黝黑的，看上去满身都绷着劲。他演讲的题目是《青春是用来拼搏的》。在十几个选手当中，他的普通话不是最好的，演讲的感觉却是最发自内心的。

姚立强当了两年兵退伍接着读大学去了。退伍之前，他特意来向我告别。他站在我面前的时候，我一时竟愣住了。仅仅两年时光，他已经不再是入伍时青葱的感觉。看我的眼神不仅是坚毅，还有着可以信赖的担当。在这所大学校里，他被炼成了一块结实的钢锭。

他对我说，他喜欢部队，但他还是想要回到家乡。他的家乡各个岗位都需要年轻人。我明白他说的意思。那一场地震对于他的家乡可以说是毁灭性打击。那里需要年轻的生命尽快成长，那里需要可以顶得住天塌地陷的力量。而现在，震后重生的孩子们已经成为了希望。

姚立强读的是师范。毕业之后回到家乡当了小学老师。这次他发的微信就是在教孩子们逃避灾难。他说，避难不是逃跑，而是生存，是面对。

姚立强在微信上的签名说，这个世界已经没有什么能够打倒他。他遭遇过灾难，面对过死亡，经历过军旅，只要想想第二天一睁眼，太阳还能升起，人生就没有越不过的沟沟坎坎。

　　我相信姚立强所说的都是用生命积累出的，不然，他微信头像上在天安门广场向国旗敬礼的姿势怎会那么挺拔，那么坚毅。

那一树早绽的玉兰

在北方，立春一到，似乎春天便到了。其实不然，风里还处处带着料峭，吹拂在脸上，还会感觉如同一双粗糙的大手在不断地搓揉。还要等一段时日，腊梅才会在枝头悄无声息地吐出一点点金黄，在褐色的瘦枝上表达出一点春意，透露一点春天的心事。

迎春花的名字倒是毫不掩饰地暴露出它的性格，大张旗鼓地宣告一个生机盎然的时节光明正大地来到。迎春花开得过于旺盛，并不像是来迎春天的，更像是陪伴春天的，满街满巷的一片金灿灿，把一场花事搞得太过张扬。

和迎春花几乎同时开放的是玉兰。此时的玉兰亭亭玉立，一片片耀眼的白，如果不透出一种别致的芳香，此时恐怕也无法吸引更多的目光。

每年花事揭幕之前，处处还被寒风侵袭之时，总有一树玉兰会出现在我的世界里，来向我预告，用不了多久，春天就要到来。

那棵玉兰树就在我以前的办公室楼下。自从第一次发现它开花之后，我停留在树前，大脑迅速地转动着，然后，断定这树玉兰花应该是北京开得最早的一棵。而当我通过经验肯定了这种判断之后，似乎比发现它已经开花更加让我意外。

这棵玉兰树是一排七八棵玉兰树之中的一棵，那一排玉兰树整整齐齐地栽在办公楼下。

仔细观察后，我有了新的发现。它在楼的南侧，享受的阳光自然多一些。而这座楼，恰恰在东西两面盖了侧楼。这样一来，连起来的楼便形成了一个朝南的"大括号"，有着东西两座楼抵挡风寒，立在避风港中的这些玉兰树就像是被搂在了温暖的怀抱之中。不知道是人为，还是天意，整座楼的排风系统的出口就在最靠东的那棵玉兰树的根部。一年四季，室内集中排出的暖气昼夜吹拂着那棵玉兰树的躯干。它比任何一棵同类都受到了更多的温暖与呵护。

每年，当所有的玉兰树身上还看不出任何花蕾的孕事，这一棵却早在枝头把一朵朵花吐了出来，像是迫不及待地想要释放一冬的忍耐。

玉兰花开得张扬，但似乎有点孤独，有一点孤芳自赏的感觉，站在那儿左顾右盼，期待着看到一两个同伴。

当然，当人们看厌了一冬的枯枝败叶，猛地看到它的盛开还是顿觉眼前一亮。我自从发现这棵玉兰树后，每年的那个时段，一到中午休息的时候，都要特意去看一看它的变化，倒像是我有了什么心事。

那一年，春节假期后我有些忙，竟然忘了那棵玉兰树开花的事。而当我猛然想起，去看时，它已经大张旗鼓地把花变成了树，一树的乳白，所有的花瓣肆意绽放，没有了一点娇羞，它成了一道与时节迥然不同的风景。

那年之后，那棵玉兰的绽放便成了我的心事。

每年春节之前，我便时常去观察它的变化，从它枝头上又尖又硬的"毛猴"一点点变大开始，直到花蕾上的硬壳被一天天胀破，从壳缝中露出淡淡的绿。

玉兰花一天天地变化着，不知道在哪一天的早晨，它会在枝头立出几朵酒盅一样的花朵，先是含着羞，裹着笑，在某个特定的时刻，"啪"的一下展开裙裾，经风一吹，颤颤巍巍地抖着，像是刚出生的婴儿还没来得及包上褴褛。

刚开始的几天，每条枝上，这边一朵，那边一朵，零星地开着，十朵八朵地在风中领舞，不出三五天，一枝一枝地白起来，然后便是一整棵树都白了。蜜蜂还沉睡在冬天的尽头，哪怕睁开了惺忪的睡眼，也不愿起身到这玉兰上，免得采不到蜜，徒劳而返。这棵玉兰只有花香，没有花蜜。整座楼灰扑扑地成为玉兰花的背景，显得极不协调。

所有的生命都是一样的，有繁盛就有衰败，花也是如此。这棵玉兰开得早，自然败得也早。当别的玉兰刚有些春心萌动时，它却开始凋落了。

每年，它的花瓣凋落之际，在院里散步时，我的目光总是会有意避开它。它败落的样子惨不忍睹。春风暖醉了其他玉兰，让那些玉兰舞够了之后，花瓣自然而然地脱离花枝，散落一地，一片雪白。这棵玉兰上的花还不等完全绽放，就被暖风吹干了，花开得虽早，花期却短。先开的已经有些发黄，一点点变成褐色，后开的却用一大片一大片的白来嘲笑那些开始凋零的姊妹。当其他玉兰花的花瓣把最后的生命赠与脚下的土地时，这棵玉兰的花却蜷曲在枝头，被后来生发的叶子遮挡住了，以至到最后完全没有了踪迹。等到下一次出现便是第二年的春天，如此周而复始，年年相似，岁岁不同。相似的是命运，不同的是姿态与容颜。

其实，这棵玉兰与人的一生何其相似。早开有早开的好处，可以得到更多关注的目光，于茫茫人海中独树"一枝"。引申到工作中，也有踪影可寻，曾经看过许多与众不同的人物，先是占着地利人时，出头露面，显赫一时，但终其一生，最后还是泯然众人，无非是比别人提前获得了些许机遇与热捧。无论曾是多么光芒万丈，最终还是会走入人群。

如果不是生长在这座楼前，不被暖风日夜吹拂，相信这棵玉兰也会和同伴一起开花，在该凋落的时节凋落。正是因为它获得了"优待"，使它生命中的各个环节处处提前，却让最为关键的花期大大缩短。

总有人讲，人非草木，孰能无情。换个角度来想，人和草木在本质上是一样。世上的万物众生都是平等的，同样的土地，同样的天空，同样的空气，只不过是不同的物种而已。人有人言，花有花语，只是不同的语言体系，相互不通。草木怎就是无情呢？它说出千万句心底的秘密，人类也听不懂，只能开出花朵让人评价与猜测。当这棵玉兰也不想过早地开放时，它又如何能将内心的痛苦告诉人们呢？那分分秒秒不曾间断的吹捧，是谁都无法控制的。

春节刚过，遇到了还在那个院子里工作的原同事，问他那棵玉兰树是不是开了。得到了肯定的答案。提前开放是它的命运，它是逃也逃不掉的。它开出与其他玉兰不一样的花朵，说着不一样的花语，成了玉兰里与众不同的一棵，貌似它在代表玉兰这个族群，但事实上它却代表不了。

用不了几天，满北京城的玉兰便都开了，满街满院满园尽是。它们组成一道共同的风景，热烈地宣告着世间春天的到来。

玉兰的白或粉和迎春花的焦黄相映成趣，接着是海棠、蔷薇和月季，到那时，人们只顾闻着满城的花香，根本不会在意是哪朵花开了。如果我不在这里说，除了那个院子里的人知道有那样一树早绽的玉兰外，真的没有人知道它的存在。待到春花烂漫时，它没有在丛中笑，暗自地哭泣是因为过于孤独。

倘若闲时，站在这棵早绽的玉兰前静思一会儿也好。只要不被眼下的花香陶醉，此树便是一种暗示与提醒。

生命，何必早绽，静待花期。

森林里没有输赢的篮球赛

　　小兴安岭林区一个不大的林场里，人没多少，新鲜事倒挺多。其实有些事本来可以不发生，可是闲不住的兵们非要发生点什么。例如每年春季都坚持着搞下来的迎春杯篮球赛。

　　最早搞起这个篮球赛的是边防连队的 7 号哨所和林场的卡站。哨所能喘气的一共 10 个。满打满算 8 个兵，外加两条起了人名的警犬王胖和白壮，场站有 3 个职工。两伙人聚在一起，不知是哪方先提起来的，非要打一场篮球赛。卡站给哨所拉上一车倒木，哨所大大方方地借给了卡站 2 个人。不管球技专业不专业，玩就要玩个专业，必须 5 人组队。

　　卡站的站长对借过来的 2 个战士关爱有加，又是加餐又是定制球服，目的只有一个，心归卡站，不能反水。结果可想而知，哨所的战士天天出操，天天执勤，卡站的工人天天就是坐在卡点上检查进出的车辆，哪有那样好的体力。哨所的战士就是再不投篮，在场上来回跑，卡站的工人也顶不住。何况，临时转会的 2 个战士，虽然篮装穿在身，但心依然是哨所的心。还有王胖和白壮，只要哨所投进了球，它俩都会叫上两嗓子，人家卡站如果进了球，它俩则是默默无语。输赢不是多么重要，但两支球队在一起会餐时，还要为场上的哪个球犯不犯规争得面红耳赤。

有了第一次，赛事就正经八本地开展起来了。日子定在了每年植树节后的第一个星期六，不成文的条例是不管刮风还是下雨，赛事如期进行。

等到了开展第三届时，这场篮球赛已经有了冠名——迎春杯。参赛队也变成了四支。新加入的一个队是边防检查站，另一个是伊春带岭区武装部。边防检查站也是一个班的编制，和哨所在人员上是旗鼓相当。检查站自己有半个篮球场，平时执勤下来，战士们会投投篮，练练配合，体能啥样先不说，技术的优势还是比较明显的。带岭武装部最大的特点是年龄比较大，从阵势上看也不弱，有干部，有职工。还有一个特色是有拉拉队，做饭的女厨师带上一个大铁桶一个长柄勺。一边敲出点声响，一边还能给大家分点姜汤。女厨师一喊，有时战士们会丢神，一惊一乍地，不知道是战术安排，还是她发自内心的加油。有时她一激动，举起的长柄勺差不多都要把进篮的球给捞出来。

小兴安岭的 3 月还是比较冷的，冰雪还没有消融。但是场上这老小伙儿棒小伙儿一搅，林区里竟然好像是春天真的到来了。

最近的这届赛事，已经有点新时代的味道了。正赶上哨长的家属来队，平时喜欢唱两嗓子的家属一改含蓄，在开幕式上还献歌一首。武装部的司机正迷上了直播，那天从头到尾玩起了直播。天南海北的真还圈了不少粉。最逗的事是入场式。带岭区武装部的领导非要说正式一下，四支队伍正经八本地入了场。卡站去年增加了一个职工，比赛前三天，林业局一个大个子职工又"恰巧"下来指导工作，卡站这回不用借人，自己就组成了队，还没开打，表情上就已经牛气了不少。只是那个大个子高得有些鹤立鸡群。一米九十多的个儿往队列里一站，像森林里的站杆。虽然他的表情是志在必得，但战士们的表情还是挺不服的。四支球队，20 个球员入场，除去两个兵担任裁判员，场外只剩下一个直播的司机，一个保障的女厨师，一个充当观众的军嫂，还有跑来跑去的王胖和白壮。但是直播的司机挺会选拍摄角度，全是特写，旗帜、观众、车辆，还有层层叠叠的森林和远山。王胖和白壮成了赛场吉祥物。

比赛那天，部长年纪最大，由他宣布比赛规定。每节时间和场上规则要求和国际赛事都比较接轨。只是有一条规定比较奇葩：场上犯规五次后罚篮三次，运动员不罚下。这规定在这种特定场合是极其合理的。除去保障人员，哪支球队都是刚刚凑出来五个人，罚人下场那球是没法打了。

哨所把球赛看得很重要，是因为这代表了军人形象。边防检查站把球赛看得很重要，是因为这是武警和陆军之间的较量。武装部把球赛看得也重要，既然在一个偶然的机会里，被人家特邀参加了，就要认认真真地陪战士们玩一玩，何况武装部长年轻的时候也是球场上的一员猛将。同样，卡站也把这事看得更重要，玩得太水，容易被军人们赶下站。当然了，要是打成了一片，军民关系那真就是鱼水相融了。

一场球赛尽管在森林深处，一场球赛尽管缺少外界关注，但它从诞生以来，就不缺少快乐，不缺少被认真以对，它的观众是随风而舞的白桦，是为之而歌的红松，阵阵林涛就是送给他们的呐喊。无论是喧哗的闹市，还是在寂寞的高山，快乐例来都是被追寻阳光的人们创造出来的。就如这藏在森林深处的赛事。

这场球赛，场上的气氛简直要融化了春天里的残雪。只是真没什么人记得场上最后的比分，冠军亚军也没有奖状，第三名还是并列的。只是告别的时候，车窗里伸出的头还在不停地喊，回去好好练，明年再战。

听古榆讲过去的日子

树木的生命可能无法确切地算出。然而如同时间也有重量一样，只要树的腰身被岁月刻上了年轮，即使是倒下的身躯，它也同样有了生命。那生命无论是死去，还是活来。生与死是没有界线的，于人来讲，呼吸不是生的唯一标志，有时死去的是身体，而精神却活了下来。树木也是这样。那么，你是否见过这群在几多历史变迁中活了百年的古榆呢？

一百多年了，它们就活在牡丹江畔这座军营的山崖上。在风里，在雨里，在一个世纪的岁月里，它们就那样地站着。以那种不屈的姿势站立和守候在这片营区。那种姿势是一种别样的动人与美丽。

讲一讲这片营区吧。这里驻守的是在中国人民解放军的行列里最为普通的一个团队。然而正是因为有了这四百余棵古榆的守候，这个营区就变得不再普通。国家绿化委的检查成员看见这片林子时，发出一连串的惊叹。

上个世纪初叶，沙俄以修建中东铁路为名，派军队入驻了这里。在牡丹江的东岸陡峭的山崖之上建起了营房。他们潜心建筑这些坚固的营房时可能是想到了长久地居住，或者是梦想过对这片土地永远地拥有。

无论条约合理与否，恶的总是战胜不了善的，这就是真理。这真理，百年营房不是唯一的见证，这里还有百年前的生命。如今的这些古榆在百年以前，也就是那血雨腥风乍起之时，还仅仅是柔弱的少年，在东北冰封的冻土之上艰难地挺着不屈的腰杆。

当榆树迎来阳光，舒展开蜷缩已久的叶片时，东北军阀走进了树旁的这些营房。榆树默默地站立，只能默默地静听他们的交谈中有多少忧国忧民的语言。榆树的头顶依然是阴霾的天空，它所有的枝杈等待阳光下出现晴朗的天空。

谁知，后来，日军又占据了这片营区。日军占据的也仅仅是这一片营区，占领中国的野心不过倒是时时占据了他们的头颅。榆树那时还称不上"古"，也称不上壮。它们私守着这片故土家园，在最为困苦和艰难的日子里，把根向下深深地扎去。那些根，如同是拥抱母亲的双臂，紧紧地箍住身下这块最贫瘠的土地和山崖。风吹过，树梢发着好似嘲笑般的声音，关东军就在那声音里进进出出。榆树凝视这块苍凉冻土，把所有的力量攒存，它渴望着春天来临后的成长。

岁月的长河里，榆树不断地强壮，不断地向上迎接风和雨的洗礼。终于有一天，榆树听懂了进驻这里的士兵的语言，看见他们把鲜艳的旗帜在这里冉冉升起，渐渐飘过头顶，每一片榆叶在欢呼声中都看见了相映生辉的五颗星星在空中闪耀出一片片的灿烂。

榆树的年纪一点点大了，人们叫它古榆了，它的枝在风扭霜沐中变得似一条条虬龙向四处伸展。枝与枝相连，根与根相缠，地上织成了绿的伞，地下连成了根的网。有的已经倒下去了，倒在了眷恋了一生的母亲怀里，根深深地抱着它的身躯，亲吻着脚下的大地，注视着身旁的营房。

榆树老了。有时树干上就洇出一片片的水痕，不知是不是泪水在流。如果说它是一个老人，它的心里埋藏了太多的心事，聚满了太多的感慨。看一看它的泪，谁能品出那泪水的滋味？陪它流流泪，便会知道个中的味道。哪怕苦涩过，哪怕困惑过，哪怕过去的日子已逝得太远太远。

古榆虽老，却是茁壮地长着，或者说是幸福地长着，快乐地长着。每一年，都有官兵在它的根上培上一层层的黑土，在它的身上支起一根根的护栏，一百年了，它从未得到如此的尊重与爱护。沙俄兵折断的枝又重新长粗，关东军刺刀扎破的伤口早已愈合，只有被战士们编上号码的保护牌在笑。每一年春天来临的时候，很多老兵都带着新兵在它们的周围再植一些小树。小树仰望着它，和它沐浴同样的风、同样的雨，呼吸同样清新的空气，与它一同驱逐寂寞。

听，风儿吹过，叶子沙沙响起，像是古榆在向小树讲述生长的故事。

亡灵最后一次在乡路上巡游

在辽西一个叫黑山科小镇的午后，睡梦中被一阵怪异的曲乐唤醒。倚窗寻去，昏黄的午后天空下，六七十人排成两路纵队在隆冬空寂的乡路上前行。

队伍走过去了。只能望见它的队尾。队尾像是非洲狮子尾巴上那个大大的赘结，由五六个人组成。那是一伙乡村的乐手，包括了鼓手、喇叭手和唢呐手，如果敲锣的也算是乐手，那么这支队伍中还有他们的存在。总之，那五六个人缓慢地敲着或吹着手中的物件，让它们合鸣在一起发出悲凉的声音。

从曲乐中推断，应该是有一个人离开了人世。不，人世有多大，逝者不知道，他只是离开了他生活的这个小镇。活着时，他或许在这个小镇上也默默无闻，但至少现在有这样一些人来为他送行。

那支队伍向西快要走出镇子时，又踅了回来。镇子有些太小，小得装不下一个亡灵。或许是那些人不太想快些把亡灵送走。

那实在算不上是什么像样的队伍，男男女女，老老少少，还有瘸着腿的。好在这支队伍有些蜿蜒，让人不容易看得出它的里面都藏着什么样的人物。他们走得都很缓慢，以至于看起来无精打采，但不至于是伤心过度。再有，他们着装的颜色在没有通知的情况，统一成了冷色调，这样就显出了队伍的凄凄然。然而，另外的颜色和队伍对立起来。队伍中几乎所有人的手中都擎着或拿着一些奇异的东西。两路队伍最前面的两个人，手中各擎着一根足足有七八米高的木杆，木杆的顶头垂下着五彩缤纷的幔帐，炫目的色彩像是皇帝生日庆典队伍的装扮。接下来队伍中的人，举着各样的花束、童男童女。那些纸人的比例并不协调，如果不懂那是一种祭品，更是不知如何把它们界定成男女的。那支队伍中还有两匹白花花的纸马。这几乎是中国乡村传统送葬方式中的传统科目了。

可是意想不到的是那支队伍中还有着现代文明的元素。他们怀里抱着电视机、电冰箱、小轿车等等，只不过那些东西同样是纸做的。而让人更加惊诧的是家电的做工，电视机上有着天线、遥控器，只差有有线数字盒了。电视和轿车都是名牌的，反正制作纸活的工匠是按大小出卖，为了让买方显得大气，所有的物件都是大品牌的。乡镇上，送别亡灵的队伍不失时机地为厂家做着免费广告。广告词在那些无声的家电中没有出现。这只是活着的人的一点点心意，去世的人不会说一声这些不是质量信得过产品，然后拒收。送行的人们有些沉默，但看不到悲伤。只是低声交流着，可能讲述的是亡者曾经的故事，也可能在说着镇上的家长里短。

那支队伍在有些单调但又不失热闹的乐曲中行进，此时它就是这个乡镇上最为隆重的仪仗队。对亡者来说是一种最高规格的礼遇，也是最豪华阵容的出游。亡者无法盘点有哪几个亲戚或朋友不在这个队伍之中，只是他的子女们心中有着一个量数。队伍转过来时，最前面有一个臂戴黑纱的男子一脸平静地捧着一个镜框。镜框中一张布满沧桑的脸露着一点点不合时宜的浅笑。这应该是他一生中最为满意的一张照片。它最大的用途和价值就是它概括了亡者一生的表情和心性。

人都是要离开的，离开的原因可能不相同，方式也不尽相同。黑山科的人们用他们这种习俗表达着友情和思念。那个队伍说起来是很有意思的，除了拿镜框的人以外，里面行走的人都是两两对应，手中拿的东西几乎都是应了中国人传统的成双成对。亡者的过世给了许多许久不见的亲戚或朋友相见的机会，他们在选择加入送行队伍的同时不排除在选择着谈话的对象。话题则因为随机而显得随意。毕竟他们不会在亡者家里停留过久，抓住一点点时间进行吧。对应行走的人在小声地交谈，前后的人不会去关心他们的话题。人们不知是不是为了让队伍显得庞大一些，而故意拉开了相互距离。这样看起来，队伍很长，因为松散。长到前面的人听不到后面鼓乐队的准确曲调和鼓点。

亡者生前在这条路上曾无数遍行走，迎着朝阳，顶着月亮。在风中寻找过生存，在雨中挑战过命运。他们最终还是要在祖祖辈辈们行走的这条路上行走一生，在送过无数的乡路上被别人送走。

风刮过，亡者的脚印根本就不存在了。送行的队伍庞杂，脚印在风中会停上几秒。如同那个亡灵。

送行的人们有一天也会成为这支送行队伍的主角。那个时候他们尽管看不见队伍的规模，但是生前他们是无数次的想象了。现在，亡灵有可能就在路边的哪一棵树的枝头观望，也可能在山脚下追风，只是队伍中的人们还把他当成还在队伍中。不过他们也知道，队伍一散，他们一回到家，那个亡灵就彻底的离开了这个镇子。这是亡灵最后一次在乡路上巡游，也是他一生中最为重要的出镜。送行的人要让他仔细认真地再走一遍他最熟悉的小镇。这些人出来巡行的时候，他的灵魂带不走躯体，那具白布单掩盖下的躯体正在哪个院落的一角或正中僵直着，等待着为他送行的人们回来，陪他一会儿。

只是，此时，他已经没有了生命。

第三辑

家风连着的是国风

被党徽所温暖的灵魂

　　母亲在一个霞光万丈的傍晚，走完了她 80 年的人生旅程。她静静地躺在院子中的灵棚里，像是睡着了一样。从她离世到第三天早上出殡，说是三天，实际不过就是一个白天和两个夜晚。那期间，我一直守在灵前，忽略了父亲在哪里，在做什么，在想什么。

　　第三天上午，母亲的遗体火化之后又回到了家中，把骨灰装进了一口大红棺材里。按着风俗，在钉上棺盖之前，主事的要叮嘱一下家人，还有什么东西要给故去的人装进棺材带走，因为钉了棺盖棺材就再也不能打开。我的父亲就是在这时出现的，他在屋子里急急地小跑出来，喊了一声等一下。我惊讶于他出现的突然，心中更是怕他克制不住悲痛。

　　抬着棺盖的亲朋近邻也愣愣地看着父亲，我们那里是火化后入葬，也不时兴带陪葬品，大家不知道父亲阻拦这一下的目的是什么。就在众人愣怔之时，父亲从他的军用挎包中掏出了一个小红本。他把那个小红本举起来，神情极为庄重地说道，这些年，老付（这是父亲对母亲的称呼）躺在床上开不了党员会，党费可是一个月没落。说完，他从口袋里摸出一枚党徽，仔细地看了看，对众人说，把这个给老付带走。然后俯身把胳膊轻轻地探进了棺材里。那口硕大的棺材只装了母亲的几把骨灰，里面无比空荡。我站在一旁，没有再往棺材里看，只是看到父亲俯着的身影停留在那一会儿，听他说，我把你的愿望完成了。其实那一堆骨灰已经不再是我的母亲，只是她灵魂奔向天堂之后留在人间的一点点物质遗存。而父亲却把这个形式搞得正式且庄严。可能只有他还在把那堆骨灰当成我的母亲。他完成这些动作后，把那个小红本装进挎包。没人细端详他手里的小红本，我知道那是一个党费缴纳本。他把这个做成了母亲留给他唯一的纪念。

母亲的离世并没有让我更多地悲伤。我坚定地认为她只是留下了病倦的身躯暂时离开了我们，去了另一个空间看着我们，她还和我在一起。守灵的那两天多，我就坐在灵棚前看着她的遗像，心里在和她默默地说话。而且，在烛光闪闪中，我觉得她不再一遍遍地小声呻吟着喊痛，就在那抿着嘴在微笑着看着来为她送行的人们。蒙古人去世是听不见哭声的，只是静静地流泪。我即便流着泪看她，也不是悲伤，她不希望我是这个样子。我是在感慨她一生的不易与付出。但是，父亲的这个举动却是深深地震动了我的心。这是一个我无论写过多少剧本也编撰不出来的情节，而在此之前，商量母亲的后事时，父亲也从来没有提到过这件事。

送葬的人们似乎读不懂父亲这个举动代表了什么。因为我知道，这枚党徽可能一直在母亲的枕头或睡垫之下，也可能是母亲生前与他约定要带走的物品，也可能这是他认为母亲在地下最好的陪伴，或者，这枚徽章也能代表他。这实在是一件深沉的事，我觉得藏在心底要比向父亲问清楚更好。中国人习惯讲盖棺定论，母亲在盖棺之前，父亲用这种方式定论了她的一生。

父亲没有读过多少书，他不会用语言来表达他和母亲对党的情感，当然，父亲和母亲能把这种信仰深深地装在心里，把对党的信念根植于内心，只有用这种深情方式说明和展露他们那一代人的心声。父亲的举动着实让我感动。因为我在无数次会上，听过很多党员心不由衷地发言，讲述自己如何在学习党的理论，如何在践行党员标准，如何在发挥党员作用。可能这些人做到了，也说出来了，我的父母从来不会说这些高大上的话语，但是他们对党最朴素的情感总是在生活当中时时溢出。

为母亲送葬回来，坐在她曾经躺卧如今已是空荡荡的炕沿边上。母亲和父亲许多往事缓缓出现在我的眼前。

父亲和母亲搬到县城后，村里的党员大会都是提前一两天通知到他们。在这两天里，父亲和母亲的对话都会和会议主题有关。而且他们猜测得也不会相差太多。每次父亲穿戴整齐后，从柜子的挂钩上摘下军用挎包，照照镜子，然后走到母亲的床前站定，像是等待母亲指示什么一样，望着她。一旦是这样的情景，便是父亲要回乡下参加党员会去了。

母亲摔伤瘫痪卧床后，她再也参加不了党员大会，都是在电视中关注和收获着各种信息，而父亲却是要坐公交车回到乡下，一次不落地参加。回来之后再向母亲口头传达会议精神。其实，一层层会议精神传达下来，再通过村上支部书记理解完传达给党员，再由只读过 4 年书的 70多岁的父亲传达给母亲，会议精神已经变得十分简要，就是一两句话。但主题却变得更加鲜明。而在父亲与母亲交流体会时，他却是带着激动或者兴奋，核心主旨是共产党就是好，又有了好政策或者好决议。有时语言表达不出来时，甚至会带出脏字来，只能用这些词汇来表达他的欣喜与激动了。当然，有时他也会骂人。

有一年正月，乡下的一个邻居来拜年，父亲和哥哥陪那个人喝酒。在喝酒期间，哥哥与那人说了两句对市党委不满的话，父亲在酒桌上批评了他们，觉得不解气，一边骂一边批评。他的理由是，市里的领导代表的是党的形象，父母官替党天天在给老百姓操着心，日理万机，自然会有做得不到位的地方。可以说书记不好，但是不可以说党不行。作为一个做不了太多贡献的普通百姓，就是不能添乱，就是不能骂党。我在一旁看他批得振振有词，拿手机给他录了像。在镜头中，他用筷子指着我说，党员就要维护党的形象，他们这些普通群众就是没觉悟。我听出来了，他这话里还有一层意思，就是要求我这个党员要有觉悟。

母亲在床上躺着，虽然起不了身，但她知道父亲因为啥在训斥人。她悄悄对我说，让你哥快点喝。母亲了解父亲，只要他生了气，这个话题通常就要没完没了。而且，因为和普通群众就党的"问题"发生争执不是第一回了。遇到这类问题，与村民他是辩论，与家人便会是斥责。母亲平时一直向着哥哥说话，但是这次，她没吱声。

父亲和母亲的婚姻属于偶然，虽不是政治婚姻，但是政治绝对是促成婚姻的因素。作为教师的母亲是他们村子里唯一的女党员，在那个全是蒙古族又全是亲戚的村子里她的婚姻一直处于搁浅状态，这一晚点就到了 30 岁。这在上个世纪 60 年代末来讲，绝对是大龄了。就在这时，当兵的父亲回家探亲了。说起来是探亲，其实是相亲。他要在退伍之前把婚姻解决了。母亲和父亲从相见到结婚只用了一周时间，父亲家徒四壁，外加奶奶和叔叔，没什么可以相看的。母亲对父亲中意的是身上的"三块红"和党员身份。晚年的时候，母亲对我提起她的婚姻时说过两次，"尽管你爸那时是预备党员"。这句话里明显包含了两层意思，一是那时她是正式党员，要比父亲入党早。二是哪怕父亲入党还没转正，母亲可以在婚姻上让父亲先转了正。结婚第三天，父亲又回到了在大兴安岭原始森林里的部队。母亲对于父亲是完全陌生的，只知道嫁给了一个当兵的，他是个党员。其余的对父亲就不知道了。这种情况在母亲后来的讲述中，我一点点相信了。因为母亲是一个敦朴的而且自尊心极强的蒙古族姑娘，她不会在一周内把我父亲完全了解。另一个，父亲也是保守的青年，他面对母亲身上的光环时，更是心满意足。在他们多年相守的日子里，凡是在大的场面上，提到母亲时，他总要讲到"我家老付是党员，是教师"，可见，母亲的这个标签是足以让他骄傲的。

我最早体味荣耀的感觉是上小学一年级。开学后不久，老师在讲台上统计哪位学生的父亲是党员。全班 40 来个学生，举手的只有三四个，而再问到有没有母亲是党员时，举手的只有我自己。也就是说，在我们全班，父母都是党员的仅有我自己。那种荣耀让我觉得身上的血液都是沸腾的，这使我和所有的同学都不一样起来。我觉得教室里似乎全是光芒，那光芒是同学们羡慕的目光，那光芒把我团团围绕住了。而其实，我也不太懂什么是党员，党员是做什么的。只是知道父母都曾说过他们是党员。

那时，我家住在一个小山沟里，我以为是见得世面少的原因，可是后来，一直到长大，我发现在我们整个镇上，夫妻两人都是党员的少之又少。父亲退伍之后成为了煤矿工人。在我五年级的时候，他订了一本叫《共产党员》的杂志，这本杂志成为了我少年时期的课外读物，一直读到参军入伍。母亲也说父亲的识字水平是退伍之后有所增长的，不知道是工作的需要，还是母亲的熏陶。总之，有时晚上吃过饭，父亲也要捧本《共产党员》翻看一阵。我家的这道风景确实是别人家所没有的。

参军之际，父母给我提出的要求就是到了部队一定要入党。在此之前，在电影和电视中，我看到过那么多的党员形象，觉得与他们距离太远了。而我的母亲在群众中的形象也让我望尘莫及，我认为入党是一件非常遥远非常艰难的事情，一直没有想过这个问题。所以当他们说我入伍后有入党的机会时，我一下子找到了奋斗的目标。别的战友家书是什么内容我不晓得，但是母亲给我写的信中全是在讲一个好的战士就要向党组织靠拢，要为组织做事。甚至她还专门为我写了申请书的样式，让我结合工作重写出来递交上去。

新兵的第一年，我的脑袋里天天想的都是入党这件事。也因此拼得很苦，得到了上上下下的认可，当年连队的支委会也研究过了我的入党事宜。我也把这个消息在信中告诉了父母。结果，就在支部党员大会召开之前，连队干部调整，五个支委换了三个，于是，入党的事进入了"重新研究"。这是我入伍以来受到的最大打击。当半年后，正在外地集训的我得知重新研究的入党对象不是我时，我痛苦得彻夜不眠，而母亲却是写信来叮嘱我要经受住组织的考验，要从自身寻找原因。她只能安慰我，根本不知道我遇到了什么样的遭遇。工作上虽然一如既往，但是我对一些事情产生了怀疑。母亲还是在信中拿自己举例，她说她是写了七八次申请才得以被批准的。母亲的这句话对我来说是管用的，她是经历了一次又一次的考验，终于加入了党组织，而我遇到的这点事又算什么呢。但是我还是在心中赌了一口气，我必须要干得比我先入党的同批兵还要好，要用我的表现让不同意我的人良心发现。

读军校的第一个寒假，终于从战士成为学员的同学们当然都想回家过春节。这时，母亲却写信给我，她说，人人都想回家，这个时候需要你这个党员留下来。母亲绝对不是在唱高调，因为在我的记忆中，所有的除夕夜父亲都是在单位值班。每次在商量值班的时候，母亲和父亲观点都出奇的一致，把团聚的机会给别人。只要咱心里不在乎这顿年夜饭，初一再过也不迟。军校毕业的时候，我征询母亲的意见，想要去西藏边防建功立业。母亲迅即来信表示支持。我把信件交给了学员队领导。结果，学员队领导把这封信读给了所有学员。听到母亲极高的政治觉悟以及对我的要求与支持，同学们都深受感动。

我在部队期间立了七八次功，但父亲和母亲最为在意的还是我被沈阳军区评为的优秀共产党员。母亲说，你是一个好党员，但要戒骄戒躁。父亲说，立功看的是工作，优秀共产党员看的是政治觉悟，你还是要处处带头。自从我入党之后，父亲和母亲根本不知道我工作和精神上有多累，他们一直用党员要有党员的样子，处处要起到带头模范作用来要求我。

这么多年以来，只要父母给我打电话，落尾之时一定会是"不要犯错误"。他们对我的教育，成为了最实用最有效的党的教育。说实话，因为他们做到了普通党员的好样子，所以，哪怕他们不是我的父母，我也愿意听从他们的教导。

母亲卧床在家之后，有时家里只有她一个人。一个信基督教的邻居老太太便总到家里来，来了之后便给她讲信基督教的各种好处，动员她信教。母亲每次对我讲起这件事时，都像是占了便宜似的，她说，她讲她的，我听我的。她每次讲基督的时候我就在心里拿她讲的和共产党比。她连耶稣长啥样都不知道，还给我讲啥讲。我问母亲，你既然不会信教，还听那个老太太说啥呀。母亲说，我听累了不想听时，就告诉她，我是党员。接着母亲补充了一句，躺在床上没人陪着说话，她愿意来讲就讲呗，反正我不信。说完，母亲忍不住呵呵乐了。

母亲去世前，父亲和母亲又搬回了村里。父亲再去开党员大会时，不用一早从县城坐车往回返了。每次开会，母亲都开着玩笑提醒他，别人要是问我咋样了，你告诉他们还活着呢。活一天，我就是一天党员呢。母亲也曾问我，在电视里看到有的党员去世后，身上覆盖了党旗，这得多大功绩的人才可以做到这样。听得出，在她的询问里，尽是羡慕。

虽然母亲去世了，但是每当想起她生前作为一个党员的形象，我更知道，我不仅仅是她养育的孩子，也是她培育出来的党员。父亲还在按时开着他的党员会，他口中没有口号，没有理论，但为母亲送葬时的一个举动，已经成为了我一生中最难以忘怀的画面。他手中拿着的那枚党徽，不仅熠熠生辉，而且带着信仰的温度与坚定。在那口空荡荡的棺材中，我的母亲也在不其中，那里实际所装下的就是一枚党徽。然而这枚党徽却成为了母亲一生的象征和永远的陪伴。这种陪伴包含了许多，有认可，有追随，有光荣，还有永生……

即将消逝的村庄

作为一个记者，他的文字功力是其二，情怀应该永远放在第一位。一个人的情怀，也就是辨知世界和社会的能力不是与生俱来的，而是生存的环境给予了他什么样的塑造。假若读者朋友通过文字觉得我还是一个善良和正直的人，我更想讲一下我的故乡。因为那里给了我初心，也更让我知道了使命。

我出生的村子叫沙卜台，这是一个蒙古语。大概的意思是"有泥沙的沟"。这个村庄就隐藏在辽西的大凌河山边的一个山沟里。除了镇上的扶贫工作组知道以外，乡上很少有人踏入这个山沟，也更不知道他们的生存状态。

我不知道沙卜台的历史始于何年，但知道它将在不久的未来消亡。这个村庄可能就是中国当下农村的一个剖面，它映射了中国农村眼下的真实状态。这个村子现在只有 17 口人，最大的 96 岁，接下来是 86 岁、84 岁，除了独身的一个 28 岁青年和一个 50 岁的中年男子以外，其他的村民都在 57 岁以上，而且是以一对对老年夫妻的形式存在。

沙卜台的前生不知道是什么样子，它的后世可能会预料得到。不久的将来，它将会一点点消逝。只留下那条山沟里的残垣断壁，满院荒芜，悠闲在山上的野鸡，还有正渐渐回归的狐狸和山狼。而当人们从这个村庄里消失，可能野兔会在很短的时间里占据人们曾经居住的院落。毕竟，现在人们有时会突然发现在哪家废弃的院子里，蹿突出几只野兔，一边冲向山坡，一边回头张望。野兔已经成为了村中的成员。

斑鸠还在南山松林里鸣叫，那是它们世代的家园。傍晚时分，它们的叫声显得空寂而孤独。那片松林，上百年走过来，树还是那个样子，岁月也没有给它们留下一点什么痕迹。而事实并不是这样，这条山沟里的每一棵树木，都见证了辽宁西部和内蒙东部这个普通的小山村祖露在风里的历史。

沙卜台山上的坟要比村子里的人多一些。人与坟和谐自然地融在了一起。村子里的人们偶尔在坟边走过时，会突然想起原先身边还有过这样一个人，或是停下半分钟，冲着坟说上几句家常。好像坟里的人还在，还没有离去。其实并不是乡邻对死去的人有多么想念，而是活着的人有些孤独。路过了这里，若不和坟里的人说说话，恐怕一天里也没几句话说了。

山沟之小，小得连同一个乡镇的人一多半不知道它的存在。就是本村的人，到过这个自然组的，恐怕也不会达到一成。想想这个山沟，该是多么寂寞。

风在山谷里无聊地遛着弯，甚至有些懒塌塌的。半天工夫，便把所有的坟头都遛了一遍，把各自的话和信息捎到了彼此的坟地。村里的节奏实在太慢太慢了，人们抬起头看一看时候，太阳好像都是睁不开眼。清晨公鸡啼鸣格外嘹亮，那是村子里最清脆响亮的声音。再便是母鸡下蛋后的兴奋。当那五六声"咯咯哒"没有引来同伴的祝贺时，母鸡也只好扫兴地低下头去寻找食物，补充肚子里猛然空出来的一块空间。

狗和人太熟悉了。村子里的狗都不会叫了，温顺地低着头跑来跑去。

村里的每个水坑都有鱼，至少有六七种鱼，长的有一尺。奇怪的是村里的人不吃鱼。好像鱼不是食物一样。在河边玩的时候，随手就会抓上来几条，然后用河边的弗石把鱼剖开，晾在石头上，任其风干掉。

沙卜台的花和人们共同呼吸，花是扎根在这里的生命，年年开放，观望着人来人去。前一年还采摘它的人，说不准第二年就匍匐在它的身旁了。

村外近年修了一条公路，路在沟门口跨沟而过。因为沟口只有七八十米宽，如果不仔细向沟里张望，几乎无人发现这条沟里会有着人间烟火。尽管它离镇上才六公里的距离。

关于如何讲述村里的故事，我一直没有想好。那么多的人已经故去，而活着的人正奔走在死亡的道路上。每一个人活着，都是向死亡更近地行走着。当我看到一个又一个由健壮一点点变成微弱的生命在那个山沟里悄无声息地生活着，而随着时间的推移，即将"上山"时，一种说不出的压迫感会从心底瞬时而涌起。哪怕读者不去读或是读不懂我写下的文字，但我还是希望读者知道，沙卜台曾存在于人类社会。

在外多年，我是一个总做梦的人。一旦梦到沙卜台的时候，几乎处处鲜花遍野，桃果飘香。

那个夏日的下午，我在电话中突然得知二姨去世了。尽管那是一个下午，我却觉得眼前一片灰暗。在新建成的小区楼顶，放纵的泪水淹没了我整个世界。她去世于我来说意味着什么没有人知道的，这个世界上所有的人都不会知道。包括我深爱的母亲，我二姨在世的唯一妹妹。二姨的去世，标志着我从此没有了故乡。在城市蜗居多年，每到夜晚时我都要想象和怀念这个村庄。尤其是当无边无际的黑夜团团将我裹住，而耳边却还是无休无止的车马喧嚣。当天一亮，又挤进地铁里的滚滚人流，面对一张张陌生的脸，却要面对面地呼吸。哪怕是和一些新认识的人在一起认真地加着微信，但隔一段时间面对那一个个名字时，大脑中却会是一片空白。天天面对如此的生活，整个人像是被细细的绳索五花大绑的粽子，血液像是苇叶包裹着的那一团黏黏的糯米，内心如同粽子中间裹住的一个枣，颜色还是枣子的颜色，味道也是，只是只有自己知道它早已被生活这锅热汤炖得面目全非。

中国正在快速地进行小城镇建设，说不准村里仅存的这些乡邻什么时候也要迁到了城里或是到了山上。那时，这个村子，可能只是我自己的故乡了。我在那里生活的时候，沙卜台只有 13 户人家，81 口人。我在那里出生，是 81 分之一。还有，全村只有一把锁，仅仅是一只形式上的锁。而现在，81 口人只余下了 17 口。

我的脚步一直在向前走着，我不知道我能够走到哪里，但是我知道有一种情感叫作初心。沙卜台这个村庄告诉我，人类在一起，不要有纷争，人要善良，要相互帮助，要做有意义的事情。关于沙卜台的故事，我已经写在了我的一本叫作《无锁的村庄》的书里。这个小村庄给我的感悟是，一个人只有做成了一个好人，才能更好地工作和为社会奉献一点。

无论漂泊了多少年，无论脚下的路延长了多么远，我都知道，我人生的第一步，是从我母亲的胸脯上开始的，在她怀里的时候，她便告诉我，人该如何行走。我在她的胸口上踏步，积足了力量后开始让脚步沾踩进沙卜台的泥土。最早我是在沙卜台的泥沙中爬行，然后站立，然后前行，然后走呀走，走上了一个劳累奔波的行程。可是，不论如何走，我的身后都站着一个永远的沙卜台，一个可以让我放逐灵魂的沙卜台，一个母亲谆谆教导的沙卜台。

我对于一切的物质都不感兴趣，我只想让自己内心丰满地活着，这样我才是一个幸福的人，快乐的人。我上学之前，我爸给我起了名字叫得意，他说希望我一辈子遂心得意。我一直按着他的期望活着，活给自己的理想，活给自己的内心，没有悲伤，没有忧愁，没有恐慌，没有绝望，没有痛苦，没有计较，没有卑鄙，没有对富贵的渴求，只有对未来的渴望。

当我从一名军人转变成一名记者时，按着身份证上误写的名字，我成了"德义"。也好，这个名字正是提醒我，作为一个记者，要有德有义。当一个记者，不是口头上在讲自己的不忘初心，不忘的初心应该是一个人的苦难。而牢记使命就是面对你的职业，你要知道自己肩负了什么，并且要做成什么。

我觉得不忘的初心，就是要知道自己是谁，从哪里来；而我牢记的使命，是要知道很多小人物需要你关注，需要你记住他们的悲与苦，体味他们的甜与酸。

你的笔下，每个人的价值与你的认知息息相关。

拉着手，我们一起相伴成长

刚刚从车上下来，吉祥和如意就看见了战术训练场。

他们以尖叫的方式表达着对营区的喜欢，然后像两条小狗，欢快地从半米高的墙上翻进了沙盘作业区。当我们追进去时，作业区里已经尘土飞扬。他们终于找到了偌大的一片沙场，而不用再圈在哪个公园的沙场里细致并小心翼翼地玩海沙。这些带着尘土味道的河沙才是真正的沙子。没过 5 分钟，他俩的脸上已经和不远处的叔叔们的衣服颜色差不多了，像是涂上了迷彩。

如若是平时，他们的妈妈一定会及时制止他们与"脏东西"进行如此亲密的接触，但是我的眼神阻挡住了她即将出口的话。给孩子们一个快乐的童年吧，况且今天是"六一"儿童节。当他们一点点长大，他们会一点点地远离沙子，而现在，它们却是最好、最廉价、最让人喜欢的玩具。

我和爱人都是少数民族，按政策规定我们可以生两个孩子，但是在我 37 岁那年，一不小心，让她一下子生了两个小家伙，儿子吉祥和女儿如意就这样突然挤满了我们的生活空间。

我属于长相已抢先到达未来 20 年的人，所以很多人见我带着孩子走在小区里，都会问我是不是孩子的爷爷。解释是没有用的，否认后固执的人还会接着问：那就是姥爷吧？我相信我脸上没有恼色，只有无奈。他们5岁生日过后的某天，女儿对一个如此问我的人突然发话了，她说：我爸爸多年轻呀，你怎么会说他是我爷爷呢?！问话的人很难堪，我却知道，不经意间女儿长大了。她知道我有一颗年轻的心。

我和孩子之间的年龄差，被有些人看成是一个巨大的鸿沟。但我一直认为，它不会影响我们之间的任何交流。有一天，儿子突然稚声稚气、含糊其词地唱起"小松树快长大，绿树叶，新枝芽"。他只知道歌曲的旋律适合他这个年龄的小朋友哼唱，并不知道歌词的具体含义，因为那时他刚刚4岁。从他的哼唱中，我忽然发现孩子们真的犹如小树苗，也意识到了他们在悄悄地成长。

军人的身份决定了我不可能有更多时间呵护在孩子身边。军娃的身份似乎也决定了他们自小就喜欢军人：每次到了营区门口，他们都要像模像样地对着哨兵敬礼；一旦长时间没有看到我穿军装，他们便会强烈要求我"秀"一次。有时，在家里，他俩还会在劝说无效的情况下，不由分说把我的军装给我穿戴起来，再拿着手机给我拍照——可能他们认为穿军装是爸爸最帅的样子吧。

2015年儿童节到来的时候，我正在部队搞培训，学员是来自天南地北十几个省的官兵，时间自然很是宝贵。培训之前，我已经对孩子讲了，哪怕只有一个小时的车程，在培训的20天里我也不会回家。他们早就习惯了我与他们时聚时散，还表现出了对军人与生俱来的喜欢，不停地问能不能去看看叔叔们。所以，得知幼儿园要在儿童节放假，我便想：回不去家，把他们接到军营来倒是一个不错的选择。

爱人见到我，惊喜地讲：一听说来部队，儿子早晨穿衣服的速度空前绝后，一分多钟就解决了问题。呵，有点像紧急集合了。儿子平时最喜欢穿他的"军装衣"——凡是带有迷彩风格的衣服,都被他如此统称。对于他的表现,我一直悄悄地赞许着。我不管别人家的孩子对部队有什么样的情感,我们军人的孩子就要延续这种绿色的基因,成为爱祖国、爱军队的人。

中午,吉祥和如意不得不洗澡了。从他们出生到现在,还从来没有如此"脏乎乎",从头上、脸上再到手上、腿上,真的和从训练场走下来的小战士一样:汗水滑过脸上薄薄的尘土,蜿蜒着汇聚在脖颈处,像是一把雨伞的骨架贴在了脸上。尤其是如意,完全成了一个泥猴,如果不细看,真不敢相信她就是前一天站在中国剧院舞台上的光鲜小演员。

下午,吉祥从战士的宿舍里找到了迷彩帽和武装带。他能准确地判断出这些物品的功能,然后将其全部武装到了自己的身上。当他站在我的面前有些卖弄地敬礼时,我仿佛看到十几年之后,从我的家门又走出了一个标准军人,而且我更加希望他是优秀的军人,有担当、有血性、有品德、有灵魂的军人。因为我确实从内心喜欢这样的标准,也一直在这样要求自己。

吉祥选择了 400 米障碍场做他的游乐场。我不去指导他怎么玩,也不限制他怎么去做。这是我一贯带孩子的方法——只要安全,由着他们去开发这个世界。孩子对于我来讲,只有一个冠名权,给他们取个名字。他们永远不是我的私有品。如果在他们小的时候,你认为孩子是你的,那么,当他们长大了,不再接受你的约束时,你便会有一种失落感。其实孩子就是上苍派来的伙伴:我们不是在看着他们成长,他们也不是陪伴我们一点点老去,而是彼此一起成长、一同度过等长的光阴,只不过有时不在同一个空间罢了。

有的战士对 400 米障碍场一直持有排斥感,那是因为他们把它当成了对手,当成了困难。而吉祥把训练场当成了游乐园。他看了看五步桩，便琢磨出了用十步来完成这个科目；过不去的障碍，他用自己开发的玩法通过；够不着的器械，他用想象加上语言来完成，好像他已经征服了这些庞然大物……对于这些钢铁与混凝土组成的障碍，他表现出真正的喜欢。实际上，如果战士们也能用一种玩的方式去对待这些障碍，可能会觉得训练更轻松一些。有时，脚步沉重的原因是思想上压着巨大的包袱。快乐从来不是别人给予的，而是自己为自己创造出来的。吉祥用他的欢叫宣告着他童年的滋味。

　　上独木桥的时候，吉祥感觉鞋子成了一种负担。他脱下鞋之后，连抓带扶地爬上了桥。当他直起腰，貌似高大地站在上面，刚刚喊出一句"爸爸我比你高"时，他也发现了高处不胜寒——他还没有站在这么高的角度，来看原来在他心中比较高大的爸爸。他的胆怯在他惊慌的眼神中表现出来了。他站在桥头不动，提出来让我去扶他。他拉住我的手时，一下子又变得从容起来，一步步往前迈，好像他是一个勇敢的战士。平时，孩子做事情的时候，我不会告诉他方法，就是让他自己去想、去琢磨。当他想不出办法的时候，我会告诉他们：还有一个最后的办法你们没有用，那就是求助。

　　面对着一个又一个障碍物，吉祥玩了一个来回，只不过他的玩法与大人不同。我知道，他正在尝试着学会征服。

　　吉祥在玩着这些男孩子的游戏时，他的妹妹就在不远的地方收集五颜六色的花瓣。她知道整朵的花是不能采摘的，只是把落在地上的花瓣装进了她的布囊。然后，她神秘地让我来猜布囊中藏着什么样的秘密。孩子让家长猜东西的时候，尽量不要直接给出答案，那样会减少他们的乐趣，也会让事情变得极端扫兴。孩子既然让你猜，就是不想让你尽早知道结果。如意的布囊中装下的不是花瓣，而是她对童年的珍藏还有对生活的爱。

只要珍惜，落地的花瓣也依然留有花香；只要不畏惧，再高的障碍也有被征服的一天。我想把这些感悟当成节日礼物，送给孩子们。

孩子们在身边像小鸟一样欢叫着飞翔，他们的母亲就在一旁默默地注视着他们。当我把目光望向这个辛苦的女人时，我看见了她的头上正在悄悄长出的白发。现在，她是一个军人的妻子；以后，我希望她是一个优秀军人的母亲。

我们与孩子共同成长，我们的民族、我们的祖国，也在成长。

辽西酒事

　　辽西地处辽宁和内蒙古、河北交界处，历史上属热河省，这里听起来像是满族人聚集地，实际上在满人汉人没来之前，这里属于蒙古人的地盘。清初山东和河北人闯关东来到这里后，蒙汉文化开始高度融合，几百年下来已是水乳交融，不分彼此。尤其是在朝阳和阜新一带，无论饮食、风俗，还是宗教、口音，与内蒙古昭乌达盟和哲里木盟几无二样。除了极少部分的蒙古族还保持自己的母语外，绝大部分都已汉化，除了在姓氏上可以判断出民族以外，余下的便是相处在一起后的一些礼仪和风俗上的微小区别，当然，关内闯来的汉民后代身上也或多或少地展现出蒙古人的特征。由于锦州和葫芦岛紧靠海洋，"辽西"的文化指向更是对准了朝阜两地。

　　辽西之旱，在整个辽宁挂号已久，哪怕是连着几年的风调雨顺，但让省内其他地方的人提起来，也是会摇头撇嘴地拎出它过往的旱。这也是实情。"十年九旱，一年不旱让雹子砸个稀巴烂。"这句辽西人自嘲的话里带着祖祖辈辈的苦楚和酸涩。

　　朝阳早些年编写的一本中学生教材中介绍朝阳时，在书的最后一章写过这样一句话："朝阳出产优质劳动力。"这句话更是形象地把朝阳或附近地域的特点淋漓尽致地展现出来。这其中不难看出朝阳或阜新地区的经济情况。

哪里有土地，哪里便有生存。风吹四季，枝展叶落，辽西人在与岁月的抗争中已经学会了释然、超脱甚至默认。在这片贫瘠的土地上生长出另一种风景。倒也别致，与众不同。

不论生活是富有还是清苦，在辽西是不影响喝酒的。辽西人的生活中少不了酒，与贵贱无关，与度数无关，与话题或场合也无关，像是注入生命中的基因。这里的喝酒只与心情有关。

辽西男人人生中最早接触酒场大多都是在幼小时期就开始了。我最早对酒的认知便是父亲在家喝酒。上个世纪 70 年代，辽西每个家庭的经济状况几无差别，喝酒也是较为奢侈之事。经济只影响喝酒的频率与多少，与其他无太大关系。平日里父亲不喝酒，只是来了亲戚或是他的朋友，而能够想起来端上桌的菜无非就是白菜的 N 种做法，或者鸡蛋的 X 种做法，出现花生米的概论都极为少见。当然，为了充足脸面，盘子里会在菜的表面出现零星的肉片。这种表面工程不仅是在掩饰羞涩，实际上也是对客人的在意与尊重。

与辽西人接触多了，会轻而易举地发现一个共性，辽西人对于脸面的看重有些过于苛刻，死要面子活受罪是他们最大的弱点。哪怕家中再是囊中空空，也要让酒桌上的场面不太难堪。这里面就要讲究分寸了。正是由于贫困，所以，才要讲究一下，算计一下。

辽西酒桌上的菜不能出单数，只有家里遇了白事酒席上的菜才可以出单，其余的场合绝对不可以出现，哪怕临时用咸菜来凑也要成双。这个风俗在全国大多数地区可能是一样的，但是"添菜"的做法几乎是辽西独有的存在。早些年，农村人家请客，除了整条鱼或者整鸡、肘子以外，每道炒菜做的分量多是要超出一盘或半盘，在客人吃的过程中，菜量见少时，主人要把盘子端下桌，把留出来的菜再添满，然后再端上来，桌上的菜便又会显得丰盛起来。稍加留意，会发现这个添菜也是有讲究的。时机是在不能快要吃光时再添，那样即使添上来，如果做的量不够大，添过之后盘子也不会太满，一般的情况下女主人出出进进之时，都是在拿眼睛瞄着桌上的盘子，一旦菜量见下，而余下的刚好又够装得下时，便笑盈盈地来取走盘子，告之要添菜。这样显得热情又周到，实际上是要掩饰住菜量不足的尴尬。主人待客的得体在这里便体现出来了。

添菜没有具体的标准，日子过得富裕或是大方的人家，有时可能要多备出一盘的量，在吃的过程中要添两次，这样显得更是热情和好客。早些年，在辽西就曾有过这样的故事被人谈起。说是一个人到别人家去做客，喝酒的过程中对某一道菜过于喜欢，但是主人却迟迟忘了添菜，其便指着盘子问，这个盘子是啥时候买的，上面的图案真是好看。主人看盘子上的图案之时，一眼便看出了盘子里面内容的空荡，便匆匆地去添了菜。如果只讲到这儿，只是说客人暗示得巧妙。但是故事还是在继续发展的，吃了一会儿，客人把添上来的菜也吃得差不多了，不知道主人家能不能添第二次，于是又问，刚才忘了这个盘子是啥时候买的了。女主人一看，盘子里的菜又快净了，但是厨房里备的添菜却是没再有了。于是，女主人转身到厨房拿来了盛菜的盆，笑盈盈地说，这个盘子和这个盆一起买的。这只是在乡间流传的故事，意在告诉人们要如何巧妙地处事，无论主客都要相互巧妙地处事，保留颜面。因为在辽西酒桌上，还有一个不成文的风俗，桌上盘子里的最后一口菜或者最后一个饺子是不允许给主人吃掉的。这种"余"体现的是做客的修养。

这些都是早些年前的事了。如今，大多数人吃饭都是去饭店。于是，辽西的饭店里又多出了一道与其他地方不同的风俗。倘若三两个人点菜，一般点到四个时，老板或服务员就会提醒一下，菜已经够了。当你还有些蒙时，他们会告诉你，老板还要添两个菜呢。老板添的这两个其实就是赠的意思。只不过这种现象，通常都是发生在小一点的饭店里，大的饭店完全在商业化运营，看重的也是钱了，情分随着社会的变化也流失得差不多了。老板添菜只是为了面子上好看，或者是感谢光临捧场的意思，添上来的菜通常会是素菜、毛菜等，当然了，有时客人消费比较多时，老板也会添一道硬菜。前两年，朋友一家从山东到朝阳来，结果晚上吃饭时，老板硬是给添了一道牛头火锅。那一大锅干乎乎的牛头肉被端上来后，不仅是朋友家来自福建的姑爷吓了一跳，就连以好客出名的山东人也觉得无法理解。那天，老板实在是给足了面子。倒不是占了他的便宜，却是觉得给辽西人增了光。

有了菜，自然得喝酒。长辈们盘在炕上喝，母亲则要把孩子们圈在厨房或者支到外面去玩。只有在大人喝得差不多时，孩子才需要出场，任务是敬酒。辽西孩子的敬酒包含的意思无比直接，就是敬。而不是像国内有些地方，在"敬"的语言下呈现出来的是"灌"或者用孩子逼迫。孩子的敬酒表现的是礼数和教养，通常都是敬一杯，恭恭敬敬地拿起酒壶和酒杯，倒好后再呈到客人面前。这种倒酒是不允许直接在桌面上倒的，而是在一旁，杯子倒满后再两手擎过去，注视着长辈或客人喝下去。辽西讲究家教的人家对孩子是从小要如此培养的。

这种习惯养成后就要随带了一生的。辽西人长大后，喝酒时也是如此，看似随意的喝酒，其中却不难看到家长在他们身上打烙的细节。辽西酒桌上敬酒提杯是先敬长者，哪怕是平辈在一起，也是先尽年龄最大的敬，而不是看官位与能力、财富。开了杯，一切话题就随意进行了。全国很多地方酒桌上开场一般都是提三杯酒，有的地方还有主陪、副陪、三陪等繁杂的说法，在辽西基本没有，酒桌上的长者坐在哪，哪就是中心。开场酒提一杯也行，两杯也可，三杯也无妨，都是根据人的性格决定，而没有成文的规矩。在辽西喝酒的另一种舒悦感是随意且随性，喝白酒也可，喝啤酒也可以，喝茶也没有问题。和有些地方的吵吵嚷嚷地逼迫，推三阻四地拒绝等完全不同，喝的内容根本就不是重要的事情，不论喝的是什么，说法都是喝酒。即便是真的关系不错，可以开开玩笑的，也只是嘴上说说而已，并不会拿喝的多少来说事情。

中国中原地区酒桌上的敬酒是端给客人喝，自己并不喝。这种敬，敬的就是酒。在辽西却截然相反，辽西人要给客人敬酒是自己先把杯子里的酒让客人看到喝空了，再给自己倒上一杯，然后再给客人倒上一杯，里外里是用喝了两杯的方式客人喝了一杯，用这种方式表达敬的诚意。

敬酒是分年龄的。未成年人或者少年只要给长辈或客人倒满端起就可以了，如果是青年了，能喝一杯还是要喝一杯的，这不是怂恿孩子学坏，这正是家教的体现。十五六岁的男孩子站起来端端正正地敬酒，体现的是身后家庭的开明。这样大的男孩子不喝，客人是不挑理的，但是如果喝了，总会得到几句表扬。想想也是，所有的男孩都会长成男人，长成了的男人自然要走向酒场，在生命中遇到一次又一次的酒事。喝酒这事不是一下子练成的，它需要一个过程。

主人敬酒是发自诚意，晚辈给长者敬酒同样也是，当能喝酒了的晚辈敬酒时，就是双手擎着杯递给长者，然后自己也是双手擎着，轻轻地碰一下长者杯子的腰身，目光注视着长辈一同相饮而尽，不言而明的情就在这一碰一饮之中悄然生长了。末了，还要给长者再倒上一杯，然后落回自己的座位。

辽西酒桌上敬酒不需要华丽的敬酒辞，只是得体的分寸和话语，一旦遇到口拙之人，便应了那句"辽西人嘴笨不说话，只见小酒唰唰下"。

敬酒是最终的目的，说话并不重要。真正要好的朋友在一起，无须多言，端起杯，隔着桌，象征性地比划一下，碰杯，眼神交织一下，可多可少地喝了一口。

辽西地区敬酒辞少，少到像是没有文化。从来没有一杯代表什么，二杯代表什么，以至到第九杯还可以代了什么样的说辞。但这不能否定辽西人喝酒之时的热闹，辽西酒桌上的俗语和顺口溜倒是一句接一句的。我的父亲喝过白酒之后，想要喝杯啤酒之时，总会拿出他"白酒领道，啤酒盖帽"的理论，此话一出，就知道还要再上瓶啤酒的。亲戚朋友平时总会到家里来喝酒聊天，自家人喝酒时可能有咸菜就可以，但凡有朋友来，怎么着也得凑上四个六个的。对于此种情形，也和父亲探讨过，父亲用一句话把理讲清了："自己喝添坑，外人喝扬名。"想想也是，有好吃好喝的自家人独享了，也只是经过一夜消化掉进了茅坑，而给客人招待得丰盛一些，这家人的好客体面的名声自然就传出去了。这正是应了"钱越耍越薄，酒越喝越厚"，这正是处世的智慧与哲学。

酒桌上的说辞少，不等于辽西人不会劝酒。只是技巧和艺术的问题。倘若是喝得差不多时，做东请客之人很少再使劲地劝酒，只是征询着意见，例如辽西酒桌上的"再巩固一下？""再沾巴点？"就是在酒足饭饱之时的一句提醒，也是一句再进行的动员。倘若相视一笑，沾巴一杯，巩固一杯也是无妨，也是把没有喝透的那个细缝给弥补上了。

辽西酒桌上的话题很多时候没有目的，原因是约酒之前缺少目的性。这最典型的一种现象叫"赶圈"，顾名思义这个"赶"就是遇上的意思，"圈"直白讲就是桌子，引申一下就是朋友圈，亲戚圈，同学圈，遇到了这种圈就去，就聚，就喝，显示出了一种不外道，或是自然的亲近。赶圈有时是刚要进行时，有时是正在进行时。有时是一句话临时抓过来了，有时是一句客套话或是真挚的话就留下来了。"一劝就端碗，就是缺心眼。"这是酒桌上的玩笑话，也是辽西人性格的真实写照。可是，这种"缺心眼"显示的是辽西人的实诚，坦率。

女人喝酒在一些保守的省份似乎是一件不太好的事情，但是在辽西乡下，却是评价一个女人是否大方，做事是否敞亮，为人是否开朗的一个参考条件。如若谈起哪家的媳妇能喝时，那语气中是肯定和赞赏，带着表扬的成分在里面。不用更多地考虑，一说到哪个女人喝酒，而且酒量还可以，潜台词就是这样的女人处世是活络的，热情的，迎来送往上不会太差。时间一长，谁的酒量酒风左邻右舍都会知道，几家人聚会时，不用询问，能端杯的人的面前就都放了酒杯。不用拦阻，酒就是倒上了。喝不喝先倒上这是对人的尊重，不能先入为主的瞧不起别人的酒量给倒了一半，这是失礼的。辽西女人喝酒同样像男人一样，没有花言巧语，一两句话，甚至就是端杯一比划，"来，喝！"酒桌上没了性别，可大可小的玩笑都是可以开的。当然，无论玩笑怎么开，别人的颜面是不可伤的，长辈是不可冒犯的。评价辽西女人的标准也是与其他地方有些不同，女人身材胖一些，在辽西人眼中不是事儿，却还是一个优点，"那个媳妇身体有些魁实"，这绝对是老辈人夸女人的一种说法，而其中不包含对女人身材高大的恭维，是打心眼里认为这是劳动人民的身材，反之，对于过于苗条的女人却觉得像是"秧子"。这个"秧子"太过形象，类比的是从大棚里刚刚培育出来的弱不禁风的苗儿。另外一个对女人的评价是"那个媳妇能喝"。确实，喝酒这事与身体与长相等确实无关，只与心情有关，与生活有关。在农村，几个女人聚在一起，不管饭菜好赖喝上一场，不会说成是犯了酒瘾，只能说对上了心思。

喝酒有时会有"附作用"，不是"副作用"，也不是"负作用"，这种附加的作用是意想不到。例如有的人会吐，有的人会吵架，有的人会吹牛，这些在辽西人眼中看来都是正常的。例如有人喝着喝着喝哭了，也能理解成再正常不过。如果酒杯还没端起来，人就哭了，那可能就不正常了。一年，村里的六七个人喝过酒坐三轮车回家，结果半路上翻了，车上的一个女人掉到路边摔死了。这个结果是谁也怨不得的，那家人一句"这事赶上了"就把事认领了。次日再热热闹闹地喝了一场把人送走了。认命有时也是辽西人与生活无力抗争的默认。其实细琢磨，在辽西好像就没有什么事是用喝酒解决不了的。

辽西人喝酒不仅是体现在酒桌，在往来上也处处透着酒。现在大多数地方人逢年过节的往来，都是用钱说话，而在辽西和至近的人来往，还是要拎了礼品。拿钱显得感情浅了许多。这些不出单的礼品中，其他内容不论咋换，酒是一定不可缺的。哪怕去看望的长辈不喝酒，但不等于家中平时不来客。礼品当中，白酒啤酒均可，或者就是扛了一箱啤酒的时候也有。上个世纪新结婚的年轻人看望长辈，两瓶白酒是标配。礼品是换来换去的，有时一份礼品在一个春节随着祝福走门串户的走上好几家，但是酒很多时候都被截留在了肚子里。

酒在辽西是生活的必备品，集市上的散酒例来是不愁卖的，虽不是畅销品，却是常销品。十斤装、二十斤装的散白在各家各户的柜子上、窗台上都会看得到，哪怕是没有放在太明显的地方，向墙角撒眸一下，也会发现得到。生活条件一点点好了，酒不再是奢侈品，来客也好，自家人也好，倒上一杯半杯，也无须什么讲究，喝一点只是情趣，或是暖暖身子。

酒对于辽西人来说，可能是从生到死的。生时，让酒成为生活，让酒成为乐事，让酒弥合理想与现实中的差距。辽西人最后一次参与喝酒，就是在自己的葬礼上。来送行的人们该喝还是要喝，就像是逝者依旧在酒桌上谈笑风生一般。几年前，表哥在吃晚饭时刚喝一小杯，突然脑出血送到了医院，夜里11点去世了。一些邻居半夜起来到山上挖坟坑，一些亲戚连夜把他送到火葬场火化，那个冬日早上 6 点便送埋了，8 点的时候亲戚和邻居在一起吃了一顿饭，当然桌上也有酒。表哥一夜之间就在这个世界上消逝得干干净净，与他有关的事就是大家为他喝了一场酒，边喝边回忆和讲述他生前的一些事，有好事，也有糗事。这种豁达恐怕也只有辽西才有了。我母亲去世的那天也是，她所有的晚辈全来了，守灵的一夜，十几个人围在灵棚前喝酒，大家还笑问她喝不喝，像是她也在参与着我们的酒事。母亲生前也是要和大家喝酒的，不多喝，只是一二两的样子。有时男人们喝酒忘了她时，她自己假装生气了，然后提醒别人或是自己给自己倒上。

　　辽西人上坟时通常不带菜，但是要带点酒，也不用供上，只是简单地往地上一洒。无论地上的，还是地下的，都知道人生有酒须当醉，一滴何尝到九泉。

　　在辽西喝酒，喝的就是人生，高兴了喝一杯，忧烦了也喝一杯。或喜或忧，都用酒来解决。

　　在辽西喝酒，杯子是要碰一下的，要碰出点声响出来。杯子里装的酒，眼睛已经看到了，鼻子也闻到了，而嘴巴却是来完成喝的任务，只是差了耳朵在闲着，把碰出的声响给耳朵听，声音沿着耳道就进入脑海里了，心一下子也惬意了。

　　在辽西喝酒，就是生活不可分割的内容。

　　来吧，到辽西喝一杯。

没有刻意父亲就活成了我的偶像

奶奶去世以后，我再也没有写过关于她的文字。有时在临睡前想起她，没有失亲的痛感，只有一种温柔。她是一个高寿的老人家，在农村那种生活和医疗条件下，她活到了 95 岁，她是被苦水泡大的一段木头，在那一年，终于朽掉了。我握住了她凉的手——她终于解脱了。她去寻找早已经在那面等她的丈夫、几个儿子和几个女儿了。

奶奶去世那天夜里，我知道了什么是真正意义的孤儿。我坚强的父亲一下子矮下去了。四岁丧父的他在我的眼里一直是一个无比坚强的人，我从没觉察到生命成长中缺少父爱的他在性格上缺少什么，可是奶奶的去世却让他消沉与痛楚。他什么也不说，在他母亲的棺材前呆呆地坐着，像秋天立在田里的一株枯萎的向日葵。那盏长明灯摇晃，忽闪出父亲的可怜与无助。是春天，依觉寒。火光把他的脸烤得干枯，像是一张皱巴巴的牛皮纸，眼睛一片浑浊。一个人无论多大，只要没了父母便成了一个真正的孤儿。那一天，我突然明白，父亲原来一直存在于被爱之中，哪怕他年事已高的母亲不能再为他做些什么，只是能够看到她，父亲的心中便有着一种依靠与寄托。而现在，他没有了温暖他内心的母亲。

　　从那天开始，我觉得我有一种实实在在的幸福感。因为我的父母健在，健康。没有什么让我觉得比这个更重要。尤其是他们的身上有无数可以让我讲出来给朋友听的故事。

　　到过我家里的朋友同学很多，只要见上一面，都会做出如此的评价——你们家的老爷子是个实在人，老太太不一般。他们看得准，讲得却只是表面。我的父亲曾经当过兵，我见过他"三块红"的照片。帅极。一米八的个头，硬朗灵健（即便现在缩水了一些，但仍不失高大和清瘦之感），给人特别阳光的感觉。后来，退伍返乡当了煤矿上的铁路工人。下班回家走三四十里的路觉得太远，就爬火车，飞上飞下。飞速的火车是他的专列，他像是从铁道游击队的电影里走出来的偶像。只要单位打篮球，他必得参加，有他在，必进前三。他不上场，场上便缺少了一个威猛拼杀的虎将。他近六十岁时，我第一次看到他打篮球，和我年轻的战友。果然名不虚传，只是他不再如同灵猿上步，变成了一个依显敏捷的老猿，那时他已满头白发，场上已没人再去阻挡，他却不想孤独地表演。真是后悔错过了他青春里的那些犹如传说一样的精彩。

　　父亲是一个极为热心之人，更不计较。在我八岁左右，一次他下班拿了一个印着鲜红"奖"字的铝锅，还有一张报纸。他在火车即将撞到一个横穿铁路的行人的千钧一发，把那人从火车头前推出路轨，而他犹如一道白光冲出火车轨时，呼啸而来的火车头已经刮到了他的衣服。他只是淡定地站在路边掸一掸衣袖，坦然地数了数那火车一共有多少节车厢。他讲的犹如武林故事，布满悬念，又轻松，但母亲却吓得不轻。而我再把这些重复给同学时，同学都认为我在吹牛。可是父亲却真真实实上了报纸，也拿了奖品。几年前，偶然问起父亲后来又见过那个人么，父亲嘴一撇，总见，一句话也没有。我心中有些不平。父亲又笑，那个人智商有问题。我又问，那你救一个傻子干么。唉，那不也是一个命么。父亲答得异常平静，说完又端他的酒杯。关于父亲的故事太多，我一直也不知道如何下笔。因为他平凡的人生中没有太多精彩，但有无数只属于他的细节与性格。他退休后，这个农民的儿子当了几十年工人之后又完全回归了土地。家里几口人的薄地拴住了他的腿和脚。他当工人时，我很愿意看他划拳，细长的手指飞旋着变换出各种手型，灵巧而生动，输少赢多。他所追求的倒不是让别人多喝，只是助兴，也有不服输的成分。如今由于和土地过分地亲热，他的手变得粗糙，且咧着无数的口子。让他戴手套，一元一双的线手套也舍不得，坦然地一伸手，这才叫劳动人民的手。每年他会捎一些地瓜给我。他还以为我像当兵走之前那样喜爱吃这种东西。但每一次看到那些地瓜，我都会想象到他在地里劳作的情形。我对妻子讲，你是城里人，不懂这地瓜的收与种。能够走到我们餐桌上的每一个地瓜，父亲至少要用手接触六次以上。她的眼睛告诉我她的不解。因为她永远想象不出父亲劳作的过程。

我在外喝酒，回家却不怎么陪父亲喝，而且总是限制他。后来还是哥哥一句话，让我顿时豁然开朗，他愿意喝，不是你管得住的，有一天他端不起来杯子了，让他喝也不喝了。现在能喝就是福。想想也是。反正他能控制住量，也不贪杯，喝便喝吧。

父亲乐于帮人是出了名的。不论谁家干活，喊一声即到，比给自己家干活还认真仔细。又见不得别人糊弄儿，便直直地讲出来，于是又得罪了不少人，或是受累不讨好。劝过，无效。由着他去。他也讲，人自有人的活法。我们老百姓就是和土地打交道，以实对实。其实，更是以实换"食"。关于他种地的故事、和邻里的故事、喝酒的故事等等，太多。如果谁有机会认识他，便知道他是一个多么可爱的老头了。越老越像年轻人一样，不服输，做什么还要做得更好。其实他是在和岁月做一种抗争。我的老胥头是一个可以边劳动边聊天的人，也是一个边喝边聊的人，只是不喜欢在电话里聊。一接我电话，就说"好，让你妈接电话"，或者两句之后便问"还有事么"，放下电话之前就是"好好工作"。其实，我知道他是惦念我的，比我更想他。只是他不讲。从我这一路走来，我的生命之中深深地烙着他的痕迹。例如我的乐观与对生活的不服输，全部来自他的影响。

　　我被保送进入军校那年，他到遥远的牡丹江军营去看望我。事先也没有通知一声。一个战友骑着自行车跑到了我们连，告诉我父亲来了。我问他怎么知道的。他说从营区大门走进来一个人，一看一准是你父亲。以为就是平日里的玩笑。哪知，不一会儿，他就出现在了我们通往连队的路上，像是从地上收工回来一样，又像回到自己家一样，亲切慈祥。他拎了一筐我爱吃的杏，坐了一天的火车。全连的战友都说从没吃过那样味美的杏。父亲讲，这是胥得意入伍前栽的树上结的。那是我第一次听他那么正式地叫我大名。而他拎了那杏到部队，我觉得不仅仅是家中再无其他可带之物，而是我母亲比较擅长的一种"意味深长"。原本父亲还以为他没有文化的儿子会回家当个工人的，没想到我竟然通过打拼留在了部队。多少年后，他在我旁听的时候对别人讲，这个小子要强劲儿随我。受了多少的苦，他不说我都能想到。我抬眼望他，想象我年老时，是不是就是他这个模样。因为他没有刻意就活成了我的偶像。

我的另一个文学启蒙老师

我在外闯荡，哥哥在老家陪着父母，这个家还是当年我离开时的样子，只是多了嫂子和侄子侄女。故乡就变得格外亲，亲切得处处散发着回忆的味道。

父母给我们兄弟两个起名，一个得志，一个得意。寄托的希望都在名字里了。我倒没有多少得意的事，一直是个无忧派，不算计钱，不合计人，不妄想当官的待遇，生活中也便没太多烦恼。哥哥原本志向很多，随着年龄渐长，生活把他棱角都磨没了。尤其是他的腰椎和血液都追上了时代，拥有了两种比较流行的病后，变得比我还无忧。生活有时就是这样，总不按着你的想象出牌，当你热火朝天向理想奔去时，理想一转身，变了脸，噢，原本理想这个样。

得志是我的唯一。我一直这样认为。除了他我没有任何兄弟姐妹，这个世界上只有他和我拥有着同一个父亲同一个母亲，所以我认为，他是我生命里最亲的一个人，比父母还要亲。毕竟我们的命运与生命基本是重叠在一起的。只不过他比我早两年拥有父母的亲情。

我们没有探讨过关于理想的话题，那有些太深奥，离生活太远。他实际的生活现在就是陪伴好父母，把一双儿女养大，对于他的身体状况而言，再长远的事情他无力考虑。虽然他没有讲过，但我一直认为他是一个很有志向的人。从小学到初中，他就是我心中的画家，他画连环画，画仕女，画园林，画山水，只不过是用铅笔简单地画，我好多的视野是从他的画里得到的。他有那方面的天赋。他初中刚刚辍学那年，学校里绘画比赛的一等奖还是照例颁给了他早先上交的作品。我代他领取奖品时的那份荣耀他是体会不到的。我们那个年代，父母能把孩子冻不着饿不着地养大就不错了，哪里会考虑更多的培养，也没有那样的渠道。伴随他画画的还有他的写作。他的作文我一直认为是脱俗的，脱俗到了全学校只有他能够写出那样的文章来。只要他写了，他的语文老师就要拿到各班去读。为此，我在上学的时候为有这样一个哥哥而自豪。我能走上写作这条路，母亲给了我巨大的鼓励，哥哥给了我直接的影响。

得志的文笔是不错的，我一个专门搞评论的朋友由于欣赏而鼓励他，认为他的"感觉十分正确"。他写过很多文章，有几本，那是年轻的时候，随便写在旧本子上的。后来都找不到了。现在能看到的都是他随便写在 QQ 群里的。他的"群"就是他的杂志，因为不是发表，所以只是他的朋友们在读。朋友们留言，说读落泪了。我相信他有这样的文笔。每一次回家，我都尽可能多地和他聊，因为他接近地气，他就是我们镇上的蒲松龄。什么稀奇古怪的故事他都晓得，这也恰恰给了我小说写作无数的素材。他也曾经发表过几篇小说和诗歌，最为让我惭愧的是他用我名字发表的一篇小说，编辑读后说我的文章有进步。

虽然得志只是一介草民，但是朋友极多。各行各业，老少男女。拿他给我讲的是"有七十的骑友，也有十一二的小学生"。我很惊奇。他"七十的骑友"是市里的一个自行车爱好者，两人不知道怎么就处到一起了。那人隔一段时间就要骑车到乡下来陪他聊一聊，那个小学生是他儿子的同学。有一年我回家，刚夏天晚上 7 点多，呼啦啦家门口围上了几十人，催促："快点架音响，我们要扭了。"不知啥时候他又弄了一帮子乡邻整了个秧歌队。他的朋友"文的"有，"武的"也有，看不见他多霸道，镇子上但凡有点痞气的对他还是畏上几分。每次回家，家里都有来找他喝酒的人。还有一伙人动员他去竞选村长，说"愿意让他带头"。他的能力就是在于他想不想和你聊，和想不想跟你干，方方面面，他涉猎甚广。我基本不和他聊文学。他读的书比我多太多。我对武侠小说从来没有读过。他能把金庸的小说里的人物关系理得清清楚楚。还有，他总会很恰当地拿《三国》里的故事来讲生活，他说"《三国》我看了不止八遍"。和他聊《三国》的朋友也服。

我一直纳闷的问题是他的自卑。我一直坚信他能做出许多成就，他却不相信。按理说他对一切都应该很自信，但是他却不认为自己能写出什么作品来，只是自己随便爱好一下。这些年我培养出十来个写东西的人，当然更知道他的基础和感觉，但是他一直认为自己就是写写玩而已。我知道他确实缺少与外界的联系和认知，他被那片山野束缚住了。尤其是身体出了问题之后，打工也不成了，整个人赋闲下来。好像除了养家糊口外也没有什么追求了。其实我能看得出，他虽然被生活征服了，但是他内心不甘的东西多着去呢。

得志是一个少有的乡间学士，我这样定位他没有吹捧的意思。虽然行走于田间，没有什么学历，但是和他接触过的人都是要把他当成文化人的。他对群众文化有着他的见解，他和土地和山野和人心连着呢。读过他的文章这种感觉更浓。不酸，不傲，不屈。

很小的时候看过电视剧《篱笆，女人和狗》，给我印象最深的不是剧里，而是剧外。我惊讶地发现，这部剧是由兄弟两人共同完成编剧的。于是，从那时起，我就在心中梦想，将来也要荣幸地与我的哥哥合作搞出一点东西。我可以不相信我，但我相信他。

如风一样奔跑的少年

读初一的时候，有一天接近傍晚时分，在故乡的大凌河岸边，我突然发现上游涨了水，混浊的河水掀着一层又一层的波浪铺天盖地从上游滚滚而下，往日平静而清澈的河面变得让人恐惧。河面上翻滚的波浪急匆匆而来，在眼前打着漩涡，又急匆匆向下游奔去，没有声息没有停留，好像前方有一场激烈的战斗等着它去加入。上游的水有多大不知晓，但从浪涛中裹挟着的时隐时现的家具、粗大的檩木、黑乎乎小山包一样的柴火垛等杂物中，几乎让我感到窒息。然而，就在此时，我惊异地发现了一只狗。在一片汪洋中，一只狗安静地露出一个头随着洪流远远地漂了过来。我停下自行车，急切地站在岸边，不知道那只狗下一步会面临怎样的危险。但是我错了，那只狗还是那样安静地漂着，看不到一丝慌乱，当然，我看不清它的眼睛中到底是什么内容。

夕阳把浑黄的水面洒上了一层亮色，波光粼粼，那只狗的头被夕阳勾勒出一团黑乎乎的影子。就在河面转弯的地方，那只狗向岸边靠了过来，灵巧地绕过河面上的漂浮物，几下子就游到了浅滩。当它的爪子能够踩到河滩时，它一下子站了起来，整个身子从水中露了出来。原来那是一只个头不过一尺多的黄色的土狗，它的毛紧紧地贴在身上，四条腿撑起佝偻着的身子时，它显得十分瘦骨嶙峋。它在离我不远处使劲地抖了几下身上的水，然后回头看了一眼身后那条安静而又汹涌的大河后，迅速地沿着路慢悠悠地跑掉了。

我呆呆地站在原地看着它的身影，心中一下子涌起了无法言说的感动。那个时候，我刚刚进入青春期，心中总会涌起莫名的迷茫，似乎不知道明天在哪里，也不知道出路在哪里，课堂似乎装不下我的梦想，而当回头考量自己能做成什么时，却又觉得自己从外到内只是一个空落落的空壳。

我在五岁的时候学会了游泳，那是乡下孩子在河中无师自通的游法，也就是人们常说的狗刨。当长大了一点时，听说还有其他游泳的方法时，才知道自己所拥有的技术叫作狗刨，觉得这是一个极其不雅的词汇，但是见到真正的狗刨这还是第一次。

刚看到那只狗的时候，我还在为它的性命担忧，而看到它在暗藏凶险的河流中自信的样子，游到岸上潇洒的背影，我猛地明白了一个道理：哪怕只会一种真本事，也能让自己活下去。当我把这个道理在心中揣思了两遍后，我骑上自行车开始向前骑去，我一直盼望着再见到那只狗，可是一直也没有。但我知道我的人生中从此记下了那只在汹涌的河流中或是逃命或是玩耍的狗。当然，我更愿意相信那只狗不是有意地进入了那条河流，而是不小心被洪水冲了进去。

我感谢那个夏天的傍晚。那个晚上，我把自行车骑得呼呼生风，车子跌跌撞撞地在玉米地中的羊肠小路上歪歪扭扭地前行，车子把玉米叶刮得哗哗作响，而胳膊也被玉米叶刮出了一条条细密的划痕，隐隐有些痛，但我浑身上下有用不完的力气，根本不想停下来。直到我冲出玉米地，用一只脚踩在地上，干瘦的身躯斜跨在自行车上，大口大口地喘着气时，我还不知道我为什么要这样疯狂地骑行。从那天开始，只要我的人生中遇到困难的时候，眼前总会出现那只狗。

这件事本来是我青春中的一个秘密，我几乎没有拿出来与别人分享过。这个世界上，虽然有人在认真的倾听你的过往，但是没有人能够知道其中的滋味与你的生命体验。忍不住来讲述这个故事时，是因为我的眼前一直有着另外一个少年。我特别希望那个叫罗闯的孩子能够读懂这些文字包含的意义。

罗闯是我父母的邻居，无亲无故，但是由于两家后来把房子挨着盖在了一起，两家人便处得非常地亲近。当十几年前回家，看到父母房子的旁边又盖起了一座新房时，我并没有太深的印象。再隔一年回家，隔壁的男女主人见到我回来就亲热地过来聊天了。那时我发现，我们两家人处得跟一家人似的了。家中我找不到的厨具，邻居都能帮我找到。而在我离开家的时候，他们有时送过来两把黄花菜，有时摘过来一个瓜。这一对夫妻比我小五六岁，自然就管我叫起了二哥。直到我第三次探亲，才发现他们家还有一个小男孩，那个男孩就是罗闯。罗闯比我的侄子大了两岁，两个干巴巴的小男孩一脸汗渍脏兮兮地出现在我眼前时，像是两个受了惊吓而又是想要觅食的小兔子，隐藏在门后，时不时地掀开门帘看看我，一会儿他把他猛地推了出来，一会儿又是他把他拉了出来。不出多久，两个孩子嘻嘻哈哈地跑掉了。这是我第一次见到罗闯。

罗闯给我的第二次印象是他读三年级左右的时候，我带了相机回家。他和我的侄子在一起玩，我给他俩一起拍了一些照片。两个孩子像是比着谁比谁更埋汰的样子，脖子上似乎积攒了一个夏天的污泥，阳光把他们完全雕刻成了农村的泥孩子。那是我认为拍得最为满意的照片，我不会用光，也没有精心地选择角度，我只是喜欢照片里的主人公，他们在我远离故乡二十多年后，又让我看到了自己儿时的样子。腼腆中带着羞涩，纯真的眼睛中有着淡淡的胆怯，尤其是几乎没有笑容中的眼中，好像还在拒绝和审视着镜头后面的我。

三年前回家时，还是照常遇到罗闯的父母。他爸爸对我说，罗闯已经初中毕业，读了技校，在学厨艺。我问为什么没读高中。他说，罗闯坐不进课堂，自己学了厨师，将来好找工作。我心中似乎痛了一下。这个少年长大了，他已经在思考未来，也要肩负起什么。

又过了一年，罗闯的爸爸对我说，罗闯要当兵去，体检政审都过关了。在电话另一头的我，有些说不出的激动。在我的家乡，好多年了，没再有当兵的孩子。从我自身的经历来讲，我是希望他们能够走出去，闯不出一个圆满的结果，但至少也要走出去看一下世界有多大。没过几天，我又接到了罗闯爸爸的电话，说是兵员充足，武装部把年龄合格，但是小一些的给一刀切了下来。我向武装部的朋友咨询了这个说法是否属实。回答我确实是这样的。我安慰罗闯爸爸，来年走吧，今年只能这样了。他在电话那头喃喃地说了，二哥你不知道他检上的时候有多兴奋，一连好几天都没睡好。知道这个结果后，又好几天睡不好了。

又过了两天，武装部给我打了一个电话。原来是家乡有一个新兵到了部队吃不了那份苦被退了回来，现在需要重新补上去一个。武装部的人告诉我，你和孩子家商量一下再回答我吧。因为这个是消防武警。我说，不管是什么兵种，只要让去就行了。当我把电话打给罗闯爸爸时，他根本没有想到事情会出现这样的转机。而那个时候，罗闯刚到沈阳的一家饭店打工没几天。他说，我让罗闯连夜回来，我们第二天就到武装部去。电话中，他的语气因为激动而变得十分坚决，像是要送孩子上战场一样。我又试着说了一句，你再考虑一下，消防武警有些危险，不然来年去也行，还有选的余地。罗闯爸爸打断了我的话，孩子的心早就到部队去了，其实你不知道，他一直在锻炼，已经提前做了一年准备了。我怕他等不起这一年。

罗闯到部队的时候比其他新兵整整晚了一个月。我当兵的时候遇到过这样的战友。虽然仅仅是晚了一个月，但一切该学该会该懂的对于他来说都是陌生的。在黑龙江岸边黑河市那个冰天雪地的警营，我真不知道这个刚刚 17 岁的少年是如何跟跄地跟在队伍的后面追赶。我当兵的时候也是在冬季到达的黑龙江，我知道那里的寒冷与家乡的冬季完全不同。当初，在每一个漆黑的夜晚，钻进被窝之后我都在告诉自己必须努力，在每一个呵气成霜的早晨，我也都不由自主地把目光投向太阳即将升起的方向。在最困苦与无助的时候，我的眼前还会出现那只在洪流中奋力游动的土狗。也就是在想象罗闯如何追赶别人之时，我又发现了一个让我吃惊的事情。在我的记忆中，我与罗闯之间似乎没有什么对话，而且，除了他小时候的样子以外，我竟然不知道他长成了什么样子。但有一点让我毫不怀疑，这个为了明天和梦想而背井离乡的少年已经成为了一个兵，成为了一个不甘于在乡土间沉默的男人。

后来，罗闯的妈妈对我说，他把每个月的津贴都邮回了家里。他从来没有说过部队有多么苦。他一直在讲他在练习灭火技术，他想学到更多的本事。我能够想象得出他青春中洋溢出的力气与血性，而我隐隐地感到，这个孩子身上似乎有着一种与我的精神互通的情感。从罗闯妈妈的讲述中，我觉得他特别像是我当新兵时的样子。

2018 年冬天，罗闯的爸爸给我打电话，说是罗闯的部队转成了消防救援队伍不再是兵了，他是走还是留。我说一切要听从孩子的选择。他告诉我，罗闯说是尽管不是兵了，也还想干下去。我说，他这个选择是正确的。

过年回老家时，罗闯爸爸和妈妈特意到了我父母那里。一起吃饭的时候，罗闯妈妈非要和我喝上两杯酒。这个普通的中年农村妇女给我讲述了这样一个故事。她说二哥你不知道，自从罗闯知道你在外当兵以后，一直在问我们你什么时候探亲，而每一次听说你到了家，他都又激动又害怕，想见你又不敢见你。有一次，他听说你穿了军装回家，疯了一样跑回家，眼睛贼亮地像是惊叫一样告诉我，他说二大爷穿军装回来了。当时我也没理解到他为什么那么兴奋。直到他坚定了要当兵去之后才告诉我们，他一直把你当成了偶像。偶像？这些年我听过无数人这样忽悠着我。但罗闯妈妈兴奋地转述罗闯的话时，我感觉到了，这个孩子真是把我当成了他青春成长过程中的偶像。能有一个家乡的孩子在循着你的足迹成长，难道还有比这个更能让人的内心得到满足的么？可是，很快我就愧疚下来，我真的没有和罗闯有什么交流，也没有告诉他人生该如何成长。他就是从别人那里听说着我，或者依着他的判断认为我是一个离开故土之后就在外面闯荡的人吧。如果我的闯荡能给他带去一些动力，这当然是一件好事。那天与罗闯爸妈喝酒是一件极爽的事情，因为喝到最后他们也没有提出来需要我以后能够为罗闯提供一点什么样的帮助，他们没有一点想利用我什么的意图。只是她一个劲地告诉我，罗闯一直在把你当成目标。直到他们离开我家后，那个下午我一直在想，我以前怎么没有想到会真有少年把我当成榜样，我以后该如何做成别人的偶像。那个春节过得不太累，而是更有了动力。我知道我的身后还有着一个年轻人寻找的目光和追随的脚步。

在那不久，我加了罗闯的微信。我说要看看他训练的样子。几分钟后，他发来了一段指导员以前录的他在操场上跑步的视频。那是一个陌生的年轻人，他正在操场上咬着牙向前跑着。他的表情由于坚持而略显得痛苦，但这种痛苦之中更多的却是刚毅。而他的目光，却是十分坚定。看着一起一伏的画面，我知道他奔跑的幅度很大。我问他工作怎么样。他告诉我，虽然他入伍最晚，但他是最努力的那一个。在中队里，他是年龄最小的一个消防员，大家都在教他，也都在护着他。然后，他兴奋地告诉我，过年会餐的时候他下厨露了两手，全中队的消防员都说他做的菜味道很好。讲完这件事，他又告诉我，虽然他会做菜，但是他最喜欢的是当消防员。他打过火了。打火那天，他把了水枪。战斗结束后，指导员夸了。说他别看人小，来得晚，但在战斗上一点也不差。最后，他还告诉我，指导员不叫他的名字，叫他"闯"。我一直在带兵，我知道这个称呼中包含的是什么意思。我在心中感谢那个指导员的同时，更感动于他的努力。

我知道我并不需要知道更多罗闯工作上的细枝末节，我已经发现了一个如我曾经一样的少年。他是被理想而驱使着迎接太阳的人，黑暗、苦难、坎坷在一个有着目标的人眼中，都将不会存在或者是被蔑视。乐观与向上是他在风雨中奔跑后积累下的无穷的能量和无所畏惧的勇气。再后来，我又看到了罗闯妈妈和他在一起度假的照片，一问才知道，支队邀请了一些消防员家属陪消防员疗养度假，罗闯由于工作突出给分配了一个指标。看着罗闯妈妈在朋友圈晒出的这些照片后，我能够感受到当年我母亲因为我一次又一次立功的荣耀。

我是一个相对比较努力的人，只知道用力向前走好自己的每一步。每一个人前进的路上都需要奔跑的力量，我每一次奋力的奔跑心都会在风中歌唱，我知道身后正有着一个这样的少年，在我曾经走过的路上，如风一样奔跑。可能当我俩年迈之时，告老返乡之际，隔着近三十年的年龄差还可以谈论各自在路上奔跑的体会。不论那个时候我还是不是他的偶像，但我要感谢他用崇拜的方式让我继续努力，不曾放弃，让我在自己心中树起一个当偶像的标准。

人的一生中要遭遇许多事情，罗闯在青春时期遇到了我。而我在青春时期遇见了一只狗。无论人与狗，只要给了你方向与动力，都该是永远记得的。

只是那只狗不会记得大凌河岸边曾经有个迷茫的少年向它投去敬佩的目光。

自尊是母亲馈赠我的最好财富

我的母亲姓付，一直被别人叫成老付。有时被我叫成付老太太，我每次那样称呼她，她就笑。她不像大多数农村妇女，结了婚以后就被人叫成了"某某家的"或"某某媳妇"。她风里来雨里去教了二十年书，在我们那个乡赢得了属于她的尊严。她在岗位上的时候曾经是朝阳地区的先进老师，但那是上个世纪 60 年代的事了。尽管风光过，但她一直认为自己的个子小，而不愿抛头露面。其实那只是她自己的想法。我从来没有感觉她的身高有什么问题。在周围的女人当中，不比别人矮，也没比别人高。后来我才发现，她的为人与处世总会把她与别人区分出来，她可能觉得别人都在关注着她。

我的母亲是一个极有天分的人，只是命运没有给她更多展示的机会。她 15 岁才走进小学课堂，直接进入三年级就读。如果老天垂青，让她经过专业的培训去外交部当发言人或做电视台访谈节目的主持人，她绝对胜任而不会逊色。她从来不像农村有的女人，对孩子声嘶力竭地吼骂，也不会举手就打，她就是讲道理，循循善诱地讲，不厌其烦地讲，环环入扣地讲，让人心服口服地讲。她的这些做法，在那些能打擅骂的女人那里，变成了"不会教育孩子"。但是母亲依然以她特有的方式教育我们要正直、善良、孝顺，尤其是要有做人的尊严。正是秉承了她的教育与性格，我才对自己的尊严有着极度的呵护。母亲告诉我，爱护名誉要像小鸟爱护自己的羽毛。在生活的具体体验中，我和母亲一样，在物质上可以吃亏，但是尊严不能有一点受损。为此，死要面子活受罪的事没少干。但是为了尊严的存在而注定要付出更多。

我入伍后，班长教育我们"老兵不动筷子不能先吃""见了领导进屋要起立""细小工作要主动"等等关于礼节礼貌的事，我在心里一直认为太小儿科，太浅薄。在这方面，在我刚刚懂事起母亲用故事加道理的形式对我进行了无比良好的教育。所以，很多时候我一直认为我是被母亲教育好才入伍，而不是部队给了我太多的教育，我的为人、处世、上进、负责、好强、尊老、善良等等能够呈现优点的地方，都折射着母亲的影子。我能够独立带兵之后，我给战士的教育都是一生受用的。这也就是我的战友为什么如此多，而且天各一方还在联系的道理。我从母亲的教育中早早地知道一个人的立身之本是什么。

在农村，依我母亲的年纪来讲，她是一个有文化的老太太。这不仅仅体现在她能认字，能帮助别人写信上，而是她能够把很多道理通过故事讲出来，而且还能够把许多故事写出来。在她60岁的时候，她对于一件事实在按捺不住自己的看法，写成稿投给了省里一家报纸，没想到从那之后，她接连几年收到编辑的约稿，隔三差五地就要在报上发出文章来。村里的人是不信的，但是他们能又羡慕又嫉妒地看着付老太太到邮局去领取稿费。我相信她的文字能力。我的文学启蒙最早来自她。在我四五岁的时候，她开始教我背诵毛泽东诗词。长大后，我发现我们那里的女人中，再没有其他人能够背诵毛主席的大部分诗词。我以为她找到了写作的乐趣，曾鼓励她，没事就写一写。她却讲了一句让人笑得不着边际的话："写那点破东西，人家报社还要给钱，怪不好意思的。总写好像冲人家要钱要习惯了。"后来，付老太太的眼睛不太济事，便也挂了笔。我做过编辑工作，也看过她写的文章，说句公道话，她的文章读起来有新鲜感，发出来是不会给杂志刊物丢分的。现在，付老太太不再写了，但是故事在她的口里活着，无比新鲜，无比生动。她和别人不同的是她总能看到事物的另一面，看得更远。她更有文化体现在她的谈吐上，她的语言中从来没有脏话。而且她的话记录下来就是散文诗，一次我把她写给我的两封信原文打下来，就组成了一篇小说，以《母爱》为题在报纸上发了出来。而我现在的小说创作主要以军营和乡土题材为主，乡土的故事大多是来自母亲的讲述。每一次见面，她都能讲述出很多小说的创作素材，她认为她讲述的就是故事，而在我这里，却变成了丰厚的创作财富。尤其是发生在我们家中的故事，总是像在以小说的方式呈现与进行着。

我的付老太太实实在在是一个可爱的母亲。她用她善良的心包容着别人的缺点，从而把这些人聚在一起。她娘家的亲戚和父亲这面的亲戚没有人讲出她的缺点，被她紧紧地团结起来。在我小的时候，每年都有亲戚的孩子住在我家里读书，后来我探亲回家，发现又有几个与母亲隔着辈的孩子在我家里，她负责饮食起居。她这样的做法自有她的道理，她一直讲能帮人时且帮人，并把这种认知在我的思想中种植得根深蒂固。但有时她也会很生气，因为周围的汉族人总爱称呼我们蒙古族为"傻老蒙古"，她最听不得谁这样评价我们这个民族。这是我最小就听到的声音，现在想来这并不是民族歧视，而是别人的心没有母亲那种包容度而产生的困惑。现在母亲也不计较别人再讲我们是"傻老蒙古"，她看淡了："说傻就傻了？我们傻老蒙古就傻了！"

有一年我当宣传股长，地方电台在除夕夜里到部队采访。非让我找一个军人的母亲接受采访，并且直播那位母亲除夕夜的心声。做了那么多年的宣传工作，我知道记者需要的是什么。可是这样的母亲让我去哪找呀，我也不能一句一句教人家，没办法只好让我的母亲出头露面了。因为我太了解她，她一直引以为荣的是"我曾经是一个军人的家属，现在是一个军人的母亲"，我先打电话给她，告诉她电台记者要采访"军人母亲除夕夜的心声"，让她好好准备准备。她在电话那头笑了，这还用准备么。于是，那个记者目瞪口呆地听到了一个老太太说出了媒体在这个时候最需要讲出的话。付老太太讲得动情且朴素，有诗意，有道理。我知道她不是在唱高调给别人听，她这个老共产党员就是那样想的，也是那样做的。我的父亲还在上班时，除夕夜从来都换成在单位值班，我在军校上学时，每个假期都留校护校。付老太太对这事最看得开，她说人人都想回家过年，但总得有人留下来。你们留下来是自愿的，心情就会高兴，而且我这个老共产党员能理解你们，也希望你们做出党员的样子。陪我过不过这个年无所谓，一家人在一起的日子多着呢。工作就要珍惜。付老太太就是这境界，让人听得心生感动，但是一点也不矫情。我从内心里一百个佩服。

付老太太从来不在外人面前夸赞我。那年我参加全国青年作家创作会议，她正因伤住进了医院。有人在新闻联播中看到了我的"影子一闪"告诉了她。她嘴一撇，他能有多大出息，赶上点了呗。她觉得无论我做出什么样的成绩，得到什么样的名气，也还是她村子里当初的那个孩子，没有什么值得吹嘘。可是我知道她内心满足着呢。每次打来电话，都叮嘱我别累着身体，更不能犯错误。一次，家里一个亲戚应聘保安，急用一个中专文凭。我便在北京找做假证的办了一个。哪知付老太太一个电话打来，警告我这样弄虚作假得犯多大错误，要是让警察把我抓走她可就丢人了，以后再不可这样。我都不敢告诉她北京每一个角落或者每一根线杆上都有做假证的电话，更不敢对她讲北京火车站外叫卖

"发票发票""办证办证"的人比我家门口那个小集市上的人还多。还有一次，她又打电话问我，乡里搞普查，听说你是个军官，你是什么职务？原来这么多年，父母都不知道我是什么职务。他们只是在告诫我要努力上进，实际上他们和我一样没有一个具体目标。我理解母亲阐述的道理，只有做成了一个好人，才能做成一个好官。

母亲是一个受人尊敬的人，这一点与我无关。她从闯出老付这个名声开始，她已经把受人尊敬当成了习惯。可这里又得付出多少啊。

母亲也喝酒，白酒，适量的。有时我回家，就忘了她喝酒的事。她就自己拿起一个杯，装作被人冷落后不高兴的样子，咋不给我也倒点。她的那个表情十分有意思，很天真。那时，我便感到，我在她身边就是一个幸福的孩子。

不是节日的日子，我喜欢回家。我回家的日子，会成为她心中的节日。真正的节日里，她把笑脸和忙碌都给了客人。

无可替代是故乡

清明，想要回到故乡。这是比春节归乡还要急切的心情。要带上儿子，在这个时节。男人的精神世界里要有一个根的，在外出生的男人都要寻找到生命根源。中国的文化其实就是寻根文化。这是我的固执己见。

我的故乡在辽西朝阳，三燕古都。提起它有的人就会惊叹"那里挺落后"，别人怎么看她我管不到，我知道她在我心里的位置与分量。正如我的一位风水大师朋友到过朝阳之后所讲，这里没有险山恶水，故这里的人一定会平和与淡然。这话在我这儿极为受用。我在北京从来都讲是朝阳人，而不用"辽宁"来代替。朝阳可以代表辽宁，不见得辽宁可以代替朝阳。"世界上第一只鸟飞起的地方，世界上第一朵花盛开的地方"，这就是世界给朝阳的评价语。在古生物学界，朝阳代表的不仅仅是中国，它可以代表世界。我说的朝阳懂历史的人，有文化的人应该懂的。"西有敦煌、东有朝阳"，这是中国史界的一句佳话。所以，说起故乡我会带着别人无法体味的自豪。我觉得我的乡党们都是朝着太阳而生的人，虽然人之间会有一点小计较，小摩擦，但总体上人的心灵上都是铺陈着阳光的，而每个人对新生活的追求又都如追求阳光一样。居水之北，迎阳而存。

　　18 岁的年纪，还来不及细细端详与品尝故乡，我从戎去了北方。于是，故乡成为了一个符号。那时，觉得父母是故乡。随着漂泊越久，故乡却变得越为清晰，故乡与父母易了位，故乡成了父母。刚刚入伍时的黑龙江异常寒冷，但所处的城市却很富庶，当很多战友都选择在那里娶妻生子，我却还是固执地认为自己的根应该扎在朝阳。尤其是北京令我故乡人"不可思议的房价"更不可能给我在这里扎根的遐想。记得有一年探亲回家，在朝阳一家餐馆吃饭，服务员报主食时讲到了"有高粱米水饭"。我突然觉得自己是一个外乡人，在外十几年了，一直再也没有接触到这种食品，突然听起来竟然是如此陌生。但转瞬间又变成心生涌动的亲切。这就是曾经养我长大的食物呀。原来在我的内心，我一直在等待着这种食物的召唤呀。城市的电饭煲太过于先进，它把很多带着乡村气息的食物拒绝出了狭小的厨房，乡村屋顶升起的如诗如画的袅袅炊烟只能成为我们闭目思忆里的情境，城市的厨房永远不了解一种食品对于一个异乡人的慰藉，还有与故乡丝丝缕缕的牵连，它甚至让我们痛苦地找不到家的味道。再后来，我到北京供职。我更加发现，随着年龄的增长，故乡已经与生命不可分割。早年的努力不是让身体带着足迹离故乡更远，而是让我在更远的一个位置渴望与故乡拥抱。这么多年了，我依然不习惯城市人的语言，我不知道我和我的家乡人亲切地叫了几十年的狼尾巴花，在城里人的嘴里怎么就成了文绉绉的"紫花地丁"，我们的"山朵花"怎么就成了小说中常常相遇的"野百合"。这绝对不是地域差异，这是文化差异。城里人的文化是要把自己变得高雅，而故乡人却是要把文雅变成亲切。一个是挺起身向上够，够得没有了故乡；一个是俯下身往下看，看得再贫瘠的土地里也有芬芳。

　　我的目光总在各种新闻中窜来窜去，媒体的发达给人的错觉是这个世界离每个人都很近，但是人人都知道事实上人与人之间的距离变得越来越远。在外，没有人知道我掩藏着的孤独。世界再大，与我有什么关联，无论哪里再好，我这片落叶也不会飘至它的脚下。这么多年来，让我最为兴奋的一条新闻莫过于京沈高铁的修建。我时常要到网上去浏览关于它的消息已然成为习惯。每一次阅读，我都觉得故乡就在眼前，只是时间上的问题。北京到朝阳，一个多小时的车程！这是先前根本无法想象的一个时间距离。车程很短，等待却久。通车的 2020 年成为了我近乎日思夜想的渴望。哪怕几年之后我的生命会更加苍老，但也盼望着那一天早点到来，我渴望着每一个周末往来于京城与故乡之间的生活。看车窗外飞速而过的故乡的一草一木，一山一水，一片可以触摸的土地，一缕可以想象出味道的炊烟，一片山杏花盛开出万分妩媚的山腰，还有那一个个曾经在睡梦中被我如诗般朗读的熟悉得不能再熟悉的地名。

时光在消逝，我终将老去，但是我还是抑住一种过快的心跳等待高铁通车的汽笛鸣响。那是我向故乡出发的声音，更是对故乡款款歉意的表达。那里，给了我生命及成长，动力与回忆，而我，又给她带去什么呢。像是一颗种子，在外面飘啊飘，找寻生长的土壤与拥抱天空的努力。我是故乡的山水养育的孩子，只有回望，回归，回报，内心才会有一种宁静与安抚。

高铁还没通，但是在清明时节，我还是要回到我的故乡去。没有诗里的纷纷细雨，但内心还是潮湿着。山上的坟茔在递增着，望着那一片亲人聚会的另一个家园，才蓦然感到，真的离家已太久太久，二十几年的光阴怎就一瞬而过。石碑上所有的名字对儿子来说都是陌生，唯有姓氏是他熟悉的。孩子的问话让我的心能痛出血："爸爸，我们这个姓在外面我一个也没有遇见过，为什么在这里每块石头上都有？"

春风掠过山野的声音巨大，它们撕扯着树枝更撕痛着我的心。漫漫的尘土卷起，天地一片灰蒙，而心却从没有如此清澈过。也许是泪水正在一遍遍冲洗内心的尘埃。在故乡，我没有权利要求孩子坚强，因为我的泪水正恣意流淌。我就是流落他乡多年，终于找到了家的孩子。

创作谈：总有泪水漫润心田

有时一个人走路，会突然停下来看一些景致或是花花草草，只是在看，也不知道具体在想什么。有时一个人睡不着，也会在夜空下静坐，感受夜风轻拂，神往地望着空旷的宇宙和那些未知的星星。有时我会轻轻地在心中和一些远去的灵魂对话，絮絮念念并没有什么主题。还有时，在以上的某种状态下，我会莫名地心中一热，似乎有泪水在那一瞬漫上心田，蒙覆了双眼。一种最真实的感觉，是活着，活在这人世间，听花落的声音，看流星划过，怀想着相逢过的人。

在很小的时候，母亲发现我是一个极易被感动的孩子。我在长大的过程中，从来没有过耍皮似的哭，也没有愤恨的哭，没有无助的哭，只有被什么感动的时候，会流泪，不由自主地突然地漫上来的那一种。因为，感动总在一瞬间。当我知道了感动是人与生俱来的一个品质以后，已经带着它在路上了。

几十年走过来，我的行程似乎都在阶段性漂泊的路上，路在变，方向却从未缺失。哪怕行程是多么变换，始终要求自己要善良些，再真诚些，哪怕撞了南墙，哪怕曾被辜负，哪怕不被理解，哪怕一直被别人善意地劝告，但还是不想在内心有太多的改变。行走的路上，无论是苦难，是悲伤，是欢喜，是轻悦，一切都是风景，好好坏坏都是获得，只是在其中体味的滋味不同罢了。也正由此，我便知悲喜都是人生的内容，而这些都不是让我迷失方向的理由。往前走，左右看，适当地修正自己的行为，让行为最大可能地和心重叠在一起。

刚刚成年，参军去了最北方。日子一天摞着一天在忙碌和劳累中过去了，道是直的，直得一直对着方向，路却是弯的，左右突奔之中想到了喘息。而喘息之间，发现交谈只会有一时半会儿的轻松与快感，转过身，还是空落，而文字的书写可以滋润内心。好多的秘密，好多的梦想，好多的挣扎，都藏在了文字之中。那些时光其实都被夜晚挡在了昨天，苦累也在一觉的翻身过后，甩在了背后。如果不是几年前偶然翻出了当年写下的日记，都不曾记得原来以前的夜晚暗自流下过那么多眼泪。在比故乡寒冷许多的北方，我寻找到了倾诉的方式。也就是从那时起，在心中不仅是种下了关于文学的梦想，深情地感激文学，它让我学会了倾诉，用一种更坦荡更勇敢更释怀的方式行进。就像后来有人问我，你为什么喜欢上了文学，我说，因为感动。是啊，生活中，我邂逅了那么多美好，相遇了那么多感动，经历了那么多悲壮。如果不把这些倾诉出来，泪水就在心头上滚来滚去，只有痛痛快快地流出来，才是愉悦的。

我的身体随着脚步从黑龙江到了大连，又回到了黑龙江，又到了辽宁，去了西藏，又到了北京，每隔七八年便会有一次重新的上路，而成为一名职业记者后，便开始在全国各地救援一线奔走，去相逢一个又一个让我期待的人，去感知一个又一个生命中隐藏着的温度。无论脚步如何前行，灵魂却不曾与我分离，在路上，我会时常陷入思索之中，这种思索更多的是在考量人活着的意义。因为在这条路上，我见证了太多生命的离去。于是，在我的文字当中，出现了一个又一个已经离开了我们的人，有的人是我未曾谋面的，匆匆赶去只是为了送上一程。有的却是我心爱的人，面对他们生命的离去却是无能为力。还有的是因为他的离去，让我知道了他曾经的存在。面对这些时，我知道悲伤解决不了问题，我的心中没有悲伤，只有丝丝缕缕的痛惜。我会把眼泪让眼睛咽下去，浸在心里。浸得久了，能以文字的形式出现。这些文字是我的心念，也是我的态度，更是我和那些灵魂的沟通，我但愿再苦难的生命离去后也呈现一种轻盈，甚至希望过他们能够在另一个空间感受得到这些文字是在和他们的灵魂沟通。也就是在这样的书写中，我越来越有力量，对生命看得越来越淡然，而活得也愈加从容与坦率。

蒙古族人通常把哭和流泪是区分开来的。哭是一种形式，更多的是给别人看。而流泪却是庄重的，不可抑的，无须酝酿和准备的，它不需要语言，只需要感受。流泪的过程会让心变得柔软和温暖，会让即欲走丢的灵魂浅浅地着陆其上，亲昵地相抚，温和地对话。那个时候，写出来的文字也是带着温度的。这也便是我一直所追求的一种感觉。在没有什么打动我的时候，我宁可闲下来，让头脑空下来，让身体荒废着，也不去将就着写没有生命的文字。于是，在我的作品中可能看到的更多的是对生命的认知与相诉。好多的时候，我在写作的过程中，会停下来，会静静地流一会儿眼泪。甚至会在心里聊上一会儿，告诉他，我在想念。我一直坚信一个人只要被怀念，他便没有死亡。这就像是我的母亲离开这个世界以后，我没有过悲伤，而只是觉得她走向了一个正常的归宿，而她并没有离我多远，只是我们从此不再相见，所以，我会在夜晚的公园里，望着星空和她说话，会告诉她我有了什么收获，什么感悟，什么所知，甚至有时会期盼在最静的夜里与她相遇。我对于我笔下所有的主人公都有着亲人般的感觉，无非就是熟悉与陌生的区别。虽然，有一些人是我不曾谋面的，但我相信我能够懂他。懂其实也是爱的一种。

我爱那些鲜活的人们，也爱那些离开的生命。在我的文字中，几乎看不到抱怨和悲愤，绝望与不满，是因为我知道我的文学观其实就是生命观。

诚然，大山大川是永恒的，是伟岸的，是值得歌颂的，但那些山川大地吸引的人太多，承载得太多，每当面对它们的时候，我会觉得自己渺小得犹如一粒沙，一片落叶，或是轻轻掠过的风。我更愿意去观察人，体味人，记录人，书写人，我与每一个主人公都是平等的，都是可以平心静气面对面的，哪怕不在同一个时空和维度。甚至，我妄自一点觉得，再是伟大的人物也是平凡的，人和人的生命都是一个过程，虽然不能等长，但过程都是一样的，是由生至死的。每一个人虽然不知道自己能活多久，但一定知道自己一定会死。其实，人生下来就是奔向死亡的过程。只是这个过程之中是否更曲折，更有故事，更有韵味而已。我希望我的文字能够给一些人留下一点声音和影踪。于是，我觉得人是比山川大地更让我喜欢接触的。去面对一个人的时候，可能就是一个灵魂在摇动一个灵魂的过程。而当把一个又一个人装在心中之后，我觉得越来越丰满，自己成为了好多人的叠加，不是我成为了谁，也不是谁赋予了我什么，而是更多的生命在我的生命中相遇，在沉积，在默默注视，在看着我如何行走。

我愿意用文字对话生命，这些温热而灵动的生命像是一本书，等待着我用心去读阅，去翻动，正是一个又一个人组成了生活，组成了历史，组成了人类的画卷。哪怕是一个再微小的人物，他也构成了一个人的全部。也许我的文字中只表达和展现了这个人的一个侧面，但也是在让更多的人知道他曾来过。这就是我的目光所向。我的小说、散文和报告文学都是在这样面对着他们。

我就是一个被感动着的行走的人，一直在向前走，一直在领略可能遇到的各样的风景。当然，有时边走也在边回忆，身后的过往，需要被我记住的，已经留在了文字里，不需要记住的，就被风掀过了那一页。很多美好在拥着，哪会有抱怨与不坚定呢。我努力用文字记录生活之美，有我心田漫上的泪水里，有一种甜丝丝的味道。我的幸福，是和遇见礼物一般存在的人的幸运，我知道。有时，我也悄悄告诉了星空，也和夜风进行了分享。

如果有朋友读到了我的文字，我希望可以成为不曾谋面的朋友。多想遇到你，你有故事，我有酒。让人生有一种意外的相逢，然后期盼重逢。

图书在版编目（CIP）数据

每个人都是一条河 / 胥得意著 . -- 北京：作家出版社，
2022.11

（中国少数民族文学之星丛书·2022 年卷）

ISBN 978 - 7 - 5212 - 1998 - 2

Ⅰ . ① 每… Ⅱ . ① 胥… Ⅲ . ① 散文集 - 中国 - 当代
Ⅳ . ① I267

中国版本图书馆 CIP 数据核字（2022）第 160627 号

每个人都是一条河

作　　者：胥得意
责任编辑：史佳丽　李亚梓
特约编辑：党然浩
装帧设计：孙惟静
出版发行：作家出版社有限公司
社　　址：北京农展馆南里 10 号　　　邮　　编：100125
电话传真：86 - 10 - 65067186（发行中心及邮购部）
　　　　　86 - 10 - 65004079（总编室）
E - mail: zuojia@zuojia. net. cn
http: // www. zuojiachubanshe. com
印　　刷：唐山玺诚印务有限公司
成品尺寸：152 × 230
字　　数：236 千
印　　张：19.75
版　　次：2022 年 11 月第 1 版
印　　次：2022 年 11 月第 1 次印刷
ISBN 978 - 7 - 5212 - 1998 - 2
定　　价：52.00 元